# FEUERWAHN

# FRANZ-HUBERT ESSER

# FEUERWAHN

## KRIMINALROMAN

Bibliografische Information der Deutschen Nationalbibliothek: Die Deutsche Nationalbibliothek verzeich-
net diese Publikation in der Deutschen Nationalbibli-
ografie; detaillierte bibliografische Daten sind im In
Internet über *dnd.dnb.de* abrufbar.

Autor: Franz-Hubert Esser
Coverfoto: Pixabay
© Franz-Hubert Esser
Verlag: BoD · Books on Demand GmbH,
In de Tarpen 42, 22848 Norderstedt, bod@bod.de
Druck: Libri Plureos GmbH, Friedensallee 273,
22763 Hamburg

ISBN: 978-3-7693-5690-8

Flut und Feuer kennen kein Erbarmen
(fernöstliche Weisheit)

## EINS

Ganz allmählich schien die Frau aus ihrer Bewusstlosigkeit wieder aufzuwachen. Klar denken konnte sie jedoch noch nicht, ihre Augen blieben geschlossen. Sie fühlte, dass sie auf dem Boden lag, aber wo befand sie sich und was war geschehen? Wären da nur nicht diese entsetzlichen Kopfschmerzen! Oder war sie gar nicht wach, alles nur ein böser Alptraum?

Da glomm ein Funken Erinnerung in ihr auf. Ein Streit, ja! Es hatte eine Auseinandersetzung gegeben und dann? Ihr wurde wieder ganz schummerig und die Erinnerung verschwand erneut. Diese verdammten Schmerzen. Ihr gesamter Kopf dröhnte.

Plötzlich schienen all ihre Sinne zu rebellieren. Zuerst konnte sie es riechen, dann spüren, fühlen, hören. Schließlich zwang sie sich, ihre Augen einen Spalt weit zu öffnen und sah es: Das ist das Ende, unwiderruflich! Das soll es schon gewesen sein, mit erst 44?, war ihr letzter Gedanke.

# ZWEI

Wieder einmal hatte der Frühling Einzug gehalten am Niederrhein, wieder einmal hatte der März seinen Vormonat für fast ein Jahr in dessen nach wie vor unbekanntes Versteck vertrieben.

Wieder einmal setzte der Sangeswettstreit zwischen Hahn und Feldlerche ein, wer in der morgendlichen Frühe als Erster zu hören sei. Qualitativ waren die Hähne natürlich mit ihren lauten, derben Tönen den Lerchen und deren zarten, melodischen Trällern hoffnungslos unterlegen. Quantitativ sah es genau umgekehrt aus. Der Lebensraumverlust vor allem durch die moderne Landwirtschaft hatte längst zur Aufnahme der Feldlerche in die Rote Liste der extrem bedrohten Arten geführt. Davon allerdings wussten die Hähne nichts, ebenso wenig wie die meisten Menschen.

In Nordeuropa wurde seit jeher der Frühling, die Wiederkehr von Helligkeit, Sonne und Wärme, das Ende von Kälte und Eis freudig begrüßt. Am Niederrhein sah das ganz anders aus. Strenge Winter, die mit den nordischen Verhältnissen zu vergleichen gewesen wären, hatte man hier nie erlebt. Seit einigen Jahren jedoch war ein Winter, der auch nur ansatzweise diesen Namen verdient hätte, überhaupt nicht mehr vorgekommen. Es gab nur noch drei Jahreszeiten: einen kurzen Frühling von Ende Februar bis April, der mit der Rückkehr der Singvögel und der Sonne kurzzeitig für bessere Stimmung sorgte, einen schier endlosen Sommer von Anfang Mai bis in den Oktober hinein mit teils unerträglicher Hitze und bedrohlicher Trockenheit sowie einen monatelangen trüben Herbst mit wolkenverhangenem regnerischem und sehr windigem Wetter ohne jedwede Kälte. Bei immer mehr Menschen führten diese Verhältnisse zu Unmut, Ärger, ja zu regelrechten Depressionen.

Ganz anders bei den arktischen Wildgänsen, die von Oktober bis Ende März zu Tausenden den Niederrhein als Überwinterungsquartier wählten, um der Kälte ihrer sibirischen Brutheimat zu entgehen. Sie genossen das feucht-milde Wetter, das das Gras als bevorzugte Nahrungsquelle auch im Dezember und Januar noch sprießen ließ, und die nassen Flächen zum Baden und Trinken. Man konnte sogar den Eindruck gewinnen, die Bless-, Saat- und Weißwangengänse würden in jedem Jahr ein paar Tage länger am Niederrhein verweilen, zum großen Ärger der Bauern, denn auch die jungen Pflänzchen des Wintergetreides waren bei den Gänsen sehr begehrt. Für die dabei entstehenden Fraßschäden wurden die Bauern zwar entschädigt, dennoch schimpften sie immer wieder über die ›verfluchten‹ Gänse.

Im Klever K1 war etwas mehr Ruhe eingekehrt, hatte man doch einen der langwierigsten Fälle der letzten Jahre endlich abschließen, einen besonders skrupellosen Verbrecher verhaften und so viel Beweismaterial sammeln können, dass den Mann vor Gericht seine verdiente langjährige Haftstrafe erwartete. Der 32-Jährige aus Goch lebte offiziell von Hartz IV, führte aber aufgrund seiner kriminellen Aktivitäten ein wahres Luxusleben mit seiner Familie, was merkwürdigerweise niemandem aufgefallen war.

Der Mann hatte zusammen mit seinem Bruder in fast allen Lebensbereichen eine Gewalt- und Drohkulisse aufgebaut, um sich zu bereichern. Die ihm zur Last gelegten Straftaten wiesen eine erschreckende Bandbreite auf, von versuchtem Totschlag und der Zwangsprostitution einer 18-Jährigen bis zu bewaffneten Drohungen gegenüber Autofahrern, einem Erpressungsversuch gegen einen Lokalbesitzer, der Unterschlagung eines 100.000-Euro-Autos bis zum Besitz von Kinderpornos und illegalen Waffen. Die Ermittlungen waren erst in Fahrt gekommen, als der zur Zwangsprostitution gedrängten Frau nach Monaten die Flucht gelang.

Auch wenn die Ermittlungen abgeschlossen waren, sorgte der Fall unter den Kollegen immer noch für Gesprächsstoff, so auch an diesem Morgen.

»Ich verstehe immer noch nicht, warum die luxuriöse Lebensweise trotz Hartz-IV niemandem aufgefallen ist!«, stellte Fritz Alt fest. Der schlanke, sportliche Mittfünfziger leitete seit einigen Jahren das Klever K1, war gebürtiger Dortmunder und bekennender BVB-Fan und hatte sich am Niederrhein direkt wohl gefühlt. Die welligen und immer nach hinten gekämmten schwarzen Haare wiesen bereits etliche graue Strähnen auf, der Bart war ober- und unterhalb der Lippen noch schwarz, an den Seiten und am Kinn jedoch fast übergangslos grau. Von den Kollegen wurde er der ›Alte Fritz‹ genannt.

»Selbst wenn dieser Typ lebenslänglich bekommt, wird er bei guter Führung nach 12 oder 13 Jahren wieder frei sein. Das ist doch ein Witz! Der Kerl ist durch und durch schlecht, böse, daran wird sich garantiert nichts mehr ändern, er wird neue Verbrechen begehen. So jemand dürfte auf keinen Fall jemals wieder auf die Öffentlichkeit losgelassen werden, er wird immer wieder für Leid und Verluste sorgen.«, erklärte Jens Marquardt und schien sich kaum zu beruhigen.

Der Kommissar stammte aus Düsseldorf, hatte sich nach einem Studium der Wirtschaftsinformatik erst spät der Polizei zugewandt. Drei Jahre zuvor hatte er im Zuge seiner Ausbildung ein Praktikum im Klever K1 absolviert. Dabei war er dermaßen positiv aufgefallen, sowohl fachlich als auch menschlich, dass Fritz Alt bei der Schaffung der neuen Planstelle direkt an Jens Marquardt gedacht hatte und ihn unbedingt in sein Team holen wollte. Der 30-Jährige war mittelgroß und schlank, wirkte durchtrainiert. Er hatte ein rundliches Gesicht mit blauen Augen und kurzen schwarzen Haaren. Seit einigen Monaten war er mit Fritz Alts Tochter Doris liiert, einer angehenden Ärztin, die im Klever Krankenhaus tätig war.

»Tja, das fällt nicht mehr in unsere Zuständigkeit, es ist bekanntlich Sache des Gerichts, darüber zu entscheiden, ob der Mann wegen der festgestellten Schwere der Taten anschließend in Sicherheitsverwahrung genommen wird«, stellte Oberkommissar Heise gewohnt sachlich-kühl fest.

Der introvertierte Mittvierziger, von leicht stämmiger Statur, mit einem rundlichen Gesicht und mittellangen schwarzen Haaren wohnte am Stadtrand von Xanten und arbeitete seit etlichen Jahren im K1 in Kleve. Dort lief er unter dem Spitznamen ›Holmes‹, nicht nur, weil er den seiner Meinung nach ›größten Ermittler aller Zeiten‹ stets als sein Vorbild angab, sondern weil auch er dem messerscharfen Verstand und analytischen Denken oft den

Vorzug einräumte gegenüber allzu viel Wissenschaftsgläubigkeit, wie er es nannte.

»Dann also zurück zum Tagesgeschäft!«, entschied Fritz Alt. »Ich muss zum Chef!«

In den vergangenen Tagen war ein Phänomen zunehmend in den Focus der Menschen, auch der Polizei gerückt: Die Presse berichtete immer wieder von brennenden Mülltonnen an verschiedenen Stellen der Stadt. Da sich solche Gefäße eher nicht von selbst entzünden, musste man von Brandstiftung ausgehen. Jemand hatte wohl Benzin in die Tonnen gekippt und ein brennendes Streichholz hineingeworfen. Brennbare Materialien – nicht nur in den Altpapierbehältern – hatten das Feuer dann schnell auflodern lassen. Was auf den ersten Blick wie ein saublöder Streich irgendwelcher Halbwüchsiger erscheinen könnte, wurde von der Feuerwehr wesentlich ernster gesehen. In den Tonnen würden vielfach Substanzen stecken, die beim Verbrennen giftige Stoffe freisetzen könnten, erklärte der Klever Feuerwehrchef. Außerdem bestünde die Gefahr, dass bei brennenden Tonnen, die nahe an Häusern, Schuppen oder auch Autos stünden, das Feuer sich auf diese Objekte ausbreite. Ein weiteres Problem sah der Brandmeister darin, dass die Feuerwehr schlichtweg über zu wenig Personal und zu wenige Fahrzeuge verfüge, wenn – wie kürzlich geschehen – in einer einzigen Nacht binnen kürzester Zeit an 7 verschiedenen Stellen der Stadt brennende Müllgefäße gemeldet würden. Daher würden in den kommenden Nächten zusätzlich zum Löschzug Kleve Stadt auch diejenigen in Materborn, Kellen und Rindern in Alarmbereitschaft versetzt. Auch die Löschgruppen in Keeken, Reichswalde und

Warbeyen stünden bereit. Schließlich forderte Brandmeister Simons die Bevölkerung auf, Mülltonnen auf keinen Fall direkt an Hauswände oder nahe an geparkte Autos zu platzieren. Erhöhte Wachsamkeit sei in jedem Falle erforderlich.

Als der leitende Hauptkommissar wenig später seinem Team über das Gespräch mit dem Kriminaldirektor berichtet hatte, war es Klaas Hinrichs, der als Erster antwortete. Der knapp über Vierzigjährige war groß und schlank mit nahezu glatzenartig kurzen Haaren und einem Kinn- und Oberlippenbart. Sein Gesichtsausdruck hatte oft etwas Schelmisches, Hinrichs galt als der Stimmungsmacher im K1, ein total extrovertierter Typ, der seine Kollegen immer wieder mit Witzchen und Wortspielen aufheiterte, manchmal allerdings auch nervte.

»Was hat die Fliege sich dabei nur gedacht?«, fragte Hinrichs. »Für brennende Mülltonnen sind unsere uniformierten Kollegen zuständig, nicht wahr?« Mit ›Fliege‹ war Kriminaldirektor Benjamin Fricke gemeint wegen dessen Vorliebe für dieses Kleidungsaccessoir.

»Nun ich schätze, er möchte einer Verunsicherung der Bevölkerung infolge von Panikmache der Presse entgegenwirken«, entgegnete Alt.

»Verstehe!«, antwortete Jens Marquardt. ›Feuerteufel in Kleve unterwegs‹, so lautete ja bereits eine Überschrift in dicken Lettern bei der Zeitung mit den vier großen Buchstaben.«

»Warum eigentlich nicht ›Feuerteufelin‹?«, warf Hinrichs ein.

»So oder so, jedenfalls müssen wir uns der Sache annehmen!«, stellte Fritz Alt klar. »Was bisher nur unter Sachbeschädigung läuft, könnte durchaus zu Körperverletzung werden, falls jemand bei den Feuern zu Schaden kommt. An noch Schlimmeres wage ich gar nicht zu denken!« Alt konnte nicht ahnen, wie richtig er mit seinen Befürchtungen lag.

»Hm«, meldete sich jetzt auch Siegfried Heise zu Wort. »Dann benötigen wir zunächst einmal etliche Informationen, eine genaue Auflistung, an welchen Tagen welche Tonnen an welchen Stellen der Stadt in Brand gesetzt wurden. Waren immer nur – oder vorwiegend – die blauen Altpapierbehälter betroffen, die ja logischerweise am ehesten Feuer fangen? Gab es räumliche oder zeitliche Schwerpunkte der Taten? Ist möglicherweise sogar ein Muster zu erkennen?«

»Diese Daten werden bei der Feuerwehr sicherlich vorliegen«, meinte Alt und blickte die Kriminalassistentin Heike Buschkamp an. Die etwas über Fünfzigjährige mit molliger Figur und kurzen Haaren war für alles Organisatorische im K1 zuständig: Recherche am PC, Telefonate, Aktenführung und dergleichen. Sie galt als der ›gute Geist‹ der Truppe, war nie schlecht gelaunt, hatte immer ein aufmunterndes Wort für die Kommissare, wenn etwas schiefgelaufen war.

»Wird gemacht!«, antwortete sie.

»Tja, dann ist ja alles im Grunde ganz einfach«, sagte Klaas Hinrichs an seine Kollegen gewandt.

»Was meinst du?«, fragte Marquardt.

»Mit sämtlichen vorliegenden Daten – wann, wo, welcher Müllbehälter, in der Innenstadt oder am Stadtrand oder sonstige Infos - kannst du als Fachmann bestimmt ein Computerprogramm erstellen, mit dem uns dann der Rechner mitteilt, wann und wo der nächste Brand erfolgt. Wir brauchen uns dann nur noch dort mit Handschellen

14

und Feuerlöscher auf die Lauer zu legen und die ganze Angelegenheit ist abgehakt!«

Die anderen schwiegen einen Moment und blickten Hinrichs erstaunt an, aber in dessen Gesicht zeigte sich kein Grinsen wie so oft bei seinen Scherzen. Sollte er seinen Vorschlag tatsächlich ernst gemeint haben?

Oberkommissar Heise antwortete als Erster, und zwar in gewohnt sachlich-ruhiger Art: »Hm, das könnte vielleicht funktionieren, aber nur unter einer einzigen, allerdings wenig wahrscheinlichen Voraussetzung.«

»Und die wäre?«, fragte Hinrichs.

»Wenn den Taten unseres Feuerteufels oder eben der Teufelin ein Plan, ein Muster, eine Regelhaftigkeit zugrunde liegt!«

»Klar!«, warf Marquardt ein. »Wenn der Täter planlos durch die Gegend zieht und nach Lust und Laune irgendwo einen Müllbehälter anzündet, egal welchen, dann läuft das genialste Computerprogramm ins Leere.«

»Genau!«, stimmte Alt zu. »Deshalb sollten wir uns auch nicht näher mit dieser Idee beschäftigen, sondern zur Tagesordnung übergehen. Da warten bekanntlich noch etliche andere Fälle auf uns!«

# DREI

Schon neigte sich auch der März wieder seinem Ende zu, der Frühling hatte endgültig die Macht übernommen. Die Laubbäume in Wäldern, Gärten und Parks wiesen von Tag zu Tag mehr Grün auf, begrüßten ihre neuen Blätter. Nicht nur die täglich zahlreicher zurückkehrenden Zugvögel, auch ihre heimischen Verwandten übten sich eifrig im Reviergesang, um möglichst bald ein Weibchen anzulocken und mit dem Brutgeschäft beginnen zu können.

Die Hähne hatten sich der stimmlichen Übermacht von Feld- und Heidelerchen, Rotkehlchen, Zaunkönigen, Rohrammern, Buchfinken und Amseln ergeben müssen und achteten gar nicht mehr auf den frühmorgendlichen Gesang ihrer entfernten gefiederten Verwandten.

Die letzten Bless- und Saatgänse rüsteten sich für den gefährlichen Weg in ihre sibirische Brutheimat, die Weißwangengänse würden bestimmt noch ein oder zwei Wochen länger am Niederrhein verweilen.

Die Serie der Brandstiftungen war nicht zu Ende gegangen, aber doch im Interesse der Öffentlichkeit gesunken. Nur noch einmal hatte man aufgehorcht. Ein PKW war ausgebrannt, der offenbar nahe an einer abgefackelten Mülltonne gestanden hatte. Hinweise auf mögliche Täter sowie Tatzeugen hatten sich immer noch nicht ergeben.

»Das waren inzwischen an die 60 brennende Müllbehälter, glaube ich«, begann Marquardt. »Und bei keiner einzigen Tat soll es Zeugen gegeben haben?«

»Alle Brände fanden zwischen 2 und 5 Uhr nachts statt. Wer ist da schon unterwegs?«, fragte Heise.

»Brandstifter, zum Beispiel«, erklärte Hinrichs grinsend, erntete mit dieser Aussage bei den anderen keinerlei Reaktion. Manchmal waren ihnen die ständigen Witzeleien des Kollegen einfach zu viel.

»Jedenfalls weiß ich nicht, warum die Fliege die brennenden Tonnen so hoch gehängt hat«, erklärte Marquardt einmal mehr. »Auch die Öffentlichkeit nimmt die Brände kaum noch wahr.«

»Schon richtig, und es brennt ja auch viel seltener«, erwiderte Alt. »Ich schätze, die Fliege war einfach besorgt, dass sich aus den brennenden Müllbehältern eine Gefahr für die Bevölkerung entwickeln könnte.«

»Danach sieht es nun wirklich nicht aus. Außerdem gibt es für uns bekanntlich anderes zu tun als irgendwelche durchgeknallte Jugendliche zu jagen, die Mülltonnen abfackeln!«, äußerte Hinrichs.

»Man weiß ja nie!«, merkte Heise gedankenverloren an.


An den folgenden Tagen verlagerte sich der Fokus der öffentlichen Wahrnehmung noch weiter weg von den brennenden Tonnen – man hatte sich offenbar daran gewöhnt – hin zu einem vollkommen anderen Problem: Katzen! Katzen und die von ihnen angerichteten immensen Schäden vor allem an Vögeln, aber auch an Kleinsäugern und anderen Tieren.

Angefangen hatte alles mit der Veröffentlichung von Forschungsergebnissen der niederländischen Universität Tilburg in den Niederrhein Nachrichten. Dort war zu lesen, dass allein in unserem Nachbarland pro Jahr mehrere Millionen Vögel von Katzen getötet werden. 69% der Taten gingen auf das Konto umherstreunender herrenloser Katzen, der Rest der Opfer wurde von Hauskatzen mit Freigang erbeutet.

Daraufhin entbrannte ein Streit, den man in dieser Intensität überhaupt nicht vorhersehen konnte. Nicht nur in den Printmedien und den sozialen, auch ganz alltäglich beim Bäcker oder Frisör, im Supermarkt, in der Post oder auf der Straße: Überall wurden Katzen und ihre Taten plötzlich zum Thema Nummer eins. Dabei prallten zwei Gruppen aufeinander: Katzenfreunde und Katzengegner.

Auch im K1 hatte das Thema ›Katzeritis‹, natürlich eine Wortschöpfung von Klaas Hinrichs, Einzug gehalten. So erklärte Jens Marquardt während der Mittagspause in der Kantine: »Ich weiß gar nicht, was das ganze Theater soll. Wir sind einer der ersten Kreise in Deutschland, der eine Kastrationspflicht für Freigängerkatzen beschlossen hat.

»Genau!«, bekräftigte Heise. »Und das alles wird im Katzenkastrationskataster genau dokumentiert.«

»Katzenkastrationskataster! Mein absolutes Lieblingswort«, wiederholte Hinrichs genüsslich, »mit 25 Buchstaben, ein echter Zungenbrecher. Derartige Wortungetüme bringt wahrscheinlich nur die deutsche Sprache hervor. Man hängt einfach nur ein Wort an das andere und fertig ist der neue Begriff!«

»Aber der Inhalt hilft«, stellte Marquardt fest. »Wer die Unfruchtbarmachung seiner Freigängerkatze verweigert, darf bis zu 1000 Euro Strafe berappen! Und gänzlich frei lebende Katzen dürfen sogar eingefangen, kastriert und gekennzeichnet werden. Das müsste die explosionsartige Vermehrung der Viecher stark einschränken.«

Auch zu Hause kamen Klaas Hinrichs und seine Frau Petra, die die Klever Bücherei leitete, an dem Thema nicht vorbei. Nach dem Abendessen, als man – was selten genug vorkam – gemütlich bei einem Glas Wein zusammensaß, begann Petra Hinrichs plötzlich: »Ich kann es bald nicht mehr hören, auch bei uns in der Bücherei wird fast nur noch über Katzen geredet!«

»Es ist ja auch furchtbar, was die alles anstellen«, erwiderte Klaas Hinrichs. »Denk nur an die armen Singvögel!«

»Das ist aber nicht dein Ernst!«, meinte Petra in gereiztem Ton. »So geht es eben zu in der Natur, fressen und gefressen werden! Deine lieben Vögelchen fressen ja auch Regenwürmer und anderes Getier, oder etwa nicht?«

»Fressen und gefressen werden also! Dann sag mir bitte mal, von wem deine Katzen gefressen werden. Die natürlichen Fressfeinde der Tiere wurden vom Menschen ausgerottet, der zudem für die gewaltige Überpopulation der Stubentiger verantwortlich ist.«

»Aber . . .«, versuchte Petra Hinrichs einzuwenden, doch ihr Mann hatte sich so sehr in Rage geredet, dass er sie unterbrach und weitersprach: »Also muss der Mensch auch für eine Wiederherstellung des natürlichen Gleichgewichts sorgen, indem er die Zahl der Katzen reduziert!«

Jetzt merkte man auch Petra Hinrichs die Erregung deutlich an. »Willst du etwa Katzen abmurksen?«, fauchte sie.

»Natürlich nicht, aber die bei uns geltende Kastrationspflicht für Freigängerkatzen sollte unbedingt eingehalten und strikt überwacht werden!«

»Und wer soll das tun?«, fragte Petra Hinrichs missmutig.

Daraufhin erwiderte der Oberkommissar zunächst nichts. Er blickte seine Frau lächelnd an und meinte dann: »Wir sollten uns nicht von dieser Katzeritis anstecken lassen und uns lieber den Dingen zuwenden, bei denen wir völlig einer Meinung sind, meinst du nicht auch?« Damit wandte er sich seiner Frau zu und rückte ganz nah an sie heran.

»Aber ja doch!«, hauchte sie.

Das plötzliche und sehr laute Schrillen des neuen Weckers riss Petra und Klaas Hinrichs aus dem Schlaf. Der Kommissar warf sich herum, schlug auf der Suche nach dem Wecker schlaftrunken in alle Richtungen um sich und traf dabei die Schulter seiner Frau. Diese blickte ihn zunächst geradezu amüsiert an und meinte dann: »Erstaunlich, wie schnell aus einem friedlich schlafenden Ehemann ein gefährliches Monster werden kann!«

»So, wie die Nacht verlaufen ist, kann ja niemand behaupten, wir hätten allzu viel Schlaf genossen«, meinte Hinrichs lächelnd und schob seine Hand unter das Pyjama-Oberteil seiner Frau.

An diesem Morgen wurde auch Oberkommissar Heise nochmals von der Katzeritis betroffen. Als er seine Junggesellenwohnung am Stadtrand von Xanten verließ und auf sein Auto zuging, kam ein älterer Herr direkt auf ihn zu. Heise schätzte ihn auf Anfang siebzig. Er war mittelgroß, untersetzt mit kurzen grauen Haaren. Irgendwie kam Heise der Mann bekannt vor, er war sich sicher, ihn schon einmal gesehen zu haben.

»Sie sind doch von der Polizei«, sprach der Mann Heise an.

»Ja, schon.«

»Dann müssen Sie mir helfen, bitte!«

»Was ist passiert?«

»Ich möchte Anzeige erstatten, wissen Sie.«

Heise blickte den Mann, der ihm äußerst aufgewühlt vorkam, an und sagte ganz ruhig: »Erzählen Sie mir einfach, was Sie bedrückt!«

»Wissen Sie, das war so«, begann der Mann. »Ich wohne hier schräg gegenüber im Erdgeschoss.«

Plötzlich wusste Heise wieder, woher er ihn kannte. Ein Nachbar also, dem der Kommissar das eine oder andere Mal auf der Straße begegnet war. Man hatte sich gegrüßt, nicht jedoch miteinander geredet. Dabei hatte der Mann seine ›Rentnerkappe‹, getragen, im Gegensatz zu heute. Deshalb hatte Heise ihn nicht sofort erkannt. Der Begriff ›Rentnerkappe‹ stammte natürlich von Klaas Hinrichs. »Diese Kappe darf man erst tragen, wenn man über sechzig ist und noch mindestens 10 Jahre älter aussehen will«, hatte Hinrichs kürzlich erklärt.

»Entschuldigung«, murmelte Heise, denn wegen seiner Gedanken hatte er nicht verstanden, was der Mann gesagt hatte.

»Währisch ist mein Name«, erklärte er. »Ich wohne im Erdgeschoss, das sagte ich bereits. Morgens öffne ich immer die Fenster, um frische Luft hereinzulassen, so auch heute. Das Wohnzimmer liegt zum Garten hin.« Er hielt einen Moment inne, bevor er fortfuhr: »Von der Küche aus höre ich ein merkwürdiges Geräusch im Wohnzimmer. Ich bin also hin und bekomme gerade noch mit, wie ein fettes Katzenvieh aus dem Fenster nach draußen springt. Dann seh´ ich die Bescherung: Das Mistvieh hat im Wohnzimmer gepisst und gekackt, auf den teuren Perserteppich! Was sagen Sie dazu?«

Noch bevor Heise antworten konnte, redete Herr Währisch weiter. »Und jetzt möchte ich Anzeige erstatten. Der Katzenhalter muss bestraft werden und Schadensersatz zahlen, das ist vollkommen klar!«

»Kennen Sie denn den Halter?«, fragte Heise vorsichtig.

»Nein, aber den herauszufinden ist ja Sache der Polizei!«

Heise musste innerlich schmunzeln, verkniff sich aber jegliches Anzeichen dafür und antwortete: »Ich bin bei der Kripo, wir sind zuständig für schwere Verbrechen. Daher kann ich Ihnen jetzt kaum helfen. Ich schlage vor, Sie wenden sich an die Polizeiwache hier am Ort. Dort wird man Ihnen bestimmt weiterhelfen.«

»Wenn Sie meinen«, antwortete Herr Währisch, dem eine leichte Enttäuschung anzumerken war.

Daraufhin verabschiedete sich Heise, stieg in den Wagen und fuhr zum Dienst nach Kleve. Ein Gedanke allerdings ließ den Oberkommissar unterwegs nicht mehr los: Woher kennt der mich und weiß, dass ich bei der Polizei arbeite? Ein Nachbar, ja, wohnt schräg gegenüber und ich wusste nicht, wo ich ihn einordnen sollte. Aber wie auch, hatte ich doch vorher noch nie ein Wort mit ihm gewechselt. Aber das scheint heutzutage zur Normalität geworden zu sein: Man kennt seine Nachbarn kaum. Wie anders war es doch in der Kindheit. Man wusste ganz genau, wer in den Häusern rechts und links von einem wohnte oder auf der anderen Straßenseite.

Man redete miteinander, wann immer man sich traf. Dazu gehörte natürlich auch der berühmte Plausch über den Gartenzaun, den meine Mutter so liebte. Die Gespräche mit den Nachbarn waren ohnehin in erster Linie Frauensache, denn die Männer befanden sich tagsüber bei der Arbeit. Altes überkommenes Rollenbild, sinnierte Heise, aber alles war irgendwie netter, angenehmer. Die Kälte und Unpersönlichkeit unseres heutigen modernen Lebens hatte noch keinen Einzug gehalten. Genug der Nostalgie, sagte er sich und versuchte krampfhaft, an etwas anderes zu denken.

Als er im K1 ankam, erzählte der Oberkommissar natürlich sofort, was er eine halbe Stunde zuvor erlebt hatte und erntete allgemeines Gelächter, das sich noch deutlich verstärkte, nachdem Klaas Hinrichs seinen unvermeidlichen Kommentar abgegeben hatte. »Perserteppich sagte er? Dann ist die Sache klar, es handelte sich um eine Perserkatze und sie hat sich von dem Teppich anlocken lassen!«

»Und die Halterin kann leichter ermittelt werden«, setzte Marquardt hinzu.

»Halterin?«, fragte Alt.

»Ja, denn in allererster Linie ist der weibliche Teil der Bevölkerung als katzenaffin zu bezeichnen. Der Beliebtheitsgrad von Katzen beträgt bei Frauen 80%, bei Männern eben nur 20%. Das kam bei einer Untersuchung kürzlich heraus. Daher werden auch die allermeisten Katzen von Frauen gehalten.«

»Katzenaffin, nettes Wort«, meinte Hinrichs. »Dann

wollen wir das mal schnell überprüfen. Meine Herren, auf wen von uns trifft das zu? Bitte um Handzeichen!«

Heise, Marquardt und Alt blickten sich an, keiner hob eine Hand, auch Hinrichs selbst nicht.

»Dann wäre das also geklärt«, stellte der Kommissar fest. »Ist ja auch nicht wirklich überraschend, wenn laut der Untersuchung nur jeder fünfte Mann Katzen mag. Wir sind ja nur zu viert!«

Während Marquardt noch über die merkwürdige Auslegung der Statistik nachgrübelte, blickte Hinrichs Heike Buschkamp fragend an, die die Gespräche bislang mit deutlichem Stirnrunzeln verfolgt hatte. Die Kriminalassistentin reckte ihre Hand empor und verkündete: »Ich mag Katzen!« Dann setzte sie mit kritischem Gesichtsausdruck hinzu: »Perser sind übrigens edle Tiere, typische Hauskatzen. Sie genießen lieber im behaglichen Wohnzimmer sowohl ihre Streicheleinheiten als auch ihr Gourmet-Lachs-Menü und sind keineswegs scharf darauf, nachts draußen Mäuse zu jagen oder Singvögelchen totzubeißen!«

»Oder sich in fremden Wohnungen zu entleeren«, ergänzte Hinrichs.

»Dann wäre das also auch geklärt!«, stellte Alt fest.

Wenige Tage später erhielt das Thema ›Katzen‹ eine neue Dynamik, immer mehr besorgte Zeitgenossen, vor allem natürlich -genossinnen meldeten sich bei Polizei und Presse. Ihre Freigängerkatzen waren vom nächtlichen Beutezug nicht mehr zurückgekehrt. Verschwunden!

Für zusätzliche Aufregung in diesem Zusammenhang sorgten ausgerechnet zwei namhafte Tierschutzorganisationen. Diese riefen dazu auf, abends und vor allem natürlich nachts umherstreunende Katzen einzufangen. Die mit einem Chip oder einer entsprechenden Tätowierung als kastriert gekennzeichneten Tiere sollten sofort wieder freigelassen werden. Ebenso diejenigen, die eindeutig einem Halter oder einer Halterin zugeordnet werden könnten. Diese Personen sollten dann nochmals dringend aufgefordert werden, ihre Tiere kastrieren zu lassen. Alle übrigen eingefangenen streunenden Katzen sollten unverzüglich in eine Tierarztpraxis gebracht, dort kastriert und gechipt und dann wieder in die Freiheit entlassen werden.

Etliche sogenannte Katzenfreunde reagierten empört, protestierten energisch, sprachen sogar von unerträglicher Denunzierung, weil von Seiten der Tierschützer auch gefordert wurde, man möge solche Katzenhalter, von denen man wisse, dass sie ihre Tiere nachts unkastriert umherstreifen lassen, den zuständigen Behörden oder ihren Organisationen melden. Dann würde das Bußgeldverfahren eingeleitet.

»Bei manchen Zeitgenossen reicht die geistige Kapazität einfach nicht. Diejenigen muss man eben über den Geldbeutel zum Ziel führen!«, lautete Oberkommissar Heises sarkastischer Kommentar.

Die vernünftigen Katzenfreunde hingegen erkannten sehr wohl den Nutzen der Unfruchtbarmachungen. Die allermeisten streunenden Katzen führten ein bemitleidenswertes und kurzes Leben in Elend, Krankheit und Hunger und ein solches sollte möglichst vielen potentiellen Nachfahren erspart bleiben. Nicht umsonst trug die behördliche Anordnung zur Kastration von Freigängerkatzen den Titel ›Katzenschutz-Verordnung‹.

An den folgenden Tagen entwickelte sich das Thema dann in eine Richtung, die nicht vorherzusehen gewesen war. Ausgangspunkt war ein Zeitungskommentar, in dem Katzenbesitzerinnen geraten wurde, sich lieber einen Hund anzuschaffen, der würde deutlich weniger Schaden anrichten und Ärger verursachen. Daraufhin wurde nicht nur der Niederrhein-Kurier, sondern auch alle übrigen Printmedien – die sozialen sowieso – mit Kommentaren überschwemmt, deutlich getrennt nach Hunde- und Katzenliebhabern und die andere Gruppe jeweils mehr oder weniger scharf attackierend, dass man nach wenigen Tagen in den Zeitungen keiner dieser Texte als Leserbriefe mehr veröffentlichte. In den sozialen Medien hingegen tobte der Streit unerbittlich weiter, gipfelte immer wieder in der Frage, welches der beiden Haustiere für den Menschen von größerer Bedeutung, von höherem Wert sei. Die einen führten die weitaus größere Zahl von Katzen in deutschen Haushalten verglichen mit der von Hunden als Beleg für ihre Sicht der Dinge an, die anderen beschrieben den vielfältigen Nutzen von Hunden für den Menschen gegenüber bloßen Schmusetieren wie Katzen. Ein ganz besonderer Beitrag hatte im K1 hohe Wellen geschlagen. ›Wir alle kennen Polizeihunde, Blindenhunde, Spürhunde, Lawinensuchhunde, um nur ein paar Beispiele zu nennen. Aber hat jemals irgendwer von Polizeikatzen, Blindenkatzen, Spürkatzen oder Lawinensuchkatzen gehört? Wohl kaum!‹ war da zu lesen gewesen, der Autor ein gewisser Frieso.

Oberkommissar Heise hatte es als Erster bemerkt und sprach den Kollegen darauf an. »Die Wortschöpfungen passen so gut zu dir, da hätte es des Namens, der auf deine friesische Heimat hinweist, gar nicht bedurft, Klaas!«

»Was? Der Text stammt von dir?«, staunte Marquardt.

# VIER

Immer noch hatte sich kein ›richtiges‹ Frühlingswetter eingestellt. Blauer Himmel und Sonnenschein, der zu dem an Bäumen und Büschen sprießenden frischen Grün perfekt gepasst hätte, zeigte sich nur höchst selten. Zumeist herrschten mehr oder weniger dichte Wolken vor, oft nieselte es.

Zur Teamsitzung am Morgen traf man sich wieder einmal im kleinen, aber gemütlichen Büro des Alten Fritz. Trotz der räumlichen Enge - es standen nicht genug Sitzgelegenheiten für alle zur Verfügung – fühlten sich die Beamten des K1 dort nach wie vor viel wohler als im modernen Großraumbüro mit dem für das K1 abgetrennten Bereich.

»Also«, begann Fritz Alt, »gleichsam auf Befehl der Fliege hatte ich gestern Abend noch ein höchst interessantes Gespräch mit einer Spezialistin des LKA, die dort für die Untersuchung von Brandstiftungen fungiert.«

»Warst du etwa noch in Düsseldorf?«, unterbrach der aus der nordrhein-westfälischen Landeshauptstadt stammende Jens Marquardt.

»Videotalk«, erklärte Alt. »Sehr Interessant, kann ich euch sagen! Und keineswegs ein Schießen mit Kanonen auf Spatzen, wie ihr vielleicht meint.«

»Na ja«, gab sich Hinrichs  skeptisch.

»Folgendes in Kurzform«, begann Fritz Alt. »Von der Idee, es handele sich bei den Brandstiftungen um das

Werk von durchgeknallten Jugendlichen, dürfen wir uns verabschieden. Die machen so was auch, aber nur drei bis maximal fünf mal, danach verlieren sie die Lust daran und suchen sich etwas anderes. Statistisch hoch wahrscheinlich ist unser Brandstifter zwischen 25 und 50 und männlichen Geschlechts.«

»Also keine Teufelin!«, warf Marquardt ein.

»Was Dr. Zoller noch ausführte zur Psychologie des Täters, dürfte uns nicht neu vorkommen«, fuhr Alt fort. »Brandstifter sind Menschen mit einer geistigen Erkrankung. Sie verspüren einen nicht zu beherrschenden Drang, Dinge anzuzünden und brennen zu sehen. Ähnlich wie bei Spielsucht oder bei Drogen sind sie allein nicht in der Lage, dagegen anzugehen. Personen, die unter dieser Pyromanie leiden, weisen ein großes Interesse an allem auf, was mit Feuer zu tun hat, oft wissen sie alles über Brandschutzmaßnahmen, über die Feuerwehr und so weiter. Nicht selten besteht sogar ein Bezug zur Feuerwehr, entweder als ehemaliger oder sogar als aktueller Feuerwehrmann. Ein Feuer brennen zu sehen, verschafft ihnen eine gewisse Befriedigung, entspannt sie. Und wenn das Feuer erlischt, baut sich der Drang erneut auf. Sie müssen das Ganze wiederholen, Brandstiftung wird zur Sucht.«

»Wenn sich unser Pyromane also - aus sicherer Deckung - an seinem Feuer erfreut, es betrachtet, sollten wir unbedingt die bei den Löscharbeiten anwesenden Schaulustigen fotografisch festhalten, und zwar möglichst unauffällig natürlich«, bemerkte Hinrichs.

»Falls denn mitten in der Nacht jemand da ist«, merkte Heise stirnrunzelnd an.

»Nachbarn, Anwohner bestimmt«, entgegnete Alt.

»Und wir müssen auch die Kennzeichen aller PKW im Umkreis von 500 Metern um die Brandstelle notieren. Das Benzin oder eine andere brennbare Flüssigkeit muss ja schließlich vom Täter herbeigeschafft worden sein.«

»Hm, wie passt es zusammen, wenn er innerhalb einer Stunde an vier oder mehr verschiedenen Stellen der Stadt zuschlägt?« murmelte Hinrichs eher zu sich selbst.

Achselzucken bei den anderen, bevor Alt antwortete: »Was Dr. Zoller, die LKA-Expertin, noch anmerkte: Wir können es durchaus auch mit Nachahmern, Trittbrettfahrern zu tun haben, die angeregt durch die Berichterstattung sozusagen auch einmal ein oder zwei Mülltonnen anstecken. Das dürften dann aber eher Jugendliche sein.«

»Ohne wieder die Kanonen und die Spatzen zu zitieren, findest du das nicht alles etwas übertrieben wegen ein paar abgefackelter Mülltonnen?«, fragte Marquardt.

»Leider nein!«, entgegnete Alt mit Bestimmtheit und sah besorgt aus. » Der Täter wird sehr bald in Phase zwei eintreten und dann Autos, Geräteschuppen, Gartenlauben bis hin zu ganzen Häusern – vorwiegend aus Holz natürlich – ins Visier nehmen. Der bisherige Ablauf der Taten deutet nach Ansicht von Dr. Zoller genau darauf hin!«

Die anderen schwiegen zunächst, blickten sich verblüfft an, bis Jens Marquardt feststellte: »Also wird da eine Menge Arbeit auf uns warten.«

»Ich fürchte ja«, stimmte Alt zu.

Damit endete die Teamsitzung und die anderen verließen Alts Büro und begaben sich an ihre Arbeitsplätze im ungeliebten Großraumbüro, um sich den anstehenden Aufgaben zu widmen.

Schon zwei Nächte später sollten sich die von Fritz Alt an die Kollegen weitergegebenen Informationen bewahrheiten. Diesmal handelte es sich nicht um eine einzelne Mülltonne, wie Alt kurz nach seinem Eintreffen im Kleingartengelände Blütentraum von Brandmeister Simons erfuhr. Den Brandgeruch hatte Alt bereits weit im Voraus wahrgenommen. Die Feuerwehr befand sich mit mehreren Fahrzeugen im Einsatz, der Brand war offensichtlich noch nicht vollständig gelöscht, das Areal weiträumig abgesperrt.

»Die größte Laube hier im Gartengelände wurde vermutlich angesteckt«, informierte der Brandmeister.

Es schien an mehreren voneinander entfernt liegenden Stellen zu brennen oder gebrannt zu haben. Alt wunderte sich.

»Im Inneren befanden sich anscheinend ein oder zwei Gasbehälter, Propangas vermutlich, die durch das Feuer explodierten. Dadurch wurden brennende Teile der Laube in die Luft geschleudert und landeten etliche Meter entfernt, teilweise am Boden, aber leider auch auf anderen Lauben, von denen zwei ebenfalls Feuer fingen, zum Glück aber nicht so richtig brannten, wahrscheinlich aufgrund ihrer Wellblech-Bedachung«, führte der Brandmeister aus.

»Verstehe!«, murmelte Alt. »Personen sind demnach nicht zu Schaden gekommen.«

»Zum Glück nicht! Im April übernachtet in der Regel niemand in seiner Gartenlaube im Grünen. Das sieht im Sommer natürlich ganz anders aus.«

»Wer hat das Feuer überhaupt entdeckt oder gemeldet?«, wollte Alt wissen.

»Das war ein Autofahrer, der von der Straße da drüben

das Feuer bemerkt hat«, erklärte der Brandmeister und wies mit der Hand in die entsprechende Richtung.

»Zeugen oder sonstige Hinweise liegen wahrscheinlich nicht vor«, stellte Alt eher fest als dass er fragte.

»Leider nichts!«

Damit bedankte sich Alt bei Brandmeister Simons und Klaas Hinrichs trat auf seinen Chef zu.

»Das war er dann, der zu erwartende nächste Schritt«, bemerkte Hinrichs stirnrunzelnd. »Aber dass der so schnell erfolgen würde, hätte ich nicht gedacht!«

Wenig später arbeiteten Alt, Hinrichs und der inzwischen ebenfalls eingetroffene Jens Marquardt in der geplanten Weise: notieren aller PKW-Kennzeichen im Umkreis, fotografieren der Schaulustigen – es waren tatsächlich ein paar gekommen – und absuchen der Umgebung nach sonstigen Spuren.

Dabei stellte sich das Aufnehmen der Bilder als größte Herausforderung dar. Erstens waren die Lichtverhältnisse natürlich alles andere als ideal und zweitens sollten die anwesenden Personen nichts davon mitbekommen, dass sie fotografiert wurden. Hinrichs nahm sich mit größter Sorgfalt und Vorsicht der Sache an, war jedoch durchaus skeptisch, was den Erfolg betraf.

»Wahrscheinlich werden die Spezialisten der Feuerwehr wieder Reste von Brandbeschleunigungsmitteln in den Brandrückständen nachweisen, das hilft uns leider bei der Tätersuche auch nicht wirklich weiter«, seufzte Marquardt.

»Aber der Feuerteufel sucht sich tatsächlich größere Ziele aus, das lässt für die Zukunft nichts Gutes erwarten!«, merkte Alt mit sorgenvoller Miene an.

»Sehr nett von euch, dass ihr mich habt schlafen lassen!«, meinte Siegfried Heise, als ihm am folgenden Morgen vom nächtlichen Einsatz berichtet wurde.

»Für dich hätte die Anfahrt aus Xanten einfach zu lange gedauert«, erklärte Alt. »Jens, Klaas und ich waren ja viel schneller vor Ort.«

Die Überprüfung der wenigen in der Tatortumgebung geparkten Autos ergab ebenso wenig wie die Suche nach möglichen Zeugen. Sicherheitshalber wurde auch der Besitzer der nahezu vollständig niedergebrannten Laube befragt, ob er eine Erklärung dafür habe, dass ausgerechnet sein Gartenhäuschen das Ziel des Brandanschlages gewesen sei, ob er bedroht worden sei oder Feinde habe, denen er die Tat zutrauen würde. Von alledem nichts!

Auch die gefundenen Reste von Brandbeschleunigern bewiesen letztlich nur, was schon vorher klar war: Es handelte sich wieder einmal um Brandstiftung. Und von einer heißen Spur befand man sich nach wie vor meilenweit entfernt.


Das Katzenthema hatte sich inzwischen weitgehend beruhigt, sowohl Rheinische Post als auch Niederrhein-Kurier veröffentlichten keine Leserbriefe mehr dazu. Einer der letzten hatte gleichwohl noch für eine gewisse Verwunderung gesorgt. Darin äußerte ein Tierarzt seine Meinung, wirklicher Katzenschutz bedeute Kastration, aber er könne nicht ständig Katzen und Kätzinnen unfruchtbar machen, schließlich würden in seiner Praxis auch viele andere Tiere seiner Hilfe bedürfen.

Dann erhielt das Thema gleichsam über Nacht eine neue Dynamik: An etlichen Stellen der Stadt tauchten eines Morgens Flugblätter auf, an Baumstämme und Laternenpfähle geheftet, an Garagentore geklebt, in Briefkästen geworfen. Der Text lautete:

WER SEINE KATZE IMMER NOCH UNKASTRIERT
IM FREIEN HERUMLAUFEN LÄSST, WIRD SEIN TIER
BALD NIE MEHR WIEDERSEHEN

Das sorgte in Teilen der Bevölkerung für einen Aufschrei der Empörung. Einige Katzenhalterinnen tauchten sogar bei der Polizei auf und forderten diese auf, tätig zu werden.

»So ein Unsinn!«, kommentierte Fritz Alt. »Als ob die Kollegen nicht schon genug zu tun hätten! Wer der rechtlichen Anordnung, sein Freigang-Miezetier kastrieren zu lassen, nicht Folge leistet, ist eben selbst schuld.«

»Genau!«, stimmten die anderen zu.

# FÜNF

Kriminalhauptkommissar Fritz Alt und seine Frau Gabi, die zusammen mit einer Freundin ein Fotostudio in der Klever Innenstadt betrieb, hatten sich nach 27 Ehejahren vor einigen Monaten getrennt. Das Kriseln in der Beziehung war von beiden schon länger verspürt worden, sodass es keine allzu große Überraschung darstellte, als beide neue Partnerschaften eingingen.

Sabine Eichhorn war eine äußerst attraktive Endvierzigerin, blond, mit einer Traumfigur und einer Ausstrahlung, die sich nur schwer beschreiben ließ und der sich kaum jemand zu entziehen vermochte. Fritz Alt hatte sich auf den ersten Blick in die Frau verliebt, die anfangs sogar als Verdächtige in einem Mordfall gegolten hatte. Erst nachdem die wahre Täterin überführt worden war, konnten Fritz Alt und Sabine Eichhorn ihre Beziehung offenlegen. Alt hatte seiner Frau Gabi das gemeinsame Haus überlassen und war zu Sabine Eichhorn gezogen.

Es ging auf Mitternacht zu, die beiden waren früh zu Bett gegangen und widmeten sich gerade ihrer gemeinsamen Lieblingsbeschäftigung, als es läutete. Ein Moment verging, bis Alt das Handy zu greifen bekam. »Was gibt es?«, brachte er hervor, noch völlig außer Atem. Wenige Sekunden später war er hellwach: »Bin schon unterwegs!« Seiner verdutzten Partnerin rief er zu »Der Dienst ruft, Mordanschlag in der Innenstadt!« Schnell stieg er in die Kleidung und stürmte los.

Sabine Eichhorn seufzte. Wer mit einem Kriminalpolizisten zusammen ist, muss immer damit rechnen, dass er in den unpassendsten Momenten weggerufen wird, und das zweimal hintereinander, sagte sie sich mit leichter Unzufriedenheit und schlüpfte zurück in ihr Nachtgewand.

Die Schüttestraße war eine typische, recht kurze Wohnstraße mit zumeist zweistöckigen Reihen- und einigen Mehrfamilienhäusern aus dem vorigen Jahrhundert. Am westlichen Ende befand sich auch ein recht moderner Wohnblock. Viele der Gebäude wiesen eine dunkle Verklinkerung auf, einige wenige auch einen hellen Rauputz.

Der Tatort in Höhe der Hausnummer 18 war mit rot-weißen Bändern abgesperrt, die uniformierten Kollegen hielten die Schaulustigen auf Abstand, die sich trotz der späten Stunde eingefunden hatten. In etlichen Häusern beiderseits der Straße brannte Licht und aus mehreren Fenstern blickten Menschen neugierig auf die ungewöhnliche Szenerie, wollten nichts versäumen.

Jens Marquardt ging auf seinen Chef zu.

»Wirklich Mordanschlag?«, fragte Alt.

»Sieht so aus! Der Mann ist bereits im Krankenhaus. Schwere Kopfverletzung durch einen stumpfen Gegenstand, meinte der Doc. Personalausweis auf den Namen Markus Reubling, EC-Karte, Handy, Bargeld: alles vorhanden. Raubüberfall ist demnach auszuschließen.«

»Gibt es Zeugen? Wer hat ihn gefunden?«, fragte Alt.

»Der Mann da drüben, ein Herr Gebhardt, war mit seinem Hund noch unterwegs«, antwortete Marquardt und zeigte auf einen älteren Herren im dunklen Anorak. Als Alt auf ihn zuschritt, rief der Mann: »Dauert es noch lange? Beppo müsste schon lange im Bettchen sein!«

»Beppo?«

»Mein Hund«, erklärte Herr Gebhardt und wies auf eine undefinierbare Promenadenmischung am anderen Ende der langen Leine. »Beppo ist schon uralt und seine Blase auch, wenn Sie wissen, was ich meine!«

»Sie waren also hier mit Beppo unterwegs, damit er nochmal vor dem Schlafengehen . . . «

»Genau!«, unterbrach der Mann. »Wie jeden Abend.«

»Dann erzählen Sie mal!«

»Da gibt es nicht viel zu sagen, nur was ich Ihren Kollegen schon berichtete: Wir gingen hier entlang, als ich plötzlich etwas auf dem Bürgersteig liegen sah. Beppo hatte schon vorher auffällig geknurrt, sogar unfreundlich gebellt. Dann erkannte ich, dass da eine Person lag. Ich beugte mich herunter und fragte, ob ich helfen könne, erhielt aber keine Antwort. Da rief ich sofort den Notarzt.«

»Das ist alles?«, fragte Alt nach.

»Das ist alles!«

»Haben Sie vielleicht noch andere Personen bemerkt, ist Ihnen jemand entgegengekommen oder ein Fahrzeug losgefahren?«

»Nein, da war niemand sonst.«

Fritz Alt bedankte sich bei Herrn Gebhardt und verabschiedete sich.

»Woran erkennt man, ob ein Hund unfreundlich oder freundlich bellt?«, fragte Marquardt, der die Befragung mitverfolgt hatte, amüsiert.

Alt blickte den jungen Kollegen überrascht an. »Du kennst dich mit Hunden aber gar nicht aus«, meinte er.

»Wie sollte ich? Ich hatte nie einen«, erklärte Marquardt.

»Dann lass dir sagen, dass man sehr wohl erkennen kann, ob ein Hundelaut freundlich klingt oder das Gegenteil der Fall ist. Außerdem muss man auch die übrige Körpersprache beachten. Wenn während des Bellens mit dem Schwanz gewedelt wird, ist dies ein Signal für freundliches Verhalten.«

»Ach so«, staunte Marquardt. »Darauf werde ich in Zukunft achten.«

Inzwischen hatte auch die Spurensicherung ihre Arbeit aufgenommen. Alt sah die in weiße Schutzanzüge gekleideten Kollegen den Boden nach Spuren untersuchen. »Habt ihr schon was?«, fragte der Hauptkommissar.

»Leider nein«, antwortete Klaus Cuypers, der Chef der KTU.

»Ihr sucht bitte ganz intensiv nach der möglichen Tatwaffe, was auch immer sie gewesen sein mag«, gab Alt den Kollegen mit auf den Weg. »Auf jeden Fall ein schwerer, stumpfer Gegenstand!«

Als er sich gerade zum Weggehen umdrehte, bemerkte Alt etwas, das ihm bislang gar nicht aufgefallen war: Mülltonnen! Die braunen Behälter für den Bio-Abfall standen beiderseits der Straße aufgereiht in unregelmäßigen Abständen, nicht vor jedem Haus. Morgen früh werden sie dann geleert, dachte Alt und wandte sich noch einmal an den Trupp der Spurensicherung. »Würdet ihr bitte auch die Tonnen inspizieren, sagen wir 200 Meter in beide Richtungen.«

»Wie? Wir sollen im Müll herumwühlen? In verfaultem Obst und Essensresten?«, fragte ein junger Mann von etwa dreißig Jahren mit länglichem Gesicht und hellblonden Haaren, die unter der Schutzkappe hervorlugten. Alt konnte sich nicht erinnern, ihn jemals zuvor gesehen zu haben. Wohl ein Neuer im Team von Cuypers, dachte er.

»Auch das gehört zur Arbeit der Spurensicherung!«, stellte Alt in sachlich-kühlem Ton fest und machte sich auf den Weg zurück zu seinem Wagen. Im Umdrehen bemerkte er aus den Augenwinkeln heraus gerade noch den alles andere als freundlichen Blick, den Cuypers seinem Mitarbeiter zuwarf. Dieser würde nun ein paar harsche Worte zu hören bekommen, war sich Alt sicher.

# SECHS

Bereits in aller Frühe war Jens Marquardt zusammen mit seiner Freundin Doris Alt zu deren Arbeitsstelle, dem Klever Krankenhaus, aufgebrochen. Von der angehenden Ärztin hoffte er auf neueste Informationen über den Zustand des Niedergeschlagenen.

Marquardt brauchte nicht lange zu warten, bis Doris Alt mit den gewünschten Neuigkeiten zu ihm in den Besucherbereich zurückkam: »Schweres Schädel-Hirn-Trauma. Er musste in ein künstliches Koma versetzt werden, ist zwar Stand jetzt einigermaßen stabil, aber noch nicht außer Lebensgefahr.«

»Dann wollen wir das Beste für den Mann hoffen!«, erklärte Marquardt und war bereits im Begriff sich zu verabschieden, als Doris Alt rief: »Zwei interessante Informationen von Dr. Singer, dem behandelnden Arzt, habe ich noch für dich.«

»Ja?«, meinte Marquardt gespannt.

»Also am Hinterkopf, wo ihn der harte Gegenstand mit voller Wucht traf, konnten feine Holzpartikel festgestellt werden und zweitens: Am Gesicht des Mannes befanden sich Katzenhaare, wie unser Labor feststellte.«

»Das ist ja merkwürdig, Katzenhaare? Wie sind die wohl da hingekommen?«, staunte Marquardt und verließ schnell das Krankenhaus.

Zur gleichen Zeit informierte  Alt seinen Vorgesetzten über das Geschehene. Kriminaldirektor Fricke, an diesem

Tag mit dunkelroter Fliege, wirkte verstört, als er über den nächtlichen Anschlag in Kenntnis gesetzt wurde.

»Schüttestraße! Ich kenne die Gegend ganz gut. Ein typisches Wohngebiet des Mittelstandes. Warum wird dort kurz vor Mitternacht ein Mann einfach so niedergeschlagen und schwer verletzt?«, fragte Fricke.

Alt zuckte mit den Schultern. »Wir befinden uns naturgemäß erst am Anfang der Ermittlungen, wie Sie wissen.« Mit dem stereotypen ›Ich halte Sie auf dem Laufenden‹ verabschiedete Sich Alt und eilte in sein Büro zur Teamsitzung.

Dort war soeben auch Jens Marquardt eingetroffen und berichtete von den Neuigkeiten aus dem Krankenhaus.

»Dann fassen wir mal zusammen«, begann Fritz Alt danach. »Da wir bei Herrn Reubling Bargeld und EC-Karte sicherstellen konnten, dürfen wir einen Raubüberfall ausschließen.«

Stumme Zustimmung in den Gesichtern der anderen.

»Dann bleiben zwei Hypothesen«, fuhr Alt fort. »Entweder der Anschlag galt ganz gezielt diesem Mann und niemandem sonst oder er befand sich nur zur falschen Zeit am falschen Ort.«

»Vielleicht hat er auch etwas beobachtet, was er nicht hätte sehen sollen, ein Verbrechen möglicherweise«, ergänzte Heise.

»Da scheint mir deine erste Annahme am wahrscheinlichsten«, meinte Hinrichs.

»So sehe ich das auch«, stimmte Marquardt zu.

Plötzlich klingelte das Telefon auf Alts Schreibtisch. Es meldete sich Klaus Cuypers, der Chef der Spurensicherung.

»Ich dachte, das interessiert euch«, begann Cuypers. »Zur Tatortuntersuchung von letzter Nacht.«

»Los, sag schon!«, erwiderte Alt ungeduldig, dem die sprichwörtliche Langatmigkeit des KTU-Mannes schon oft auf die Nerven gegangen war. »Was ist mit der Tatwaffe?«

»Fehlanzeige! Die Kontrolle der Mülltonnen hat rein gar nichts ergeben. Wir haben absolut nichts gefunden, das als Tatwaffe in Frage kommen könnte«, lautete die Antwort. Nach einer kurzen Pause setzte Cuypers hinzu: »Aber etwas anderes!«

»Jetzt mach´ es nicht so spannend, sag schon!«, forderte Alt.

»Katzenhaare!«, sagte Cuypers unerwartet knapp.

»Wie? Katzenhaare?«

»Auf dem Gehweg, in unmittelbarer Nähe des Opfers, befanden sich haufenweise Katzenhaare«, präzisierte Cuypers.

Als Alt dann das Gespräch beendet hatte, fragte Marquardt als Erster: »Katzenhaare, schon wieder? Haben wir das richtig verstanden?«

»So ist es! Auf dem Boden, nahe bei dem Niedergeschlagenen.«

»Die Frage ist: Was bringen uns diese Informationen?«

Klaas Hinrichs antwortete zuerst: »Der Angriff erfolgte demnach mit einem Stück Holz, einem Baseball-Schläger oder etwas Ähnlichem.«

»Und wenn der Mann von hinten niedergeschlagen wurde, landete er vermutlich mit dem Gesicht frontal oder seitlich auf dem Bürgersteig, wo sich Katzenhaare befanden«, führte Heise aus.

»Also muss sich ganz in der Nähe eine Katze aufgehalten haben. Das wäre auch der Grund, warum Beppo so unfreundlich knurrte und bellte«, ergänzte Marquardt.

»Und inwiefern hilft uns das weiter?«, fragte Alt in die Runde.

Achselzucken bei den anderen.

»Wir wissen wenigstens, dass die Katze bei Haarausfall das falsche Shampoo benutzt!«, meinte Hinrichs grinsend.

»Ach, Klaas!«, lautete Heises vielsagende Erwiderung.

»Dann können wir nur hoffen, Herrn Reubling bald befragen zu können. Nach Lage der Dinge ist er selbst der einzige Zeuge, der uns Näheres über den Tathergang berichten kann!«, führte Alt aus und setzte hinzu: »Wir müssen also alles über diesen Mann herausfinden, alles: Familie, Lebenssituation, Beziehungen, Beruf, finanzielle Situation, Nachbarschaft, potentielle Feinde und so weiter!«

Da die Teamsitzung an diesem Tag wesentlich länger gedauert hatte als sonst üblich, begaben sich die Beamten erst nach 10 Uhr ins Großraumbüro an ihre Arbeitsplätze. Fritz Alt blieb in seinem Büro und grübelte über das weitere Vorgehen nach, als es plötzlich an seiner Tür klopfte. Noch bevor er ›Herein!‹ rufen konnte, stürmten Heise, Hinrichs und Marquardt in den Raum. Verdutzt blickte Alt seine Mitarbeiter an.

»Du hast deinen PC noch nicht hochgefahren, also weißt du es noch gar nicht!«, begann Marquardt.

»Was soll ich noch nicht wissen?«

Auf unseren Rechnern befindet sich eine Mitteilung der Feuerwehr«, begann Hinrichs.

»Letzte Nacht brannte wieder eine Mülltonne«, übernahm jetzt Marquardt.

»Ja und?«, fragte Alt, der nicht so recht begriff, was seine Kollegen daran dermaßen aufregte.

»Der Ort des Brandes ist interessant: Scholtenstraße!«, erklärte Heise.

Jetzt begriff Alt. »Moment mal, Scholtenstraße. Das ist eine Nebenstraße der Schüttestraße, ganz in der Nähe des gestrigen Anschlags!«

»Da darf man einen Zufall ausschließen«, stellte Hinrichs fest.

»Verdammt noch mal! Warum erfahren wir erst jetzt davon?, fluchte Alt. »Was denkt sich die Feuerwehr dabei?«

»Die haben uns die Info auf unsere Rechner geschickt, die wir gerade erst hochgefahren haben«, erklärte Marquardt. »Und in der Nacht wurden wir deshalb nicht alarmiert, weil es anscheinend gar kein richtiger Brand war.«

»Jetzt kapiere ich gar nichts mehr!«, fauchte Alt. »Was war denn los, ein Brand oder keiner?«

»Das Feuer hat offenbar nicht so richtig doll gebrannt, eher stark geschwelt und gequalmt. Ein Anwohner hatte das Ganze mit ein paar Eimern Wasser bereits gelöscht, als die Feuerwehr eintraf«, berichtete Hinrichs.

»Das ist keineswegs verblüffend«, merkte Heise an. »Der Inhalt in den Biotonnen – Gartenabfälle, Essensreste, Kartoffelschalen und dergleichen - brennt nicht so schnell wie beispielsweise ein Altpapiercontainer. Und wenn ich es richtig in Erinnerung habe, kamen Biotonnen bei unseren bisherigen Brandstiftungen  nur ganz selten vor.«

»Alles schön und gut, aber man hätte uns trotzdem sofort benachrichtigen müssen!«, erwiderte Alt, immer noch sichtlich ungehalten. »Das kann wirklich kein Zufall sein, da gebe ich Klaas recht.«

Alt überlegte kurz, dann wandte er sich an die Kriminalassistentin, die inzwischen auch dazugekommen war.

»Heike, ruf bitte sofort die Müllabfuhr an, wir müssen unbedingt in diese halb verbrannte Tonne sehen, die darf auf keinen Fall geleert werden!«

Zu Heise und Hinrichs meinte er: »Ihr startet sofort los, um diese Tonne zu untersuchen. Außerdem nehmt ihr bitte Kontakt mit dem Mann auf, der das Feuer gelöscht hat. Die Daten wird die Feuerwehr ja wohl haben, wir werden sie euch durchgeben.«

»Alles klar!« Heise und Hinrichs verließen eilig das Büro, gefolgt von Heike Buschkamp.

»Und ich?«, fragte Jens Marquardt.

»Du fährst bitte nochmal zum gestrigen Tatort, siehst dich dort um, befragst die Anwohner, ob sie nicht vielleicht doch irgendetwas bemerkt haben, und so weiter.«

»O.K.«

»Also, der Alte Fritz ist ja ganz wild auf den Inhalt dieser Tonne«, bemerkte Hinrichs auf der Fahrt zur Scholtenstraße.

»Er geht davon aus, dass der Täter die Tatwaffe, also irgendetwas Hölzernes, nicht in unmittelbarer Nähe zum Anschlag in eine Tonne geworfen hat, sondern etwas entfernt in der nächsten Querstraße«, erklärte Heise.

»Und zur Sicherheit steckte er die Tonne auch noch in Brand.«

»Schon möglich, aber zwei Dinge gefallen mir an dieser Theorie nicht«, zweifelte Heise.

»Und die wären?«

»Erstens, wie hat er die Tonne in Brand gesteckt? Mit einem Streichholz oder auch Feuerzeug hätte das kaum funktioniert. Und zweitens, warum wählte er eine Biotonne mit bekanntlich schwer brennbarem Inhalt, wo doch an vielen Häusern zum Beispiel die blauen Papierbehälter stehen.«

»Keine Ahnung! Ich verstehe sowieso nicht, warum bei so vielen Häusern die Mülltonnen, oft drei oder vier verschiedene, so nah am Gebäude stehen müssen. Manchmal sogar direkt unterhalb von Fenstern oder daneben. Das gibt doch Gerüche!«

»Bei einigen Häusern stehen die Tonnen wenigstens durch eine Art Bretterzaun oder eine Hecke etwas verdeckt.«

Inzwischen waren sie in der Scholtenstraße angekommen.

»Siehst du auch nicht, was ich nicht sehe?«, fragte Hinrichs mit spürbarer Enttäuschung.

»Die braunen Tonnen«, erwiderte Heise. »Sie sind bereits geleert und bis auf wenige Ausnahmen wieder von der Straße verschwunden.«

»Dann wollen wir mal Herrn . . . Moment mal, gleich hab´ ich es . . . Herrn Seifert aufsuchen, Hausnummer 5.«

Hoffnung keimte auf, als sie sich ihrem Ziel näherten und ungefähr dort eine braune und eine gelbe Tonne nahe der Hauswand stehen sahen. Beim Näherkommen erkannten sie ein recht großes, rötlich braun verklinkertes Doppelhaus. Dieses lag mehrere Meter von der Straße nach hinten versetzt. Während bei der Nummer 7 die gesamte Fläche gepflastert war und offenbar als PKW-Stellplatz diente, hatten Seiferts in Nummer 5 einen schönen Vorgarten angelegt mit kleinen Büschen und blühenden Bodendeckern. Auch Osterglocken waren noch dabei.

»Das sieht gleich viel freundlicher aus«, bemerkte Heise, dessen Laune sich nach dem Verlassen des Wagens aber deutlich verschlechterte, als er und Hinrichs realisierten: Die braune Tonne stand neben der Tür von Nummer 7, während bei der linken Hälfte, der Nummer 5, keine einzige Tonne zu sehen war.

Nach mehrfachem Läuten öffnete bei Seifert niemand, was Hinrichs zu der sarkastischen Äußerung ›Ist wohl unser Glückstag heute!‹ veranlasste.

»Na ja, um diese Uhrzeit befinden sich die meisten Leute bei der Arbeit. Fragen wir mal bei den Nachbarn, ob da jemand etwas mitbekommen hat«, schlug Heise vor.

Aber auch dieses Unterfangen blieb erfolglos. Nur in vier Häusern der engeren Nachbarschaft traf man Bewohner an. Drei von ihnen hatten von der leicht in Brand geratenen Tonne in der Nacht überhaupt nichts mitbekommen, weil sie fest geschlafen hatten, – die Schlafzimmer lagen zudem zur Gartenseite hin – nur eine unter Schlafstörungen leidende ältere Frau konnte sich an ein Motorbrummen erinnern. Sie hatte daraufhin kurz aus dem Fenster geblickt und den Feuerwehrwagen gesehen, der sich gerade in Bewegung setzte und fort fuhr. Was sie allerdings bemerkt hatte, war ein ganz und gar unangenehmer Geruch, den sie nicht näher beschreiben konnte als »fies verbrannt«.

»Verbrannt! Na toll, was auch sonst?«, moserte Hinrichs, als man bald darauf den erfolglosen Besuch in der Scholtenstraße beendete. Immerhin hatte man von den Nachbarn erfahren, dass Seiferts nach 17 Uhr in der Regel zurück von der Arbeit und zu Hause anzutreffen seien.

Hinrichs und Heise kehrten demzufolge übel gelaunt zurück ins Präsidium, wo sie nur die Kriminalassistentin antrafen. Diese hatte – wie üblich – gute Arbeit geleistet und eine Liste mit Namen, Adressen und Telefonnummern erstellt, die sie jetzt an Hinrichs und Heise weiterreichte.

»Jens hat in Tatortnähe und bei den Anwohnern nichts Neues in Erfahrung gebracht und ist jetzt, ebenso wie der Alte Fritz, unterwegs zur Befragung von Personen aus dem Umfeld von Markus Reubling. Das gilt auch für euch!«, erklärte sie.

»Wie macht sie das nur, und so schnell?«, wunderte sich Hinrichs nicht zum ersten Mal über die Kriminalassistentin, als er zusammen mit Heise das Präsidium erneut verließ.

Fritz Alt erreichte das St. Georg-Stift, Markus Reublings Arbeitsstelle. Die Mutter des Hauptkommissars lebte bereits seit einigen Jahren in seiner Heimatstadt Dortmund in einem Seniorenstift, der Begriff ›Altenheim‹ schien ja inzwischen verpönt, wurde kaum mehr benutzt.

Jedes Mal, wenn Alt sich dem Gebäudekomplex in Dortmund näherte, überkamen ihn dieselben eigenartigen, ja fast schon mulmigen Gefühle, die er auch jetzt wieder verspürte. Alte Menschen nahe der Eingangstür und im Foyer, adrett gekleidet, manche Frauen sogar mit Hütchen, viele im Rollstuhl, fast alle mit einem abwesenden Blick, der darauf schließen ließ, dass sie nur noch wenig davon mitbekamen, was um sie herum geschah. Warten auf die nächste Mahlzeit, auf den Tod!

Wie weit bin ich noch davon entfernt? Werde ich zum Schluss auch nur noch so dahin vegetieren und nichts mehr mitbekommen?, fragte sich der Hauptkommissar. Und wenn ich tatsächlich noch besser beisammen bin, wird es mir dann so ergehen wie meiner Mutter? Diese war geistig durchaus noch auf der Höhe, konnte mit den mehr oder weniger dementen Mitbewohnern, vor allem Mitbewohnerinnen, kaum ein vernünftiges Wort wechseln.

»Kann ich Ihnen helfen?«, hörte Alt eine Frauenstimme, es dauerte aber einen Moment, bis er sich von seinen Gedanken gelöst hatte und realisierte, dass die Frage ihm gegolten hatte.

»Ehm, ja«, antwortete er dann. »Mein Name ist Alt, ich bin von der Kriminalpolizei und . . .«

Weiter kam er nicht, denn die Frau am Tresen, etwa Mitte vierzig, mit mittellangen braunen Haaren und einem hübschen Gesicht, unterbrach ihn: »Sie kommen bestimmt wegen Markus, Markus Reubling. Ganz schrecklich, nicht wahr? So ein netter, freundlicher, liebenswerter Mensch!«

»Ja, und ich würde gern den Chef sprechen.«

»Herrn Wittke, klar!« Dann wies sie Alt den Weg und kurze Zeit später saß er Herrn Wittke in dessen Büro gegenüber.

»Wie geht es ihm, wissen Sie Neueres?«, fragte der etwa Fünfzigjährige mit freundlichem Gesicht und dunkelblonder Stoppelfrisur.

»Leider nein«, antwortete Alt und fragte seinerseits: »Wer hat Sie über den Anschlag informiert?«

»Seine Schwester rief heute früh an. Wir konnten es kaum glauben, hielten es für ein Missverständnis«, erklärte Herr Wittke, dem die Bestürzung über das Geschehene deutlich anzumerken war.

»Leider ist es wahr! Würden Sie mir bitte etwas über Herrn Reubling erzählen? Was für ein Mensch ist er?«

»Freundlich, gewissenhaft, beliebt, grundanständig«, sprudelte es aus Herrn Wittke heraus. »Wir sind alle froh, ihn bei uns zu haben!«

»Wie lange arbeitet er bereits hier?«

»Das müssen an die 25 Jahre sein. Vom normalen Pfleger hat er sich im Laufe der Zeit bis zum Pflegedienstleiter hochgearbeitet.«

»Und es hat nie irgendwelche Probleme gegeben, Ärger?«

»Nein, nie! Höchstens . . . «

»Ja?«

»Na ja, vor ein paar Wochen hat eine Frau Herrn Reubling böse angeraunzt, das war schon außergewöhnlich!«

»Was war passiert?«

»Die Frau war erbost, weil man sie angeblich nicht rechtzeitig vor dem Tod ihrer Mutter kontaktiert habe, damit sie sich von ihr hätte verabschieden können.«

»Und die Schuld gab sie Herrn Reubling!«

»Ganz genau! Aber das war Unsinn, so schmerzhaft sie es auch empfunden haben mag. Wissen Sie, nicht wenige Bewohner und Bewohnerinnen unseres Hauses haben die 90 weit überschritten, manche sogar die 100, und sind zumeist schwer krank und dement. Da kann von einer Sekunde auf die andere etwas passieren, ohne dass man dies vorherzusehen und Angehörige zu kontaktieren in der Lage ist.«

»Verstehe! Aber diese Frau sah das nicht ein.«

»Keineswegs! Sie veranstaltete ein Mordstheater, beschimpfte Herrn Reubling aufs Übelste und drohte sogar damit, unser Haus im Netz schlechtzumachen. Ich musste sie am Ende buchstäblich rauswerfen«, berichtete Herr Wittke ganz aufgeregt.

»Gab es noch ähnliche Vorfälle?«, fragte Alt nach.

»Nein, absolut nicht! Wie gesagt, ich kann über Herrn Reubling nichts anderes als lobende Worte finden.«

Alt überlegte kurz, dann fragte er: »Ist da vielleicht jemand unter den Mitarbeitern, der Herrn Reubling nahesteht, mit ihm befreundet ist?«

»Ich denke, da kommt am ehesten Frau Pohlmann in Frage, sie arbeitet auch schon lange hier. Die beiden verstehen sich sehr gut.«

Bald darauf befragte Alt Frau Pohlmann in einem der Schwesternzimmer. Die Frau war von eher geringer Größe, aber durchaus attraktiv mit einer tollen Figur, hübschem Gesicht und langen blonden Haaren, die zu einer Art Pferdeschwanz zusammengebunden waren. Alt fiel der besorgte Ausdruck in ihrem Gesicht auf. Frau Pohlmann wirkte irgendwie verstört.

»Schlimm, was mit Herrn Reubling passiert ist«, begann Alt ganz vorsichtig.

»Wissen Sie, wie es ihm geht?« Ihre Frage war kaum zu vernehmen, so leise sprach sie und schien dabei die Tränen krampfhaft zu unterdrücken.

»Ich weiß leider nichts Neues. Ich möchte Sie auch nicht länger belästigen, aber wir versuchen zurzeit, mehr über Herrn Reubling herauszufinden, um dem Täter auf die Spur zu kommen.«

Die Frau schien sich wieder einigermaßen gefasst zu haben. »Wie kann ich Ihnen helfen?«, fragte sie.

»Nun, Herr Wittke meinte, Sie kennen Herrn Reubling ganz gut. Hat er Ihnen gegenüber in letzter Zeit vielleicht von irgendwelchen Drohungen gesprochen? Hatte er Feinde? War in seinem Verhalten etwas anders als sonst?«

Frau Pohlmann benötigte keine Zeit zum Überlegen. »Nein, absolut nichts dergleichen, da bin ich mir sicher«, antwortete sie.

»Reagierte er anders als sonst, wirkte er vielleicht nervös?«, hakte Alt nach.

»Nein, alles war wie immer«, sagte sie in einem solch zögerlichen Ton, dass Alt fragte: »Aber?«

»Nun ja. Er klagte ein paar Mal, ihm fiele die Arbeit schwerer als noch vor ein paar Jahren, er brauche länger zum Abspannen, besonders nach den stressigen Nachtdiensten!«

»Etwas anderes. Frau Pohlmann, haben Sie eine Idee, warum sich Herr Reubling nachts kurz vor Mitternacht in der Schüttestraße aufhielt?«

»Ja! Er hatte es sich zur Gewohnheit gemacht, am Ende des Spätdienstes, also nach 22 Uhr, noch eine Runde durch die Stille der Nacht zu drehen, wie er sagte. Dies würde helfen, den Stress des Tages abzubauen.«

»Wählte er dazu immer dieselbe Strecke?«

»Das weiß ich nicht.«

Vom ersten Augenblick an, als er sah, wie nervös und mitgenommen die Frau wirkte, hatte ein bestimmter Gedanke Alt nicht mehr losgelassen. Jetzt beschloss er darauf zu reagieren. Er sah Frau Pohlmann ganz direkt an und fragte:

»Wie gut verstehen Sie sich eigentlich mit Herrn Reubling?«

Die Angesprochene reagierte verwundert. »Wie meinen Sie das?«, wollte sie wissen.

»Ist da mehr im Spiel, viel mehr als nur kollegiale Freundschaft?«, setzte Alt nach. Das kaum merkliche Flackern in ihren Augen und das minimale Zögern vor der Antwort »Nein, natürlich nicht! Ich bin schließlich verheiratet.« bestärkte Alt in seiner Annahme, sich auf dem richtigen Weg zu befinden. Verheiratet zu sein schließt nicht aus, sich in jemand anderen zu verlieben, wie ich es selbst erlebt habe, dachte er bei sich.

»Gut, dann möchte ich nur noch von Ihnen wissen, wann gestern Ihr Dienst endete.«

Frau Pohlmann warf ihm einen merkwürdigen Blick zu, bevor sie antwortete: »Um 18 Uhr.«

Daraufhin bedankte sich der Hauptkommissar für die Auskünfte und verabschiedete sich von der Frau, die er in einem ziemlich aufgewühlten Zustand zurückzulassen glaubte.

Der zweite Besuch in der Scholtenstraße an diesem Tag gegen 18 Uhr schien zunächst erfolgreicher zu verlaufen, denn Herr und Frau Seifert wurden zu Hause angetroffen.

Der Hausherr hatte gegen halb zwei die Toilette aufsuchen müssen und dabei einen höchst unangenehmen Geruch festgestellt, der durch das gekippte Wohnzimmerfenster von der Straße her kommen musste. Beim Hochziehen der Jalousien hatte er dicken Qualm aus der braunen Biotonne, die am Straßenrand stand, aufsteigen sehen. Dann war er blitzschnell mit einem Eimer Wasser hinausgeeilt und hatte es in die Tonne geschüttet. Nach einer zweiten Ladung war dann kein Rauch mehr zu sehen. Zur Sicherheit, wie er sagte, hatte Herr Seifert dennoch die Feuerwehr alarmiert.

»Und?«, fragte Heise.

»Die haben kurz in die Tonne geguckt, etwas darin herumgestochert, noch einen Wasserstrahl hineingespritzt und sind dann auch schon wieder weg.«

Jetzt erst fiel Hinrichs auf, dass die naheliegendste Frage überhaupt noch nicht gestellt worden war. »Wo befindet sich die Tonne jetzt?«, wollte der Kommissar wissen.

»Im Müllschuppen, direkt neben dem Haus.«

Hinrichs und Heise erinnerten sich an ihren ersten Besuch. Links und rechts vom großen Gebäude befand sich jeweils eine Art länglicher Schuppen von der Größe einer längs halbierten Garage. Ideal zum Unterbringen von Mülltonnen und Fahrrädern.

»Die Müllabfuhr kam wie üblich schon gegen halb acht, da war ich noch hier«, fuhr Herr Seifert fort. »Die haben die Tonne geleert, ganz normal. Die sah ganz schön ramponiert aus, verrusst und mit Löchern vom Schwelfeuer. ›Die können Sie gleich mitnehmen, ich brauch´ eine neue‹, habe ich den Müllmännern gesagt und wissen Sie, was ich zur Antwort bekam? ›Das geht nicht, die Biotonne gehört nicht in den Bioabfall. Da müssen Sie beim Amt einen Sperrmülltermin vereinbaren, an dem das Teil abgeholt wird.‹ Typisch deutsche Bürokratie, kann ich nur sagen!«

Herr Seifert hielt inne, sichtlich erregt, und Heise sagte: »Wir würden uns die Tonne gerne einmal ansehen.«

»Kein Problem, kommen Sie mit«, erwiderte der Hausherr und führte die Beamten in den Müllschuppen neben dem Haus. Trotz der nicht gerade üppigen Beleuchtung in dem Raum sah man die angekokelte Tonne so wie

Herr Seifert sie beschrieben hatte. Sie war völlig leer, ohne jeglichen Hinweis auf den früheren Inhalt, abgesehen von ein paar verkohlten Orangen- oder Grapefruithälften, die wohl am Boden klebten.

»Die ganze Sache mit der Brandstiftung ergibt für mich aus mehreren Gründen wenig Sinn«, erklärte Heise, nachdem man sich von Herrn Seifert verabschiedet hatte und wieder im Wagen saß.

»Lass hören!«, forderte Hinrichs seinen Kollegen auf.

»Warum wirft der Täter die Tatwaffe ein paar Straßen weiter nicht in irgendeine braune Tonne, die ja am folgenden Morgen geleert wird, ohne durch ein Feuer darauf hinzuweisen und so möglicherweise eine Spur zu präsentieren? Denn hätte uns die Feuerwehr direkt informiert, wäre es der Spurensicherung vielleicht gelungen, in der Tonne noch etwas zu finden.«

»Hm, Panik vielleicht? Oder die Mülltonnen-Brandstiftungen der letzten Zeit haben ihn auf die Idee gebracht«, meinte Hinrichs.

»Und außerdem«, fuhr Heise fort, »wenn er wirklich nach dem Angriff auf Reubling die Tatwaffe, also irgendetwas Hölzernes, in eine Mülltonne in der nächsten Querstraße warf, wie gelang es ihm, ein Feuer zu entfachen, auch wenn es wohl in der Biotonne nicht richtig brennen konnte? Führte er rein zufällig einen gefüllten Benzinkanister mit sich? Ein Feuerzeug oder Streichhölzer hätten da rein gar nichts bewirkt!«

»Hm«, machte Hinrichs.

»Und drittens«, fuhr Heise fort, »der Anschlag auf Reubling erfolgte gegen 23.40 Uhr, der Versuch, die Mülltonne in Brand zu stecken erst gegen 1.30 Uhr. Wie ist die zeitliche Lücke zu erklären? Kam der Täter erst zwei

Stunden nach der Tat auf die Idee, die Tonne mit dem hölzernen Beweisstück anzuzünden? Oder handelt es sich bei Schläger und Brandstifter sogar um zwei verschiedene Personen? Unter dieser Annahme würde sich immerhin die zeitliche Diskrepanz zwischen beiden Vorfällen erklären lassen.«

»Tja, das klingt alles schon höchst seltsam, wäre jedoch ein ziemlich großer Zufall«, antwortete Hinrichs spontan, ohne Heises völlige Ablehnung dieses Begriffs zu bedenken. Wie bereits mehrfach zuvor kam auch jetzt wieder dessen bekannter Spruch: »Es gibt keine Zufälle! Was passieren soll, passiert eben!«

»Die ganze Angelegenheit gefällt mir nicht, und dann noch die Katzenhaare!«, murmelte Hinrichs.

»Mir kommt es nicht wie ein Mordversuch vor, muss ich sagen. Wer einen solchen nachts um halb zwölf in Angriff nimmt, der benutzt eher ein Messer oder eine Pistole, um das Gelingen seines Vorhabens sicherzustellen. Jemand mit einem Holzknüppel auf den Kopf zu schlagen birgt immerhin das Risiko, dass das Opfer überlebt und nachher den Täter identifiziert«, führte Heise aus und blickte den Kollegen fragend an.

»Stimmt!«, meinte Hinrichs nur.

Die durchgeführten Befragungen und Erkundigungen über Markus Reubling ergaben rein gar nichts, was mit dem Anschlag auf ihn hätte in Zusammenhang gebracht werden können. Reubling wurde als unbescholtener Bürger dargestellt, nett, freundlich und in geordneten finanziellen Verhältnissen lebend. Von möglichen Feinden konnte niemand etwas sagen.

Am folgenden Tag sah sich Fritz Alt in seiner Ahnung bestätigt, gleichzeitig aber auch überrascht. Heike Buschkamp informierte über die Auswertung der Teledaten des überfallenen Reubling.

»Wieso ging das so schnell?«, wunderte sich Alt.

»Erstens handelt es sich um einen Mordversuch und zweitens war offensichtlich Richter Henseleit zuständig. Der erteilt zum Glück viel zügiger die Erlaubnis als zum Beispiel sein Kollege van Bühren«, erklärte Hinrichs.

»Jedenfalls waren Anrufer, die in einem direkten Zusammenhang mit dem Anschlag gesehen werden könnten, nicht dabei«, berichtete die Kriminalassistentin. »Aber da ist eine Nummer, die Reubling in den letzten Wochen häufig angerufen hat und von der er auch angerufen wurde. Diese Nummer gehört einer Frau . . . «

»Pohlmann«, unterbrach Alt und genoss den verblüfften Gesichtsausdruck seiner Mitarbeiterin.

»Wieso mache ich eigentlich meine Arbeit umsonst, wenn ihr die Ergebnisse schon vorher kennt?«, grummelte sie. Die anderen kannten sie genau, wussten, dass ihre Kritik nicht wirklich ernst gemeint war.

»Dank dir«, erwiderte Alt.

»Aber diesen Ehemann, Pohlmann, den sollten wir uns mal näher ansehen!«, schlug Marquardt vor.

Eine ganz behutsam durchgeführte Recherche über Herrn Henrik Pohlmann ergab, dass der Ehemann der Altenpflegerin beruflich häufig in Norddeutschland weilte, so auch jetzt wieder seit einer Woche. Damit war die Idee, der Anschlag auf Reubling könnte das Werk eines gehörnten Ehemannes sein, vom Tisch.

# SIEBEN

Erinnerungen an die weit zurückliegende eigene Schulzeit, positive wie negative. Das Zusammensein mit Menschen, mit denen man fünf, sechs oder gar alle neun Jahre in einer Klasse gesessen hatte und die nach all der Zeit zu Fremden geworden waren, selbst wenn einem die Stimme, ein Gesichtsausdruck oder eine Verhaltensweise entfernt bekannt vorkommen sollte. Den Wunsch, einige dieser Personen noch einmal wiederzusehen, hätte man nie verspürt. Mehr oder weniger gezwungene Gespräche über Banalitäten oder mit dem stereotypen ›Wisst ihr noch . . . ?‹ beginnend, später am Abend dann dank hohen Alkoholkonsums immer lauter werdendes Gerede und derbes Gelächter. All dies war Siegfried Heise durch den Kopf gegangen, als er vor ein paar Wochen die Einladung im Briefkasten gefunden hatte: 25-jähriges Abiturjubiläum des Friedrich-Spee-Gymnasiums in Geldern, Feier im Hotel Rheinischer Hof am Samstagabend. Der Termin Mitte April hatte Heise leicht verwundert, die Überreichung der Abiturzeugnisse war seiner Meinung nach damals erst im Juni erfolgt. Vielleicht war am 12. April der letzte normale Unterrichtstag vor den Abi-Prüfungen gewesen.

Siegfried Heise pflegte nur mit zweien seiner ehemaligen Mitschüler noch einen losen Kontakt. Man telefonierte dann und wann und traf sich vielleicht zwei, drei Mal im Jahr. Beide waren am Abend der Jubiläumsfeier verhindert. Seit dem ersten und bislang einzigen Treffen zum fünfzehnten Abi-Jubiläum hatte Heise sonst keinen aus der alten Klasse wiedergesehen. So hatte er sich gefragt, ob er überhaupt teilnehmen sollte und sich erst nach langem Hin und Her ganz kurzfristig entschlossen hinzufahren, nachdem er am Samstagmorgen noch Dienst gehabt und im Präsidium Etliches an Schreibkram, Protokolle und dergleichen, erledigt hatte. Er wollte bei der Feier einfach nur mal vorbeischauen und sich dann nach dem Essen wieder verabschieden. Wie hätte er ahnen können, dass es ganz anders kommen sollte?

Von den über 70 damaligen Abiturientinnen und Abiturienten, sofern er sich richtig erinnerte, waren geschätzte 40 oder 45 bereits erschienen, als Siegfried Heise eintraf. Es hatte seinerzeit drei Klassen gegeben, demzufolge sammelten sich jetzt die Feiernden auch wieder in ihren ›alten‹ Gruppen.

Seit dem letzten Treffen waren 10 Jahre vergangen, deshalb musste man bei dem einen oder der anderen schon etwas genauer hinsehen, um zweifelsfrei festzustellen, um wen es sich handelte. Insbesondere bei den Frauen konnte eine stark veränderte Frisur und Haarfarbe schon Rätsel aufgeben, auch die Figur hatte sich bei manchen – eher unvorteilhaft – verändert. Insgesamt jedoch fiel Heise auf, dass die Frauen unter den Gästen weitaus frischer, ja jünger wirkten als die Männer. Frisch gestylte Frisuren, perfektes Make-up, verführerischer Lippenstift, dazu kurze und noch kürzere Röcke oder Jeans, die dermaßen hauteng saßen, dass man sich fragen musste, wie die Trägerinnen es nur geschafft hatten hineinzukommen. Im Gegensatz dazu schienen die Männer schneller gealtert zu sein, man bemerkte bei manchen

bereits erste graue Haare, einen unübersehbaren Bauch-
ansatz, ein irgendwie gealtertes Gesicht. Es gab natürlich
Ausnahmen: Einige Herren waren augenscheinlich um
größtmögliche Außenwirkung bemüht: verwegene Frisur, modischer Dreitagesbart, Designersakko und dergleichen. Heise konnte sich eines Schmunzelns nicht er-
wehren.

Als er sich der Gruppe mit ›seinen‹ Leuten näherte,
wurde er mit großem Hallo begrüßt. »Achtung! Jetzt kein
falsches Wort mehr, die Knarren verstecken, keine Joints,
keine Biergläser klauen! Die Kripo ist da und kriegt alles
mit!«, rief Kai Gehrke, der schon vor mehr als 25 Jahren
den Witzbold der Klasse gegeben hatte.

Alle lachten, Heise lächelte gequält, dann hörte man
Kai weiterreden: »Tragt euch bitte in die Listen da ein,
wenn ihr wollt, Telefonnummer und E-Mail-Adresse, damit wir hoffentlich wieder etwas mehr Kontakt unterein-
ander herstellen. Ist natürlich komplett freiwillig und
von mir mit der Datenschutzbeauftragten der Bundesre-
gierung persönlich abgesprochen.«

Genau wie damals, der Kai, dachte Heise. Kai mit seinem Humor und dem komödiantischen Talent würde
bestimmt später einmal Kabarettist oder Entertainer werden, hatten seinerzeit alle gedacht. Welchen Beruf er
wirklich ergriffen hatte? Heise wusste es nicht.

Bald darauf vernahm er die für diese Art von Ver-
anstaltung offenbar unvermeidlichen Redefetzen:

»Wisst ihr noch damals in der Jugendherberge?«

»Was ist eigentlich aus dem Markus geworden?«

»Nie wieder was von ihm gehört.«

»Und ich wette, ihr wisst nichts über Peter Ewald!«

»Wahrscheinlich Hartz-IV-Empfänger.«

Gelächter!

»Genau, der hatte doch nicht alle auf der Latte!«

»Und ging mit geschenkter Mittlerer Reife ab.«

»Jetzt ist er Doktor Ewald!«

»Wie? Bist du Dir sicher?«

»Bin zufällig im Netz drüber gestolpert. Doktor Peter Ewald, Kinder- und Jugendpsychologe.«

»Das passt total!«

Wildes Gelächter!

»Habt ihr übrigens das von der Lucy gehört?«

»Was denn?«

»Sie soll inzwischen vier Kinder haben!«

»Schön für sie. Ja und?«

»Von vier verschiedenen Männern!«

»Wow!«

»Die Lucy war ja immer schon leicht zu haben.«

Wieder Gelächter!

»Aber nicht so leicht wie die Peggy aus der A. In ihrer Klasse gab es angeblich keinen, der sie nicht flachgelegt hätte.«

»Und vielleicht nicht nur in ihrer Klasse.«

Dröhnendes Gelächter!

»Was bringt eigentlich über 40-Jährige dazu, sich immer noch an solch spätpubertärem Gefasel zu ergötzen«, rief plötzlich eine kurzhaarige mollige Frau, an deren Namen sich Heise im Moment wirklich nicht zu erinnern vermochte.

Es folgte ein kurzes Schweigen, niemand der Angesprochenen fühlte sich bemüßigt zu antworten. Stattdessen ergriff Bodo Brockmeyer das Wort, einer der Großschwätzer der Klasse, diesen Begriff hatte Heise seinerzeit geprägt.

»Ja Leute, die Zeit vergeht. Vor ein paar Tagen hat meine Tochter auch schon ihr Abi gebaut, Notenschnitt 1,0. Zur Belohnung darf sie unser Sommerhaus auf Mallorca den ganzen Sommer haben. Wie ihr wisst, habe ich dort mal ein paar Jahre gearbeitet. Damals haben wir uns in eine Ferienhausanlage eingekauft, fünf Minuten vom Strand, einfach traumhaft. Wir sind jeden Sommer da!«

Wie kommt es eigentlich, dass die Menschen sich im Laufe ihres Lebens so wenig verändern?, fragte sich Heise. Witzbold bleibt Witzbold, Großschwätzer bleibt Großschwätzer, Schweiger bleibt Schweiger. Letzteres bezog er auf sich selbst, denn – wie er nicht umhin kam zuzugeben – auch er hatte sich nicht wesentlich verändert. Nach wie vor übernahm er bei Gesprächen lieber die Rolle des Zuhörers, redete höchst selten von sich aus.

Dann wurde Heise aus seinen philosophischen Betrachtungen abrupt herausgerissen. Von einer Sekunde auf die andere hatten alle Gespräche aufgehört, sämtliche Groß- und auch die Kleinschwätzer waren verstummt. Man hörte nur bewundernde Töne wie ›Wow‹ oder ›Boh‹. Heise verstand zunächst überhaupt nicht, was da vor sich ging, dann wandte er sich um und ein Blick genügte: Eine Frau hatte den Saal betreten und bewegte sich mit langsamen Schritten tänzelnd wie ein Mannequin auf dem Laufsteg auf die Gruppe ihrer ehemaligen Mitschüler und Mitschülerinnen der Oberprima A zu. Ihren Auftritt genoss sie ganz offensichtlich.

Schulterlange blonde Haare, große grüne Augen, ein stark geschminktes Gesicht, knallrote dicke Lippen, hochhackige Schuhe, endlos lange Beine, ein atemberaubend kurzes weißes Röckchen, ein wie eine Pelle anliegendes, die üppigen Formen mehr als deutlich abzeichnendes rotes Shirt: Das war Peggy, ohne jeden Zweifel! Der weibliche Teil der Anwesenden bedachte Peggys Auftritt mit Stirnrunzeln und Blicken, die deutliche Missbilligung zum Ausdruck brachten. In den Augen der allermeisten Männer hingegen spiegelte sich Bewunderung, bei manchen auch unverhohlene Begierde wider.

»Wow, die Peggy! Rattenscharf, was? Das Röckchen ist echt waffenscheinpflichtig, man kann sogar den Ansatz der Pobacken erkennen. Wie soll man sich da nur zurückhalten?«, rief Kai aufgeregt.

Heise vermochte das alles nicht nachzuvollziehen. Auf ihn wirkte Peggy Strothe – wenn sie diesen Namen überhaupt noch trug – irgendwie ordinär, fast schon nuttig, die Beine zu dünn für den superkurzen Rock, das Gesicht viel zu stark geschminkt, die Lippen aufgespritzt, der Lippenstift zu dick aufgetragen. Auch Peggy hat sich nicht verändert, dachte Heise bei sich. Den Hang zum Ordinären, Billigen besaß sie schon vor 25 Jahren. Damals hatte sie sich damit gerühmt, vor dem Abi alle Boys ihrer Klasse ›durch zu haben‹.

Heise kam ein Erlebnis aus jener Zeit in den Sinn. Als Peggy auf einer Fete wieder einmal ihren Spruch von ›allen Boys ihrer Klasse‹ losgelassen hatte, war Kai auf sie zugegangen und hatte herausfordernd zu ihr gesagt: »Wenn du in der A alle durch hast, kannst du ja mit der B weitermachen!« In das grölende Gelächter hinein hatte Peggy blitzschnell ihr Shirt über den Kopf ausgezogen und ihren üppigen Busen präsentiert. Dann hatte sie gerufen: »O.K. Wer von euch möchte zuerst?« Daraufhin hatten alle dermaßen verblüfft, ja geradezu geschockt reagiert, dass niemand seiner Klassenkameraden das Angebot angenommen hatte. Ob der eine oder andere später dann doch mit Peggy . . .? Das hatte Heise damals nicht wirklich interessiert, ebenso wenig wie heute.

Zum zweiten Mal binnen weniger Minuten wurde Siegfried Heise jäh aus seinen Gedanken gerissen. Erneut hatte eine Frau den Saal betreten und näherte sich mit schnellen Schritten der Gruppe ihrer ehemaligen Mitschüler und Mitschülerinnen aus der B. Heise starrte sie an: Judith! Im letzten Jahr vor dem Abitur war Judith Ripkens seine Freundin, die erste Frau in seinem Leben gewesen. Leider war die Beziehung bald nach der Schulzeit zu Ende gegangen. Studium in unterschiedlichen Städten, Kennenlernen neuer Freunde und Freundinnen, da war die Trennung unausweichlich gewesen. Heise seufzte.

Mit einem strahlenden Lächeln kam Judith jetzt auf ihn zu. Traumfigur, mittellange glänzend schwarze Haare, sonnengebräuntes Gesicht, aufregend rote Lippen, dazu ein schwarzer Minirock, nicht so kurz wie der von Peggy, und ein tief ausgeschnittener ockerfarbener Pulli.

»Wow, Judith! Du siehst spitze aus!«, entfuhr es Heise. Er erschrak beinahe, so spontan war ihm das Kompliment über die Lippen gekommen. Wann hatte er solche Worte zuletzt einer Frau gegenüber geäußert? Muss Jahrzehnte her sein, dachte er. Aber es stimmte, Judith sah wirklich fantastisch aus. Auch sie hat sich nicht verändert, schmunzelte Heise, denn beim Näherkommen hatten die eindeutigen Bewegungen unter ihrem Pulli ihn daran erinnert, dass sie auch damals schon BHs gehasst hatte. Schon vor 25 Jahren hatte ihr die Weigerung, ein solches Kleidungsstück zu tragen, großen Ärger in der Schule beschert, insbesondere natürlich im Sommer. Ohne BH bei dem weit ausgeschnittenen Pulli, das hielt er schon für sehr gewagt, aber es würde zu Judith passen, sie war immer schon etwas Besonderes, für jede Überraschung gut gewesen, hatte sich kaum an allgemeine Normen gehalten.

»Hallo Sigs, danke dir! Schön, dich zu sehen und euch alle natürlich«, rief Judith und Heise zuckte erneut zusammen. Sigs! Das war ihr Kosename für ihn gewesen, den er fast 25 Jahre lang nicht mehr gehört hatte. Nur sie hatte ihn so genannt, weil sie Siggi – wie ihn der Rest der Klasse ansprach – für viel zu abgedroschen und langweilig hielt.

»Ja, was ist nur mit den Mädels los«, musste Kai schon wieder kommentieren. »Die sehen alle so geil aus, viel besser als wir Jungs. Woran liegt das nur?«

Eine Antwort erhielt er nicht, auch Heises Versuch, mit Judith ins Gespräch zu kommen, scheiterte. In diesem Moment betrat nämlich der allseits beliebte Klassenlehrer den Raum und alle stürzten sich auf Dr. Kreifelts, wollten erfahren, wie es ihm gehe, was er in seiner Pension unternehme und so weiter.

Bald darauf nahmen die etwa 20 Personen aus jeder der drei Klassen zum Essen Platz an drei langen Tischreihen, an deren Kopfseite jeweils der Klassenlehrer sitzen sollte. Das war bei der A Herr Braun, bei der B Dr. Kreifelts. Die schon lange im Ruhestand lebende Klassenleiterin der C war – wie sie mitgeteilt hatte – aus gesundheitlichen Gründen leider nicht in der Lage, an der Feier teilzunehmen.

Beim Hinsetzen agierte Heise zu langsam, die Plätze rechts und links von Judith wurden blitzschnell von Bodo Brockmeyer und Kai Gehrke besetzt. Links neben dem Klassenclown setzte sich die mollige Frau mit den kurzen Haaren, die Heise erst jetzt erkannte: die ›dürre Gerda‹! Den damaligen Spitznamen würde heute niemand mehr nachvollziehen können, dachte Heise und grinste innerlich. Plötzlich drang ein schrilles unnatürliches, beinahe affektiert wirkendes Lachen von der Tischreihe hinter ihnen herüber. Peggy, ohne Zweifel, dachte Heise amüsiert. Dann blickte er nach rechts, an Gerda und Kai vorbei Richtung Judith. Täuschte er sich oder glotzte dieser blöde Bodo tatsächlich andauernd Judith in den Ausschnitt? Und warum ärgerte er sich darüber? Verspürte er etwa Eifersucht in sich hochsteigen? Heise staunte über sich selbst. Warum war die Beziehung mit Judith nur in die Brüche gegangen?

»Ehm, wie bitte?«, murmelte er, denn Gerda hatte ihn etwas gefragt. Während des gesamten Essens löcherte sie ihn mit Fragen über seinen ›interessanten und spannenden‹ Beruf.

Bald nach der Mahlzeit stand Gerda auf und wandte sich mit einem ›Ich muss mal für kleine Mädchen‹ zur Toilette.

Nur wenige Augenblicke später setzte sich Judith neben Heise, und zwar links von ihm, nicht auf den von Gerda freigemachten Stuhl. Dieser blieb ebenso leer wie derjenige rechts davon, weil auch Kai aufgestanden war, um sich für Gespräche mit anderen einen neuen Platz zu suchen. So saßen Heise und Judith plötzlich ein ganzes Stück weg von den übrigen. Nur auf der anderen Tischseite befanden sich schräg von ihnen, gegenüber den jetzt leeren Stühlen, Hannah und die nicht mehr dürre Gerda, die sich zurück von der Toilette dort niederließ.

Einen Moment lang herrschte Schweigen, dann fragte Heise: »Und wie geht es dir so? Lebst du noch in Frank-

furt?« Das hatte er von den wenigen vor 10 Jahren ge-
wechselten Worten noch in Erinnerung. Seinerzeit waren
sich beide größtenteils aus dem Weg gegangen.

»Schon lange nicht mehr, ich bin in Köln«, antwortete
Judith.

»Gut!«

»Wieso?«

»Köln ist näher.«

»Ach ja?«

»Was machst du beruflich?«

»Ich arbeite beim WDR, in der Kulturredaktion.«

»Super!« Heise hatte keinen Ring an ihrer Hand entdecken können, zögerte kurz und fragte: »Kann es sein,
dass eine so schöne Frau wie du nicht verheiratet ist?«

Wieder wunderte er sich über sich selbst. Fange ich
hier etwa einen Flirt mit meiner Ex an?

»Ich bin seit einiger Zeit geschieden«, antwortete Judith mit düsterer Miene, die sich sofort wieder aufhellte,
als sie ihm direkt in die Augen blickte und ihn anlächelte.
»Ich bin also wieder auf dem Markt!«

Judith hatte den Flirt angenommen. Heise allerdings
verspürte Nervosität, wusste nicht, was er darauf antworten sollte und fragte schließlich nur: »Kinder?«

»Glücklicherweise nicht.«

»Glücklicherweise?«

»Ja, denn bei einer Trennung leiden die Kids immer
am meisten.«

»Verstehe.«

»Und du?«

»Nach wie vor Kripo Kleve.«

»Das meine ich nicht.«

»Also weder Frau noch Kind.«

»Ach.«

»Ich bin sozusagen mit meinem Beruf verheiratet, der füllt mich voll und ganz aus.«

Sie blickte ihm intensiv in die Augen und fragte dann aufreizend langsam: »Tatsächlich? Dann müssen wir dich aber ganz schnell auf andere Gedanken bringen!« Dieser verführerische Tonfall! Heise kam es vor, als ob er ihn erst vor kurzem und nicht vor 25 Jahren zuletzt gehört hätte. Judith fuhr sich mit der Zunge über die Lippen und beugte sich in ihrem tief ausgeschnittenen Pulli so weit zu ihm hinüber, dass er eine Menge zu sehen bekam. Ist das jetzt noch ein harmloser Flirt oder bereits mehr?, überlegte er dann und gab sich selbst die Antwort, indem er nach kurzem Zögern seine linke Hand auf ihren wohlgeformten nackten Oberschenkel legte – beim Setzen war der kurze Rock weiter hochgerutscht – und flüsterte: »Darf ich?«-

»Ich warte darauf!«, hauchte sie.

Während seine Hand sich mit sanft streichelnden Bewegungen langsam an der Innenseite ihres Oberschenkels hinauf dem Ziel näherte, waren sich beide vollkommen darüber im Klaren, welchen weiteren Verlauf der Abend und die Nacht nehmen würden. Die anderen schienen davon nichts mitzubekommen. Selbst das kurze lustvolle Stöhnen, das vollständig zu unterdrücken Judith bald darauf nicht mehr gelang, erregte offenbar keinerlei Aufruhr. Waren Hannah und die alles andere als dürre Gerda auf der gegenüberliegenden Seite des Tisches tatsächlich nach wie vor komplett in den Austausch ihrer Erfahrungen über pubertierende Töchter vertieft? Oder konnte man ein verstohlenes Grinsen auf ihren Gesichtern erahnen?

»Komm, wir gehen!«, flüsterte Judith und der erstaunte Heise stammelte: »Wie? . . . Wohin?«

Judith lachte. »In mein Hotelzimmer. Da ich mit der Bahn gekommen bin und für die letzte Rückfahrt eigentlich jetzt schon hätte wieder im Zug sitzen müssen, habe ich mir ein Zimmer bestellt, hier im Hotel. Das ist höchst praktisch, nur zwei Minuten vom Bahnhof entfernt. Und weil ich mich anscheinend relativ spät darum bemühte, waren die wenigen Einzelzimmer des Hotels bereits vergeben, also musste ich ein Doppelzimmer nehmen. Was sagst du dazu?« Sie lächelte ihn verführerisch an.

»Dann auf!«, entgegnete Heise spontan, zögerte dann aber und meinte: »Möchtest du nicht schon vorgehen, ich würde dann später nachkommen.«

Judith durchschaute ihn sofort. »Du willst vermeiden, dass die anderen etwas merken? Das ist vermutlich längst geschehen. Los, komm!« Damit ergriff sie seine Hand und die beiden erhoben sich und gingen mit einem »Tschüss, macht′s gut!« Richtung Ausgang. Am Kopfende des Tisches verabschiedeten sie sich noch per Handschlag von Dr. Kreifelts, der irgendwie verwirrt dreinblickte und dann murmelte: »Ich habe ja immer schon gesagt, solch gegensätzliche Charaktere wie ihr, das geht entweder ganz schnell in die Brüche oder es hält ein Leben lang! Ihr seid also tatsächlich immer noch zusammen.«

»Wieder, Herr Doktor Kreifelts, wieder!«, lachte Judith. Beim Herausgehen hörten sie noch Kais unvermeidlichen Kommentar: »Wow, die Judith und der Siggi, wie vor 25 Jahren, ist das nicht affengeil?«

Als Oberkommissar Siegfried Heise, Spitzname Holmes, aufwachte und die Augen öffnete, glaubte er zunächst, er befinde sich nach wie vor im Traum. Er lag in einem ihm unbekannten Zimmer in einem ihm unbekannten Bett.

Die Frau allerdings, die er in verführerischer Nacktheit neben sich liegen sah und die offensichtlich noch schlief, war ihm alles andere als unbekannt: seine Jugendliebe Judith! Er betrachtete ihren prachtvollen Busen, der sich im Rhythmus der Atembewegungen hob und senkte. Langsam kehrte er in die Realität zurück und erinnerte sich an den Abend zuvor: Klassentreffen, Flirt, Zärtlichkeiten, Küsse, Hotelzimmer, Sex mit Judith!

Judith, die Frau, mit der er vor 25 Jahren zusammen war. Die Frau, in die er damals unsterblich verliebt war. Die Frau, die ihn erst zum Mann gemacht hatte. Die Frau, die er bald nach dem Abi verloren und zuletzt beim Klassentreffen vor 10 Jahren getroffen hatte. Damals hatten beide allerdings – warum auch immer – kaum ein Wort miteinander gewechselt.

Und jetzt lag diese Frau splitternackt neben ihm und sie hatten die Nacht zusammen verbracht. War das nicht völlig aberwitzig? Er kannte sich selbst nicht wieder!

Er begann ganz sanft ihren Busen zu streicheln und sah, wie Judith langsam ihre Augen aufschlug. Auch sie benötigte offensichtlich ein paar Sekunden, um das Ganze zu realisieren. Dann beugte sie sich zu ihm hinüber, küsste ihn, hauchte ein ›Guten Morgen‹ und stand auf. »Ich bin mal im Bad, muss mich etwas frisch machen.«

Kaum hatte sie die Tür zum Bad hinter sich geschlossen, da setzten bei Siegfried Heise die Gedanken ein. Er war bereits seit mehreren Jahren nicht mehr mit einer Frau zusammen gewesen, hatte sich gleichsam für einen zölibatären Lebensweg entschieden und glaubte sich in diesem eingerichtet zu haben. »Der Beruf des Kriminalbeamten mit immer wieder unvorhersehbaren Dienstzeiten und einer ständigen Gefahr eignet sich nicht für eine funktionierende Partnerschaft!«, hatte er seinen Kollegen gegenüber mehrfach geäußert. Und jetzt hatte es ihn ›erwischt‹. Die Nacht mit Judith hatte so gut getan. Und wie sollte es nun weitergehen?

Seine Überlegungen wurden abrupt unterbrochen, als Judith langsam auf ihn zu schritt. Er betrachtete ihren nackten Körper mit einer Mischung aus Bewunderung und Begierde. Sie musste frisches Parfum aufgetragen haben, denn ein betörender Duft verbreitete sich im Raum.

»Wie kommt es eigentlich, dass du noch viel schöner bist als damals?«, fragte Heise lächelnd.

»Findest du? Du Charmeur!«

»Ja, und an den entscheidenden Stellen hast du mehr zu bieten als damals!«

»Möglich, ist aber alles echt«, lachte Judith.

»Das habe ich nie bezweifelt.«

»Hast du noch nicht davon gehört, dass der Busen einer Frau sich zu vergrößern scheint, wenn sie frisch verliebt ist, durch vermehrtes Streicheln und so?«

Er blickte ihr tief in die Augen und sagte dann ganz langsam und ruhig: »So ein Zufall, ich bin übrigens ebenfalls frisch verliebt!« Nach kurzer Pause setzte er hinzu: »In dich!«

Sie lagen erschöpft, aber glücklich nebeneinander, als Judith plötzlich bemerkte: »Übrigens erstaunlich, dass man so wenig gehört hat, findest du nicht?«

»Ich verstehe nicht so ganz!«

»Liebesgeräusche letzte Nacht! Hotelwände zählen bekanntlich nicht zu den dicksten.«

»Wie? Du meinst, außer uns hätten noch andere . . . ?«

»Na klar! Ich hörte gestern Abend, das Hotel sei komplett ausgebucht, natürlich in erster Linie von uns 25-Jährigen. Da haben sich mit Sicherheit auch andere Paare gefunden.«

»Stimmt! Ich kann mir nicht vorstellen, dass Peggy die Nacht allein verbracht hat.«

»Fragt sich nur: mit wem?«

»Da kommen viele in Frage.«

»Alle außer dir.«

»Jedenfalls wundert es mich kein bisschen, dass wir keine einschlägigen Geräusche mitbekommen haben.«

»Wieso?«

»Weil wir selbst so laut waren!«

Beide mussten loslachen. Nachdem sie sich wieder beruhigt hatten, erhob sich Heise plötzlich. Er hob eines der Kleidungsstücke auf, die in der Nacht in wilder Unordnung auf dem Boden gelandet waren und nahm sein Handy heraus. Dann schaltete er es komplett ab.

»Was tust du ?«, fragte Judith, die ihn beobachtet hatte.

»Ich sorge dafür, dass wir nicht gestört werden«, erklärte er. »Dein Handy?«

»Ist schon lange aus«, erwiderte sie lachend. »Aber musst du nicht von Berufs wegen jederzeit erreichbar sein? Ich meine, wenn etwas passiert oder so?«

»Das stimmt und während meiner gesamten Zeit bei der Polizei habe ich mein Handy noch nie ausgeschaltet, aber heute ist ein besonderer Tag, da bin ich für niemanden erreichbar!«

»Super!«

Bald darauf fragte Judith: »Was hältst du von einem tollen Frühstück? Wir lassen es uns aufs Zimmer bringen.« Sie bemerkte seinen Gesichtsausdruck und sagte:

»Spricht was dagegen?«

»Nein, . . . ehm, . . . « Er zögerte. »Also, du hast das Zimmer nur für eine Person gebucht und dann habe ich hier die Nacht verbracht und jetzt bestellst du das Frühstück für zwei Personen in einem Einzelzimmer?«

»Ja und? Hauptsache, das Frühstück kommt. Wenn die vom Hotel mehr Geld verlangen, wird es eben bezahlt!«

Diese Frau faszinierte Heise mehr als irgendjemand zuvor in seinem Leben. Das bezog sich nicht nur auf ihren Körper. Ihm imponierte ihre lockere, spontane und ungezwungene Art, wie sie jetzt zum Beispiel splitternackt in einem der Sessel saß und beim Roomservice ein üppiges Frühstück mit allem, was das Hotel zu bieten hatte, bestellte, und zwar für zwei Personen. Seine Bewunderung lag natürlich nicht zuletzt darin begründet, dass er ihre Spontaneität nicht besaß, er, der sachlich-ruhige, durchgetaktete Typ. Er hätte sich niemals nackt auf einem Hotelstuhl niedergelassen.

»Siehst du, kein Problem! Unser Frühstück kommt ganz bald. Ich hab vielleicht einen Kohldampf. Sex macht hungrig!«, erklärte sie lachend.

»Ja, aber sollten wir uns nicht vielleicht etwas anziehen?«

»Warum? Aber du hast recht, wir wollen ja das Hotelpersonal nicht verwirren.« Sie zog ihren knappen Slip und den ockerfarbenen Pulli an. »Kleidung zum Wechseln habe ich nicht dabei, ich konnte ja nicht ahnen, welchen Verlauf unser Klassentreffen nehmen würde!«, sagte sie mit einem aufreizenden Lächeln.

Er zog sich Hemd und Hose an, was sie zu dem Kommentar veranlasste: »Der Slip hätte auch gereicht. Sei doch mal locker!«

Kurz nach dem Frühstück blickte Judith auf die Uhr und erschrak. »Oh, Mist, es ist schon Viertel vor elf!«

»Ja und?«

»Das Zimmer muss bis 11 Uhr geräumt sein.«

»Wenn's weiter nichts ist! Dann ziehen wir eben ganz einfach um!«

»Wohin?«, fragte sie augenzwinkernd, denn sie konnte sich die Antwort denken.

»Zu mir natürlich! Du hast doch noch Zeit?«

»Na klar!«

Hand in Hand bewegten sich Judith und Heise zu dessen Wagen auf dem Hotel-Parkplatz. Plötzlich kam ein anderes Fahrzeug an ihnen vorbei.

»Hast du gesehen, das war Peggy!«, rief Judith erstaunt. »Ich habe sie genau erkannt.«

»Und wenn schon. Wen interessiert es?«, antwortete Heise in seiner typischen Art. Judith schien seine Aussage gar nicht mitbekommen zu haben. »Aber sie saß auf dem Beifahrersitz! Hast du gesehen, wer am Steuer war?«, setzte sie nach.

»Nein.«

»Schade.«

»Warum interessiert dich das überhaupt?«

»Keine Ahnung, einfach so.«

»Also, wenn du es unbedingt wissen willst, ich habe das Kennzeichen des Wagens: KLE-AB-17.«

»Das ist ja toll! Wie hast du denn das so schnell geschafft?«

»Sekundenscharfes genaues Beobachten, das gehört

zu meinem Beruf«, erklärte er und versetzte Judith in ungläubiges Staunen, als er hinzufügte: »Ich weiß auch, auf wen das Fahrzeug zugelassen ist.«

»Jetzt machst du aber Witze!«, rief sie. »Bist du etwa auch Hellseher oder wie kommst du darauf?«

»Keineswegs«, lachte Heise. »Aber das Klever Kennzeichen ›AB‹ steht für ›Auto Burak‹, eine bekannte Leihwagenfirma der Gegend.«

»Ach, dann könntest du also theoretisch dort nachfragen, wer heute – aber vermutlich bereits gestern – diesen Wagen gemietet hat.«

»Genau.«

»Dein Beruf ist ja wirklich echt spannend!«, lachte Judith.

»Vielleicht«, räumte der Oberkommissar mit gerunzelter Stirn ein. »Aber allzu oft auch frustrierend, auf jeden Fall anstrengend!«

»Und dann hattest du niemand, der dich auch mal auf andere Gedanken brachte?«, fragte sie mit einem anzüglichen Lächeln.

»Bisher nicht.«

»Aber jetzt!«, hauchte sie. »Jetzt hast du mich!«

»Ist das nicht merkwürdig?«, fragte Heise kurz nach Beginn der Fahrt in seinen Wohnort Xanten. »Wir kannten uns in- und auswendig, wie man so schön sagt. Und jetzt, 25 Jahre danach, verlieben wir uns wieder und wissen fast gar nichts voneinander, über unser jeweiliges Leben der vergangenen Jahre.«

»Stimmt, wir kennen uns und kennen uns auch nicht!«

»Andererseits finde ich das Hier und Jetzt entscheidend. Weißt du, dass die vorige Nacht die schönste für mich war, die ich in den letzten Jahrzehnten erlebte?«

»Das geht mir genauso!«

»Warum haben wir es eigentlich damals versemmelt?«, meinte Heise gedankenverloren.

»Tja, ist lange her, aber ich könnte mir denken, wir waren einfach zu jung, zu unerfahren. Mit 18 oder 19 eine Beziehung fürs Leben einzugehen, das gelingt den Wenigsten.«

»Da fällt mir ein: Ich weiß noch nicht einmal deinen aktuellen Namen, du sagtest, du warst verheiratet.«

»Eben, ich **war** verheiratet. Deshalb nahm ich nach der Scheidung wieder meinen Mädchennamen an.«

»Verstehe! Judith Ripkens, wie immer schon!«

»Und du warst nie im Hafen der Ehe?«

»Nein.«

»Wieso nicht?«

»Ach weißt du, ich hatte schon die eine oder andere Beziehung, in den letzten Jahren allerdings gar nicht mehr.«

»Dass du außer Übung bist, davon war letzte Nacht überhaupt nichts zu spüren!«, lachte Judith und Heise errötete leicht.

»Irgendwie passte das alles nicht und dann kam ich zu dem Entschluss, eine wirkliche Partnerschaft ist mit den Unwägbarkeiten und Gefahren meines Berufs kaum zu vereinbaren.«

»Denkst du das immer noch?«

»Ich weiß nicht. Vielleicht lag alles daran, dass ich noch nicht die Richtige gefunden hatte.«

»Und jetzt hast du sie gefunden?«

Er bremste den Wagen spontan ab, hielt am Straßenrand an, umarmte sie und küsste sie leidenschaftlich. »Genügt das als Antwort?«, fragte er.

Bald erreichten sie Xanten und Siegfried Heise führte Judith in seine Wohnung. Gespräche, – es gab wirklich viel zu erzählen – Sex, der Nachmittag verging wie im Fluge. Für das leibliche Wohl sorgte ein Pizzaservice.

Am Abend blickte Judith auf ihre Uhr und stellte mit leiser Stimme fest: »In knapp einer Stunde geht mein Zug, und zwar ab Geldern.«

»Ja und? Den lassen wir ohne dich fahren«, erwiderte Heise. »Ich bringe dich nach Hause. Dann haben wir noch mehr Zeit!«

»Tolle Idee, dann brauche ich mich ja vorerst noch nicht anzuziehen.«

»Auf keinen Fall!«


»Wie geht es jetzt weiter? Ich meine mit uns«, fragte Heise, als er sich am frühen Morgen von Judith in ihrer Kölner Wohnung verabschiedete, um nach Xanten zurückzufahren.

»Ich komme dich ganz bald wieder besuchen, ganz bald!« erwiderte Judith. »Oder du kommst zu mir. Das hängt von deinen Dienstzeiten ab, vermute ich.«

»Genau, und da liegt das Problem. An welchem Tag ich wie lange im Dienst bin, kann ich oft überhaupt nicht vorhersehen.«

Sie lächelte ihn an. »Das macht gar nichts! Dann müssen wir eben total spontan agieren. Am Wochenende haben wir bewiesen, dass wir das können. Findest du nicht?«

»Aber ja, und wie!«

Eine solch leere Autobahn wie an diesem Morgen zwischen 5 und 6 Uhr hatte Heise lange nicht mehr erlebt, aber das nahm er kaum zur Kenntnis. Zu sehr kreisten seine Gedanken um das vergangene Wochenende, das sein Leben komplett durcheinandergewirbelt hatte. Seine Gefühlslage bewegte sich zwischen Euphorie und Besorgnis. Wie soll es weitergehen mit Judith und mir?, fragte er sich. Sie wohnt und arbeitet in Köln. Ich wohne in Xanten und arbeite in Kleve. Wie kann das funktionieren? Eine Wochenendbeziehung? Dabei weiß ich oft erst ganz kurzfristig, wann ich am Samstag oder Sonntag im Dienst bin. Nur eins steht felsenfest: Ich möchte Judith auf keinen Fall nochmal verlieren!

# ACHT

Eine eiskalte Dusche, ein paar Tassen heißer Kaffee, 30 Minuten Autofahrt und Oberkommissar Heise hatte das Präsidium in Kleve an einem immer noch wolkenverhangenen und trüben Montagmorgen erreicht. Als er das Büro des Alten Fritz zur Teamsitzung betrat, waren die anderen mit Ausnahme von Jens Marquardt bereits versammelt und blickten ihn mit leichter Verwunderung an.

»Mensch Holmes, du siehst aber mitgenommen aus, beim Klassentreffen ist es anscheinend ganz schön hoch hergegangen«, rief Klaas Hinrichs.

Heise, der vorher nur angedeutet hatte, er wisse noch nicht, ob er an dem Treffen überhaupt teilnehmen werde, antwortete nur kurz: »Ja«. Die näheren Einzelheiten wollte er zunächst noch für sich behalten, das hatte Zeit! So wechselte er schnell das Thema und fragte stattdessen: »Wie geht es Reubling? Gibt es Neuigkeiten?«

»Darauf warten wir auch«, antwortete Hinrichs. »Jens wird uns aufgrund seiner intimen Beziehungen zum Krankenhaus bestimmt bald davon berichten.«

»Intime Beziehungen zum Krankenhaus, lustige Formulierung«, wiederholte Alt. In dem Moment ging die Tür auf und Jens Marquardt betrat unter dem Gelächter der anderen den Raum.

»Was ist los? Habe ich etwas verpasst?«, fragte er hilfesuchend.

»Nein, nein! Klaas hatte nur gerade wieder eines seiner Witzchen losgelassen«, erklärte Alt.

»Neuigkeiten aus dem Krankenhaus?«, erkundigte sich Heise vorsichtig.

»Nicht wirklich, Reubling scheint es besser zu gehen, Lebensgefahr besteht keine mehr, aber er befindet sich immer noch in dem künstlichen Koma.«

»Dann können wir nur abwarten«, konstatierte Alt und bald verließen die Kollegen sein Büro.

Eine halbe Stunde später trat Heike Buschkamp an Heises Schreibtisch im Großraumbüro. »Da ist ein Mann bei den Kollegen unten, der Anzeige erstatten will. Die schicken den gerade zu uns, weil sein Anliegen wohl eher in unsere Zuständigkeit fällt, so jedenfalls die Aussage des Kollegen Heffungs.«

Heise runzelte die Stirn und bat Hinrichs, mit ihm in den Besucherraum zu kommen. Das spartanisch eingerichtete Zimmer – nur vier Stühle und ein kahler Tisch – mit den weißen Wänden und der grellen Deckenbeleuchtung wirkte auf die Beamten jedes Mal aufs Neue höchst abstoßend. Genau diesen Zweck verfolgte man offenbar bei der Befragung von Verdächtigen in diesem Raum. An der Wand, die der Eingangstür gegenüberlag, hing ein großer Spiegel, durch dessen Rückseite das Geschehen vom Nebenraum aus verfolgt werden konnte, ein sogenannter Venezianischer Spiegel.

Bald saßen Heise und Hinrichs Herrn Pauels in diesem kargen Raum gegenüber. Der durchtrainiert wirkende schlanke Mann von etwa Mitte fünfzig mit langen ergrauenden Haaren und grauem Kinnbart kam gleich zur Sache. »Ich bin gestern Nacht, beleidigt, bedroht, geschlagen und bestohlen worden und möchte deswegen Anzeige erstatten«, begann er mit fester, lauter Stimme.

»Dann erzählen Sie uns bitte ganz genau, was geschehen ist!«, bat Hinrichs.

»Ja natürlich! Dazu muss ich etwas ausholen, wissen Sie. Ich bin Mitglied bei der Freien Tierhilfe und eines unserer Hauptziele besteht zurzeit darin, uns um Katzen zu kümmern und deren Leid zu mildern.«

Heise und Hinrichs sahen den Mann mit gewisser Verwunderung an. Dieser fuhr fort: »Es geht vorwiegend um herrenlose, streunende Tiere, die in wirklich furchtbaren Umständen leben, ausgehungert, verlaust, gesundheitlich in einem erbärmlichen Zustand mit geringer Lebenserwartung. Dass diese Tiere sich weiter vermehren, stellt eine Form von Tierquälerei dar. Damit also nicht noch unzählige Tiere geboren werden, die ein ähnliches Leben erwarten würde, haben wir uns zur Aufgabe gestellt, möglichst viele dieser herrenlos umher streunenden Katzen einzufangen und kastrieren zu lassen.«

Während Heise, dem die Augen beinahe zufielen, ein Gähnen nur mühsam unterdrückte, schien Hinrichs hellwach. Mit einem freundlich-interessierten ›Ja‹ ermunterte er Herrn Pauels, weiter zu erzählen. »Aus diesem Grund sind wir häufig nachts unterwegs auf der Suche nach solchen Katzen.«

Jetzt schien auch Heises Interesse wieder geweckt zu sein. »Aber die Tiere lassen sich bestimmt nicht einfach so einfangen«, merkte er an.

»Da kommen ganz spezielle Fallen zum Einsatz, Lebendfallen natürlich, in die man zum Beispiel etwas Thunfisch legt, sodass die Katzen sich davon angelockt in den Kasten bewegen und nach dem Zuschnappen der Tür darin festsitzen. Am nächsten Morgen bringen wir sie dann zum Tierarzt, der die Unfruchtbarmachung vornimmt. Sofort danach entlassen wir die Katzen wieder in die Freiheit. Vorher allerdings bekommen sie noch ein Glöckchen umgehängt.«

»Wie bitte?«, fragte Hinrichs belustigt. »Ein Glöckchen, wie bei den Milchkühen der Alpenregion?«

»Genau, nur wesentlich kleiner natürlich. Damit hat man in Süddeutschland durchaus positive Erfahrungen gemacht. Das Klingeln bei jeder Bewegung verrät die Katze, wenn sie sich zum Beispiel an ein Singvögelchen anschleicht und rettet den Piepmatz auf diese Weise.«

»Verstehe!«, meinte Hinrichs und fragte dann: »Sind Sie bei den nächtlichen Aktionen allein unterwegs?«

»In der Regel ja. Das erlaubt uns, ein größeres Gebiet der Stadt abzudecken. Manchmal auch in einer Gruppe, wenn ich zum Beispiel zwei Neulingen genau zeige, wie die Falle zu handhaben ist.« Nach kurzer Pause fügte Pauels hinzu: »Seit gestern Abend allerdings werden wir nur noch in Zweierteams losziehen.«

»Oh ja, Entschuldigung«, murmelte Hinrichs, »wir sind völlig von Ihrem eigentlichen Anliegen abgekommen. Was genau ist Ihnen letzte Nacht widerfahren?«

»Ich war, wie gesagt, unterwegs, um streunende Katzen einzufangen. Plötzlich kamen zwei Männer auf mich zu, beschimpften mich, schlugen auf mich ein, entrissen mir die beiden noch leeren Fallen. Ich hielt es dann für besser, so schnell wie möglich wegzulaufen. Ich hatte Angst, was die Typen sonst mit mir anstellen würden.«

»Verstehe!«, meinte Hinrichs. »Womit wurden Sie geschlagen, konnten Sie das feststellen?«

»Eine Art Schlagring, würde ich sagen.«

»Also kein Holz?«, fragte Hinrichs nach, dem ein ganz bestimmter Gedanke durch den Kopf ging.

»Nein, etwas Metallisches.«

»Ist bei Ihrer Gruppe auch ein Herr Markus Reubling dabei?«, wandte sich Hinrichs dann an den Besucher.

»Markus Reubling?«, wiederholte Pauels. »Nein, tut mir leid, den Namen kenne ich nicht.«

»Und die beiden Personen? Können Sie die beschreiben?«, schaltete sich nun Heise ein.

»Schwer bei dem schwachen Laternenlicht. Beide trugen Kapuzenpullover, die ihre Gesichter größtenteils verdeckten. Mittlere Größe, Alter um die dreißig. Beide sprachen akzentfreies Deutsch, faselten mehrfach etwas von Katzenschutzkommando. ›Aber auch wir wollen Katzen schützen!‹, rief ich noch, bevor die auf mich losgingen. Völlig unverständlich, das Ganze!«

»Wann genau war das und wo?«, fragte Hinrichs.

»Das war in der Gartenstraße in Materborn kurz vor Mitternacht.«

»Ist Ihnen sonst noch irgendetwas bei der Aktion aufgefallen«, fragte Hinrichs.

»Leider nein.«

»Gut, Herr Pauels, dann werden wir jetzt Ihre Anzeige aufnehmen. Nennen Sie uns bitte zuerst Ihren vollständigen Namen, das Geburtsdatum und die Anschrift.«

»Wirklich schade«, meinte Heise, nachdem man sich bald darauf vom Besucher verabschiedet hatte. »Wenn Reubling zu der Truppe der Tierhilfe gehören würde, hätten wir endlich sowohl ein Motiv als auch eine mögliche Tätergruppe. Aber so . . . «

»Tja, hoffen wir also weiterhin darauf, Herrn Reubling möglichst bald befragen zu dürfen«, erklärte Hinrichs.

»Katzenschutzkommando, hast du jemals von denen gehört?«, sinnierte Heise.

Hinrichs schüttelte den Kopf.

Zurück an ihren Schreibtischen schlug Heise vor: »Lass uns mal den PC über diese Gruppierung befragen!«

Nach einer halben Stunde waren die Beamten genauso schlau wie vorher. Unter der Sucheingabe ›Katzenschutzkommando‹ tauchten zwar sowohl die Freie Tierhilfe als auch die Katzenschutzverordnung des Kreises Kleve auf, nicht jedoch ein Katzenschutzkommando.

»Katzenschutzverein Samtpfote, Kuschelmiez, Maunzfreunde und was sonst noch alles! Katzenschutzbund Krefeld, Plön, Dortmund, Ansbach und so weiter. Hat etwa jeder Ort in Deutschland seinen Katzenschutzverein?«, fragte Hinrichs amüsiert. »Dann muss man sich über die Miezlinge in unserem Land wirklich keinerlei Sorgen machen!«

»Ob es wohl auch so viele Kinderschutzvereine bei uns gibt?«, überlegte Heise laut.

»Was geht da eigentlich nachts in unserer Stadt vor?«, fragte Fritz Alt später am Tag bei einer zusätzlichen Teamsitzung in seinem Büro. Heise und Hinrichs hatten ihm natürlich ausführlich über das Gespräch mit Dieter Pauels berichtet.

»Die einen Katzenschützer fangen Miezlinge, um sie kastrieren zu lassen, die anderen wollen genau das – sogar mit Gewalt - verhindern. Da muss man sich wirklich an den Kopf fassen!«, maulte Marquardt.

»Und dann sind da anscheinend noch die Leute mit dem Flugblatt, die freilaufende Katzen komplett aus dem Verkehr ziehen wollen«, ergänzte Hinrichs und Fritz Alt seufzte: »Als ob es keine anderen Probleme gäbe, ich kann es bald nicht mehr hören!«

Ganz ähnlich reagierte Judith Ripkens, als Heise ihr während des langen Telefonats am späten Abend über seinen Tag berichtete.

»Gibt es bei euch keine anderen Verbrechen, denen ihr euch widmen müsst, keine wirklich schweren Jungs? Schlägereien wegen Katzen, irgendwie bescheuert, finde ich!«

Heise überlegte kurz, dann fragte er: »Habe ich das richtig in Erinnerung, du zählst zu den wenigen weiblichen Menschen, denen Katzen nichts bedeuten?«

Sie lachte. »Ja, das stimmt! Ich bin eben etwas Besonderes. Ist dir das noch nicht aufgefallen?«

»Aber ja! Wann sehen wir uns?«

»Meine Arbeitswoche endet für gewöhnlich freitags um 15 Uhr. Dann könnte ich sofort loslegen. Mit dem Zug wird es allerdings etwas dauern, wie ich vom letzten Samstag weiß.«

»Kein Problem!«, erwiderte Heise. Mein Dienst am Freitag dauert garantiert länger als 15 Uhr. Wie lange, das ist oft schwer vorherzusagen. Aber du wirst mit der Bahn bestimmt auch eine ganze Weile unterwegs sein.«

»So ähnlich wie am Wochenende, das habe ich noch in Erinnerung.«

»Nicht so ganz«, meinte Heise. »Du musst mit dem Intercity von Köln aus bis Duisburg fahren, nicht wie letztes Mal in Düsseldorf umsteigen. Von Duisburg aus fährt dann der Niederrheiner, offiziell RB 31, nach Xanten. Ein typischer Bummelzug, der eine knappe Stunde für diese Strecke benötigt, falls er überhaupt fährt. Zugausfälle aus diversen Gründen sind zwischen Duisburg und Xanten keine Ausnahme.«

»Also begebe ich mich auf eine Abenteuerreise«, lachte

Judith. »Aber keine Angst, ich werde mich schon durchschlagen!«

»Davon bin ich überzeugt. Weißt du, was ich jetzt am liebsten tun würde?«

»Na klar! Genau das, was auch ich jetzt gerne hätte! Und ich habe auch schon eine Idee, wie wir uns über das Telefon eine Menge Spaß verschaffen können. Bist du bereit?« Judiths Stimme klang sehr verführerisch.

»Immer!«

In der Nacht nahm Oberkommissar Heise plötzlich ein gleichermaßen merkwürdiges wie unangenehmes Geräusch wahr, das ihn aus dem Schlaf riss. Es hörte sich etwa so an, als ob auf einer Glasfläche gekratzt würde. Kam es vom Fenster im Schlafzimmer? Heise sprang aus dem Bett, lief zum Fenster, riss die Vorhänge zur Seite und erschrak. Draußen erblickte er eine große Katze, die sich mit den Hinterpfoten auf dem Fensterbrett abstützte und aufgerichtet mit ihren scharfen Krallen der Vorderpfoten das Glas zerkratzte. Mit einem finsteren, grimmigen Gesichtsausdruck blickte sie Heise an. Dieser schlug gegen die Scheibe, rief laut ›Kschsch‹, die Katze jedoch reagierte überhaupt nicht, kratzte unbeeindruckt weiter auf dem Glas herum. Was war zu tun? Heise rannte zur Küche, griff einen langstieligen Kochlöffel und eilte zurück ins Schlafzimmer. Er plante, das Fenster einen kleinen Spalt weit zu öffnen und durch diesen die Katze mit dem Löffel vom Fenstersims zu stoßen. Als er mit dem Instrument wieder ins Schlafzimmer trat, war von der Katze hinter dem Fenster nichts mehr zu sehen.

Seine Erleichterung dauerte aber nur wenige Sekunden. Dann hörte er erneut das kratzende Geräusch, und zwar aus der Küche. Er eilte dort hin und zuckte zusammen. Jetzt saß die Katze in derselben Pose wie zuvor hinter diesem Fenster und ließ auch hier die Krallen ihrer Vorderpfoten langsam über das Glas kratzen. Bemerkte Heise im Gesicht des Tieres etwa den Anflug eines hämischen Grinsens?

»Verdammtes Mistvieh!«, fluchte er, immer noch den Kochlöffel in der Hand, und bewegte sich wütend auf das Fenster zu.

Im nächsten Moment gab es einen lauten Knall, unzählige Glassplitter flogen durch die Luft, das Küchenfenster war zerborsten. Schon fühlte er sich von mehreren kleinen Scherben getroffen. Blut tropfte aus den entstandenen Wunden. Er wollte laut losschreien vor Wut, dies gelang allerdings nicht.

Mit einigen Augenblicken Verspätung registrierte Heise, dass er sich im Schlafzimmer befand, in seinem Bett, nicht etwa in der Küche. Verletzungen wies er keine auf. Noch ein paar Sekunden später hatte er begriffen: Alles war nur ein Traum, ein saublöder Albtraum! Die Vorhänge im Schlafzimmer waren geschlossen. Dennoch ging er zur Küche, wo er das Fenster völlig unversehrt vorfand, ohne jegliche Kratzspuren.

Wie war das noch mit unseren Träumen, fragte er sich. Im Traum verarbeiten wir Vorgänge, Dinge, die uns emotional und psychisch beschäftigt haben, oft sogar gänzlich unbedeutende, die dann nachts in völlig anderen Zusammenhängen wieder auftauchen.

Leider können wir unsere Träume nicht steuern, sonst hätte ich natürlich von Judith geträumt, am liebsten die ganze Nacht, seufzte Heise und versuchte, wieder in den Schlaf zurückzufinden.

# NEUN

Das Wetter hatte sich in den zurückliegenden Wochen wieder einmal zum Gesprächsthema Nummer eins bei den Menschen am Niederrhein entwickelt. Obwohl bereits mehr als die Hälfte des Monats April vergangen war, hatte man noch keinen Frühling erlebt, der diese Bezeichnung auch nur ansatzweise verdient hätte. Die trübe, graue Witterung des sogenannten Winters mit viel Wind, ständigen Niederschlägen und Höchsttemperaturen allenfalls im niedrigen zweistelligen Bereich hielt nun bereits seit Monaten an, unterbrochen nur durch einzelne wärmere, sonnige Tage, die aber nur falsche Hoffnungen auf einen ›richtigen‹ Frühling weckten.

Das Wetter hätte kaum besser zu der miesen Stimmung passen können, die im geräumigen Büro des Kriminaldirektors herrschte. Dort saßen Benjamin Fricke und Fritz Alt beisammen, um den aktuellen Fahndungsstand zu besprechen.

Alt hatte dem Gespräch sorgenvoll entgegengeblickt, konnte man doch keinerlei ernsthafte Ermittlungsergebnisse vorweisen.

Tatsächlich schien Benjamin Fricke – wie schon mehrfach in ähnlichen Situationen – in zunehmendem Maße ungeduldig zu reagieren.

»Vor nahezu einer Woche wurde nachts in der Innenstadt ein Mordversuch verübt und wir verfügen über absolut keine Spur!«

»Wir haben das Leben des Herrn Reubling komplett

durchleuchtet, Verwandte, Freunde, Nachbarn, Arbeitskollegen, alle wurden ebenso intensiv befragt wie seine Bank. Die Frau, die sich über Reubling beschwert hatte, weil er sie angeblich nicht rechtzeitig über das bevorstehende Ableben ihrer Mutter informiert hatte, scheidet ebenso als potentielle Täterin aus wie Herr Pohlmann. Dessen Frau scheint mir für Reubling weitaus mehr zu sein als nur eine Arbeitskollegin. Nein, ich glaube wirklich, Reubling war ein zufälliges Opfer. Genau das erschwert naturgemäß unsere Nachforschungen erheblich.«

»Vorletzte Nacht wurde erneut ein Mann überfallen, dieser Katzenschützer. Was geht da vor?« Die Unzufriedenheit war Fricke deutlich anzumerken.

Alt überlegte, bevor er vage antwortete: »Tja, das Katzenthema beschäftigt zurzeit viele Menschen in unserer Stadt.«

»Eben! Genau deshalb wird in unserer Pressemitteilung bewusst nur von einem erneuten nächtlichen Überfall berichtet, ohne jedweden Bezug zu Katzen! Ich wollte verhindern, dass dieses leidige Thema in der Öffentlichkeit noch weiter hochgekocht wird. Verstehen Sie?«

»Voll und ganz, Herr Fricke!«

»Halten Sie übrigens einen Zusammenhang zwischen den beiden nächtlichen Überfällen für denkbar? Mir wollen die Katzenhaare in Reublings Gesicht nicht aus dem Sinn gehen«, wandte sich der Kriminaldirektor an Fritz Alt.

Dieser dachte kurz nach, schüttelte dann den Kopf. »Eher nicht, Reubling gehört laut Aussage von Pauels nicht zu dessen Verein. Und dass er nachts auf eigene Faust auf Katzenjagd geht, kann ich mir nicht vorstellen.

88

Aber ich werde zur Sicherheit einmal Frau Pohlmann dazu befragen, die Reubling – wie gesagt – sehr gut kennt.«

Fricke nickte zustimmend.

«Im Übrigen wissen Sie: Wir tun, was wir können«, legte Alt dar. »Aber bislang hat das noch nichts Greifbares ergeben. Vielleicht ist uns bald wieder mal das Glück hold und Kommissar Zufall behilflich.«

»Darauf sollte man sich lieber nicht verlassen«, gab der Kriminaldirektor zurück. »Und dieser Feuerteufel tanzt uns immer noch auf der Nase herum, ohne dass wir seiner habhaft werden können!«

»Tja, das Problem ist die Tatzeit«, erklärte Alt. »Zwischen zwei und vier Uhr nachts sind in der Regel so wenige Leute unterwegs, dass wir bisher keine Zeugen ermitteln konnten. Wir hoffen auf einen Fehler des Brandstifters, vielleicht fühlt er sich irgendwann zu sicher bei seinen Taten.«

Fricke runzelte die Stirn. »Und wenn nicht? Wir können nicht einfach abwarten, bis er das nächste – womöglich noch größere – Feuer legt und eine Person zu Schaden kommt.«

»Natürlich nicht! Wir bleiben weiter am Ball, Herr Fricke!«

Damit verabschiedete sich Fritz Alt, der sich spürbar unwohl fühlte, von seinem Chef.

»Ganz schön unzufrieden, die Fliege!«, murmelte Alt, als er dann seine Kollegen im Großraumbüro aufsuchte.

»Aber der Mann hat recht! Wir kommen überhaupt nicht voran!«, gab Heise zu bedenken.

Kurz nach halb elf trat die Kriminalassistentin an Heises Schreibtisch: »Am Telefon ist eine Frau Strothe für dich.«

»Strothe?«, wiederholte Heise und es dauerte einen Moment, bis er begriffen hatte, um wen es sich nur handeln konnte.

»Peggy Strothe?«, wandte er sich an die Kollegin.

»Den Vornamen hat sie mir nicht verraten und auch nicht, worum es geht.«

»O.K. Dann stell 'mal durch!«, meinte Heise verwirrt. Was will nur Peggy von mir?«

»Hallo Peggy«, meldete sich Heise wenige Augenblicke später. »Das ist ja eine Überraschung!«

»Ja bestimmt, das glaube ich dir!«, begann die Frau. »Ich wollte eigentlich am Samstagabend kurz mal mit dir sprechen, deinen Rat einholen. Aber Judith und du, ihr wart ja so schnell verschwunden. Wir haben uns übrigens alle riesig für euch gefreut!«

»Alle?«, wiederholte Heise leicht verwirrt.

»Ja, alle. Oder meinst du, irgendjemand in dem Saal hätte nicht mitbekommen, dass Judith und du . . . « Sie hielt plötzlich inne, bevor sie weiter redete: »Aber deshalb rufe ich natürlich nicht an, ich brauche deinen Rat in einer – wie soll ich sagen – heiklen Sache.«

»Um was geht es?«, fragte Heise, dessen professionelle Neugier erwachte. Wenn Peggy sich auf diese Weise an mich wendet, muss es sich um etwas Ernstes handeln, dachte er bei sich.

»Das möchte ich lieber nicht am Telefon sagen«, antwortete Peggy. »Können wir uns irgendwo treffen? Ich bin in Kleve.«

Heise überlegte kurz. »Kein Problem«, meinte er dann. »Sagen wir in einer halben Stunde am Eingang zum Kurpark, gegenüber vom Museum beim Eisernen Mann. Du weißt, wo das ist?«

»Klar! Dann bis gleich und danke!«

Merkwürdig, dachte Heise. Was soll das nur bedeuten? Peggy Strothe ist für mich eine völlig unbekannte Person, genauso, wie ich es für sie bin. Ich habe sie letzten Samstag kurz gesehen, 10 Jahre zuvor ebenso kurz, vor 25 Jahren war sie in meiner Parallelklasse, da hat man sich natürlich das eine oder andere Mal gesehen. Ich weiß so gut wie gar nichts über sie, wo sie wohnt, was sie arbeitet und überhaupt. Er musste schmunzeln. Ich weiß eigentlich nur, dass sie seinerzeit ständig auf Männerfang war. Und wenn ich an ihre Aufmachung am letzten Samstag denke, scheint sich daran wenig geändert zu haben.

Als Heise 30 Minuten später den Treffpunkt erreichte, kam Peggy sofort auf ihn zu. »Toll, dass du Zeit für mich hast!«, sagte sie. In Jeans, weißem Shirt, schwarzem Lederblouson und weißen Turnschuhen wirkte sie bei Weitem nicht so aufgedonnert wie wenige Tage zuvor. Auch mit Lippenstift und Make-up war sie sichtlich sparsamer umgegangen. Dennoch zuckte Heise zusammen, als er sie jetzt aus der Nähe betrachtete. Peggy Strothe wirkte im Vergleich zu Judith um Jahre älter, so kam es ihm vor, irgendwie verlebt. Ihre Gesichtshaut wies einen unnatürlich dunklen Ton auf – offenbar Sonnenbank-gebräunt vermutete Heise – und erinnerte irgendwie an Leder.

Was Heise jedoch am meisten entsetzte, waren ihre Lippen. Wenn Frauen diese mit Hyaluronsäure oder ähnlichen Substanzen spritzen und künstlich verdicken ließen, setzte meist nach einiger Zeit der gegenteilige Effekt ein, die Oberlippen erschlafften und wirkten lappenähnlich. Schlauchbootlippen nennt man das, hatte Heise kürzlich irgendwo gelesen. Genau dieser Effekt schien sich bei Peggy einzustellen und ließ damit – so empfand es Heise – ihr eigentlich hübsches Gesicht eher abstoßend aussehen.

»Lass uns ein Stück durch den Park gehen und dabei erzählst du mir, was dich bedrückt«, schlug der Oberkommissar vor.

»Um es ganz einfach in einem Satz zu sagen: Ich werde gestalkt«, rief Peggy und ihre Stimme bebte. »Irgend so ein Schwein stellt mir nach, ruft mich ständig an – oft nachts, - fragt nach meinen sexuellen Vorlieben und so weiter.«

»Wie lange geht das schon?«, erkundigte sich Heise.

»Seit ungefähr vier Wochen! Er wird immer dreister. Letzte Woche saß ich mit einer Freundin im Café, da klingelte mein Handy und der Typ sagte, mein grüner BH mache ihn ganz heiß.«

»Wie, grüner BH?«

»Unter einer dünnen weißen Bluse trug ich an dem Tag einen solchen. Verstehst du, er muss sich ganz in meiner Nähe aufgehalten haben, sonst hätte er das nicht wissen können, ganz nah!«

»Du bist sicher, es handelt sich immer um ein und dieselbe Person?«, fragte Heise. »Und die Stimme kennst du nicht?«

»Immer dieselbe Stimme am Telefon, unbekannt! Ich habe absolut keine Vorstellung, wie der Typ an meine Nummer gelangt ist. Die ist nämlich nicht im Telefonbuch zu finden.«

»Hm, da existieren schon Möglichkeiten für jemand mit guten diesbezüglichen Vorkenntnissen, aber legal ist das nicht«, erklärte Heise und fragte dann: »Konntest du dir die Rufnummer notieren?«

»Nein, leider nicht. Aber es gibt doch die Möglichkeit einer Fangschaltung, das weiß ich aus Fernsehkrimis. Kann man so etwas bei mir nicht einrichten?«

Heise konnte ein Schmunzeln nicht unterdrücken. »Dann muss der Krimi aber aus dem vorigen Jahrhundert stammen«, stellte er fest.

»Wieso das?«

»Weil diese Fangschaltung schon lange nicht mehr existiert, weder als Begriff noch als Technik. Heutzutage im digitalen Zeitalter, das ich beileibe nicht in allen Facetten schätze, lassen sich über deinen Telekommunikationsanbieter alle entsprechenden Verbindungen abfragen, also auch die hoffentlich nicht unterdrückte Nummer deines Anrufers.«

»Das klingt super! Dann haben wir ihn sozusagen!«, freute sich Peggy.

Heise schüttelte den Kopf. »Da solltest du dir keine großen Hoffnungen machen. Wenn der Stalker nicht saudumm ist, wird er als Absender eine sogenannte Call-ID-spoofing Nummer verwenden. Dabei handelt es sich um Phantasienummern, die nicht vergeben wurden und daher niemandem zugeordnet werden können.«

»Und das ist legal?«

»Natürlich nicht, aber absolut sicher für den Anrufer.«

»Schade!«, murmelte Peggy enttäuscht.

»Wann war der letzte Anruf?«, fragte Heise.

»In der Nacht zu Samstag, also vor unserem Treffen, rief er gegen Mitternacht wieder an und sagte, er würde gleich vorbeikommen. Ich solle mich schon mal ganz nackt ausziehen. Ich bekam natürlich panische Angst, habe alles verriegelt, was zu verriegeln war.«

»Und?«

»Nichts!«

»Hast du niemanden um Hilfe gebeten?«

»Meinen derzeitigen Lover konnte ich schlecht anrufen, er ist verheiratet.«

Sie spazierten schweigend weiter entlang des breiten Wassergrabens, der sich schnurgerade mehrere hundert Meter lang mitten durch den Park erstreckte. Die wohltuende Stille wurde nur von Zeit zu Zeit vom Geschnatter der zahlreichen Stockenten auf dem Wasser unterbrochen.

»Du hegst keinerlei Verdacht, wer dir auf diese Weise schaden, sich vielleicht an dir rächen will? Hast du Feinde?«, fragte Heise schließlich.

Peggy lachte kurz auf. »Feindinnen trifft es besser. Davon dürfte ich allerdings etliche haben.«

Heise blickte sie fragend an.

»Ja, verdammt noch mal! Die Frauen, denen ich den Mann ausgespannt habe, natürlich!«

»Gibt es Fälle aus der letzten Zeit, einen konkreten Verdacht?«

»Nein, das nicht, aber Frauen halten mich grundsätzlich für ein Männer fressendes Ungeheuer. Das Schlimme dabei ist: Ich kann es ihnen nicht einmal verdenken. Nach längstens drei Monaten brauche ich einen Neuen. Ich weiß, das klingt furchtbar, ja schon krank, aber ich kann nicht anders, ich bin absolut unfähig, eine länger dauernde Beziehung einzugehen.«

Bei ihren letzten Worten waren Tröpfchen auf ihren Wangen erschienen, Heise glaubte, eine Spur von Traurigkeit in ihren Mundwinkeln zu erkennen. Jetzt sprach sie ganz leise weiter: »Vielleicht doch nicht nur Feindinnen. Etliche Männer haben sich wegen mir von ihren

Frauen getrennt. Die konnten und wollten sich natürlich nicht vorstellen, wie kurz unsere Beziehung nur währen würde. Und das, obwohl ich jeden neuen Liebhaber ganz am Anfang vor mir warne. Aber das nimmt ja keiner ernst!« Dann rief sie unter Tränen: »Ist eben alles Scheiße bei mir!«

»Nicht doch«, protestierte Heise. »Das darfst du so nicht sagen!«

»Stimmt aber! Ich habe keinen Partner, auf den ich mich verlassen kann und der mir vertraut. Ich habe noch nicht einmal so etwas wie eine Heimat!«

Da Heise sie nur verständnislos ansah, fuhr sie fort: »Das kannst du nicht wissen, in den letzten 20 Jahren bin ich viel herumgekommen, habe an diversen Orten eine Zeit lang gelebt: Hamburg, Berlin, Mallorca, Florida, Nepal. Daher sind mit Ausnahme von ein oder zwei Freundinnen sämtliche Kontakte zur alten Heimat Niederrhein verlorengegangen. Ich versuche gerade mühsam, da wieder etwas aufzubauen.«

»Deine Eltern?«, fragte Heise.

»Sind schon lange getrennt. Meine Mutter wohnt wohl immer noch in Kapellen, aber es besteht kein Kontakt mehr.«

Heise konnte nur noch staunen. Der Rationalist in ihm stellte die nächste Frage: »Und wovon hast du gelebt? Was hast du beruflich gemacht?«

»Meistens habe ich mich von Männern aushalten lassen. Und ein Mal war ich sogar verheiratet, mit einem echt reichen Typ, und habe bei der Scheidung ordentlich abgesahnt, wie man so sagt!«

»Keine feste Beziehung und trotzdem warst du verheiratet?«

»Da war ich erst Mitte zwanzig und hoffte wirklich, die Beziehung würde halten.«

»Verstehe! Tja, was kann ich da für dich tun? Für das Checken deiner Telefonverbindungen benötigen wir eine richterliche Erlaubnis, aber ob wir die bekommen?«, gab sich Heise wenig optimistisch.

»Und sonst?«

»Hast du einmal versucht, mit dem Anrufer ins Gespräch zu kommen?«, wollte Heise wissen.

»Nein, wozu auch?«, entgegnete Peggy.

»Beispielsweise, um ihn ein wenig aus der Reserve zu locken. Du könntest ihn fragen, warum er ausgerechnet auf dich gekommen ist oder was er sich von den Anrufen erhofft. Du könntest ihm sogar vorschlagen, dich mit ihm zu treffen, falls er an dir als Frau interessiert ist. Dann würde er diese Anrufe nicht mehr nötig haben. Irgendetwas in der Art.«

»Und wenn er darauf eingeht?«

»Dann informierst du uns natürlich umgehend und wir kommen und kassieren ihn ein!«

»Glaubst du wirklich, darauf würde er sich einlassen?«, gab sich Peggy skeptisch.

»Es kommt auf den Versuch an! Wo wohnst du eigentlich?«

»Ich habe mir vor ein paar Monaten eine kleine Wohnung in Kranenburg gemietet. Ich muss mir erst einmal darüber klar werden, wie mein weiteres Leben verlaufen soll und wo«, erklärte Peggy.

»Kranenburg!«, wiederholte Heise. »Das ist ja ausgezeichnet. Da wohnt einer meiner Kollegen. Der könnte im Fall des Falles ganz schnell bei dir sein. Ich selbst komme da leider nicht in Frage, weil ich in Xanten doch ein ganzes Stück weit weg wohne. Nennst du mir bitte die Adresse und auch deine Telefonnumer.«

Nach kurzer Überlegung sagte Heise: »Ich glaube, es existiert inzwischen auch eine Art Beratungstelefon, das von Stalking betroffenen Frauen Hilfe anbietet. Warte mal, das müsste ich schnell herausfinden können!« Er wandte sich seinem Smartphone zu und wurde bereits nach kurzer Zeit fündig. »Da haben wir es schon! 08000 116016. Notier´ dir mal die Nummer!«

Bald darauf kamen beide wieder am Parkplatz an und verabschiedeten sich. Da sah Heise zu seiner Überraschung, wie Peggy sich auf einen giftgrünen Kleinwagen mit Berliner Kennzeichen zubewegte.

»Grün scheint deine absolute Lieblingsfarbe zu sein«, stellte Heise lächelnd fest.

»Nicht unbedingt!« gab Peggy zurück und setzte mit einem aufreizenden Lächeln hinzu: »Meine Boobs haben heute noch kein Grün auf sich gespürt. Ist dir das noch nicht aufgefallen?«

»Ach Peggy, du kannst es nicht lassen, wie?«, seufzte Heise.

»Tut mir leid, ich bin wie ich bin!« Mit diesen Worten stieg sie ein und fuhr davon. Heise blickte ihr versonnen hinterher.


Kaum hatte Heise den Kollegen in groben Zügen von seiner Unterredung mit Peggy Strothe berichtet und insbesondere Klaas Hinrichs auf die Möglichkeit eines nächtlichen Anrufs vorbereitet, da stürmte Heike Buschkamp herbei und überraschte die Kommissare mit der Nachricht: »Anruf vom Antonius-Hospital, Reubling wurde aus dem Koma geholt. Ihm geht es offenbar deutlich besser und er kann – wenn auch nur für ein paar Minuten – befragt werden.«

»Das hört sich endlich mal wieder nach guten Nachrichten an«, rief Marquardt. »Ich bin gespannt, was der berichten kann.«

»Das wirst du ganz bald erfahren«, wandte sich Alt an den jungen Kollegen. »Wir fahren sofort hin!«

Keine zehn Minuten später betraten Alt und Marquardt das Krankenzimmer, in dem der überfallene Markus Reubling lag. Er trug einen Kopfverband, war noch an diversen Schläuchen angeschlossen und keineswegs allein in dem Raum. Nahe bei ihm saß eine Frau, die seine rechte Hand hielt.

Während Marquardt einigermaßen verblüfft dreinblickte, lächelte Alt die Frau an und sagte: »Guten Tag, Frau Pohlmann.« Dann begrüßte er den Patienten und stellte sich sowie Marquardt vor.

»Ich habe ja geahnt, dass Sie es wussten. Und jetzt ist Schluss mit dem Versteckspiel!«, erklärte Frau Pohlmann nachdrücklich. »Ich werde mich von meinem Mann trennen, unsere Ehe befindet sich schon seit Monaten am Ende.«

Darauf erwiderte Alt nichts und wandte sich stattdessen Herrn Reubling zu. »Wie geht es Ihnen?«, fragte er.

»Deutlich besser«, kam die Antwort mit sehr leiser Stimme.

»Ich muss Sie natürlich zu dem Überfall auf Ihre Person befragen. Um Ihnen unnötiges Sprechen zu ersparen, schlage ich Folgendes vor: Ich stelle Ihnen eine Frage und wenn die Antwort ›Ja‹ lautet, heben Sie kurz Ihren Daumen, bei einem ›Nein‹ den Zeigefinger. Ist das O.K.?«

Reubling hob seinen rechten Daumen.

»Prima! Dann beginnen wir, Herr Reubling. Können Sie sich an den Abend, besser an die Nacht des Überfalls erinnern?«

Daumen!

»Wurden Sie vor dem Schlag angesprochen?«

Zeigefinger!

»Also kam es für Sie total überraschend.«

Daumen!

»Konnten Sie die oder den Angreifer erkennen?«

Zeigefinger!

»Haben Sie eine Ahnung, warum Sie überfallen wurden?«

Reubling hob sowohl Daumen als auch Zeigefinger, drehte seine Hand.

»Das deute ich als ›vielleicht‹.«

Daumen!

Plötzlich fielen Alt die am Boden sowie an Reublings Gesicht festgestellten Katzenhaare ein. »Hat es vielleicht mit einer Katze zu tun?«, fragte er.

Reubling blickte verwundert drein, dann hob er seinen Daumen und sprach ganz leise und vorsichtig: »Am Boden lag eine Katze.«

Alt versuchte sich in den Mann hineinzuversetzen. Ich komme des Weges und bemerke plötzlich am Boden eine Katze. Was tue ich? Ich beuge mich hinab, um zu sehen, was mit dem Tier ist. So muss es gewesen sein!

»Haben Sie sich zu der Katze heruntergebeugt?«, fragte Alt.

Daumen!

»Und in dem Moment traf Sie der Schlag.«

Daumen!

»Hm, dann hat diese Katze da am Boden vermutlich Ihr Leben gerettet«, stellte Alt fest und erklärte dem ungläubig drein blickenden Patienten: »Dadurch, dass Sie sich etwas nach unten zu der Katze hin beugten, genau in dem Moment, als der Schlag ausgeführt wurde, entfaltete dieser nicht die vollständige Wirkung, verstehen Sie?«

Daumen!

»Konnten Sie noch feststellen, was mit der Katze war?«

Zeigefinger!

Alt überlegte einen Moment, blickte Marquardt an, der die ganze Zeit mitprotokollierte, und stellte dann – an Reubling gewandt – fest: »So wie ich es sehe, sind Sie das Opfer militanter sogenannter Katzenschützer geworden, Herr Reubling. Da hatte jemand offenbar gedacht, Sie hätten dem Tier etwas angetan und in blinder Wut zugeschlagen. Diese Leute, das wissen wir, sind nachts unterwegs, um die Mitglieder verschiedener Tierschutzorganisationen, die Katzen fangen, um sie kastrieren zu lassen, an ihrem Vorhaben zu hindern, notfalls auch mit Gewalt.«

Reubling hörte staunend zu, hob keinen Finger.

»Eine letzte Frage, Herr Reubling, dann lassen wir Sie auch wieder in Ruhe. Haben Sie ansonsten irgendetwas bemerkt, das mit dem Anschlag auf Sie in Zusammenhang stehen könnte?«, fragte Alt.

Zeigefinger!

»Dann bedanken wir uns ganz herzlich für Ihre Hilfe, Herr Reubling. Sie haben uns bei der Suche nach den Tätern ein ganzes Stück vorangebracht. Falls Ihnen noch etwas einfällt, dürfen Sie sich gerne bei uns melden. Weiterhin gute Besserung für Sie! Auf Wiedersehen, Frau Pohlmann!«

»Das mit dem Katzengeschiss wird ja immer schlimmer!«, polterte Hinrichs, nachdem Alt und Marquardt von ihrem Besuch im Krankenhaus berichtet hatten.

»Aber deine Theorie klingt wirklich plausibel«, wandte sich Hinrichs dann an Alt. »Auch die Katzenhaare auf Reublings Gesicht passen. Er wird niedergeschlagen und fällt vornüber auf die am Boden liegende Katze.«

»Das Tier nahm der Täter natürlich mit, um den Anlass seiner Tat zu verschleiern«, ergänzte Marquardt.

»Das ist alles schön und gut«, meldete sich Hinrichs wieder zu Wort. »Aber wie kriegen wir diese Typen? Diejenigen, die Reubling niederschlugen und diejenigen, die Pauels angriffen, gehören bestimmt demselben Verein an, vielleicht handelt es sich sogar um genau dieselben Per-sonen!«

»Militante angebliche Katzenschützer als Beinahe-Mörder? Na, ich weiß nicht«, zeigte sich Heise skeptisch. »Und die führen rein zufällig einen schweren hölzernen Gegenstand mit sich, den man als gefährliche Waffe nutzen kann?«

»Da wir uns nicht undercover in das Katzenschutz-Kommando einschleusen können, sehe ich nur eine Chance«, meinte Marquardt, ohne auf Heises Einwand einzugehen.

»Undercover ins Katzenschutz-Kommando«, wiederholte Hinrichs kopfschüttelnd. »Du konsumierst wohl zu viele TV-Krimis!«

»Welche Chance meinst du?«, wollte Heise wissen.

»Also, wir besorgen uns ein paar von diesen Fallen, spazieren damit nachts umher und warten, bis die Typen auftauchen und – so wie bei Pauels – angreifen. Dann haben wir sie. Was meint ihr?«

Die Kollegen schienen nachzudenken, niemand antwortete sofort. Dann ergriff Fritz Alt das Wort, was Heise und Hinrichs offenbar erhofft hatten.

»Das klingt auf den ersten Blick nicht schlecht, aber ein paar Dinge müssen dabei schon beachtet werden«, begann Alt.

»Und die wären?«, fragte Marquardt gespannt.

»Erstens, unsere Personalsituation. Es müssen ja jeweils zwei Kollegen unterwegs sein, und das mitten in der Nacht.«

»Wie wäre es, wenn jeweils einer von uns mit einem uniformierten Kollegen los geht?«, fragte Hinrichs. »Würde das nicht unsere Personalsituation entspannen?«

»Unsere vielleicht, aber wie stellt sich das bei den Kollegen dar? Das müsste zunächst abgeklärt werden«, meinte Alt.

»Wobei die Kollegen in Uniform zunächst im Hintergrund bleiben müssen«, merkte Heise an.

»Logisch! Aber ich muss zuerst das Einverständnis der Fliege einholen«, stellte Alt klar.

Beim abendlichen Gespräch mit Judith bemerkte Heise: »Du kannst dir nicht vorstellen, mit wem ich heute ein Rendezvous hatte!«

»Natürlich nicht! Los, sag schon! Aber es war hoffentlich rein dienstlich.«

»In erster Linie schon, wenn auch nicht ausschließlich.«

»Was soll das jetzt heißen?«

»Jemand, den wir beide kennen und erst vor wenigen Tagen getroffen haben.«

»Jetzt red endlich, wer?«, forderte Judith.

»Ich habe mich mit Peggy getroffen, Peggy Strothe.«

»Wie bitte? Sag das noch mal!«

Dann berichtete Heise von seinem Gespräch mit Peggy, von ihrem Stalker-Problem, ihrer Lebenssituation. Am Ende stellte Judith fest: »Das wundert mich kein bisschen. Da will ihr garantiert einer ihrer abservierten Liebhaber Angst machen oder eine betrogene Ehefrau hat jemand damit beauftragt.«

»Das klingt am wahrscheinlichsten«, stimmte Heise zu. »Auf jeden Fall befindet sich die Arme derzeit in einem ziemlichen Loch. Mir kam sie regelrecht depressiv vor. Meiner Ansicht nach benötigt sie dringend professionelle Hilfe.«

»Du meinst eine Art Psychotherapie?«

»Genau!«, bekräftigte Heise und wechselte dann das Thema.

»Wie war dein Tag?«

# ZEHN

Die morgendliche Dienstbesprechung beim Kriminaldirektor begann genau so, wie Fritz Alt es erwartet hatte.

»Da scheint sich meine Vermutung offenbar als zutreffend zu erweisen: Die beiden nächtlichen Überfälle stehen in einem Zusammenhang!«, begann Benjamin Fricke mit zufriedenem Gesichtsausdruck.

»Sieht ganz danach aus«, musste Alt zustimmen, der sich diesem Gedanken gegenüber am Vortag noch skeptisch geäußert hatte.

»Wie gedenken Sie vorzugehen?«, wollte der Kriminaldirektor wissen.

»Kommissar Marquardt hat einen Plan entwickelt«, antwortete Alt und skizzierte die von seinem Kollegen erdachte Vorgehensweise.

»Der Idee vermag ich durchaus etwas abzugewinnen«, sprach Fricke nach kurzer Überlegung in dem für ihn typischen Stil.

»Aber das Ganze muss natürlich organisatorisch genauestens geplant werden. Die Personalsituation der Kollegen ist zu beachten.«

»Selbstverständlich!«, stimmte Alt zu. »Wenn wir erst einmal einen oder zwei von diesen Typen geschnappt haben, werden die anderen hoffentlich vor weiteren Taten dieser Art zurückschrecken, zumal wir sie mit dem Begriff ›Mordversuch‹ konfrontieren werden.«

»Gut, gut, meine Zustimmung haben Sie!«, erklärte Fricke und beendete damit das Gespräch.

»Für die Detailplanung will die Fliege die Personalsituation selbst überprüfen, aber ich gehe davon aus, dass zunächst zwei von uns – Jens natürlich, weil es sein Plan ist – und Holmes oder Klaas mit jeweils einem uniformierten Kollegen beginnen. Dieser bleibt zuerst als Beobachter im Wagen und greift erst ein, wenn er ein Zeichen bekommt«, führte Alt aus, als er sein Team über das Gespräch mit dem Kriminaldirektor informierte.

»Ich gehe also mit zwei Katzenfallen nachts spazieren und warte, bis ich angegriffen werde. Dann kommt mir der Kollege zu Hilfe und wir verhaften den oder die Angreifer«, fasste Hinrichs zusammen. »Klingt umwerfend simpel!«

»Genau so soll es laufen«, stimmte Marquardt zu.

»Schön! Und wie kommen wir an die Fallen?«, fragte Hinrichs.

»Die zu kaufen dürfte auf die Schnelle gar nicht so einfach sein«, meinte Heise. »Ich wüsste weit und breit keinen Laden, wo ich Katzenfallen erstehen könnte und eine Bestellung übers Internet würde ein paar Tage dauern, mindestens!«

»Wir machen das viel einfacher«, meldete sich jetzt Fritz Alt wieder zu Wort. »Dieser Pauels soll uns ein paar von den Dingern leihen, der Verein besitzt ja bestimmt etliche.«

»Dann sollten wir Pauels und seinen Kollegen auch nahelegen, in den kommenden Nächten nicht auf Katzenfang unterwegs zu sein, damit die uns nicht in die Quere kommen«, ergänzte Heise.

»Gute Idee!«, stimmten alle zu.

»Bleibt nur die Frage, wann wir starten«, meinte Marquardt.

»Du kannst es anscheinend gar nicht abwarten, verprügelt zu werden«, erwiderte Hinrichs grinsend.

»So weit wird es nicht kommen!«

Beim abendlichen Telefonat mit Judith berichtete Heise von seinem bevorstehenden nächtlichen Einsatz gegen das selbsternannte Katzenschutz-Kommando und zuckte zusammen, als seine Freundin plötzlich so laut loslachte, ja beinahe kreischte, dass er sein Handy etwas vom Ohr wegdrehte.

»Das hätte der gute alte Loriot nicht besser erfinden können«, prustete Judith. »Du streifst mit einer Katzenfalle durch die nächtliche Stadt und wartest darauf angegriffen zu werden. Da würde ich gerne dabei sein!« Wieder lachte sie lauthals. Erst seit wenigen Tagen war Heise wieder bewusst geworden, wie sehr er dieses mitreißende Lachen vermisst hatte, und das zweieinhalb Jahrzehnte lang.

»Es klingt tatsächlich irgendwie abgefahren«, musste Heise zugeben. »Aber du darfst nicht vergessen: Wir suchen den Täter, der einen anderen Menschen lebensgefährlich verletzte. Da hört der Spaß auf!«

»Ja natürlich, das verstehe ich!«, erwiderte Judith. »Du wirst ja hoffentlich nicht Freitag- oder Samstagnacht mit der Katzenfalle unterwegs sein. Für diese Nächte sind ganz andere Aktivitäten geplant.« Erneut lachte sie, dieses Mal mit einem anzüglichen Unterton.

»Nein, nein, keine Sorge!«, beruhigte sie Heise.

Die Vorbereitungen waren auf Druck von Benjamin Fricke zügig durchgeführt worden, die Freie Tierhilfe hatte vier Katzenfallen zur Verfügung gestellt und versprochen, in den folgenden Nächten auf jedweden Einsatz zu verzichten. Jeweils ein Polizeikommissar wurde Marquardt und Heise zugeteilt, die in solchen Bereichen der Stadt umherwandern sollten, wo sich nach Auskunft der Tierschützer besonders viele streunende Katzen aufhielten.

Um Mitternacht spazierte Jens Marquardt in der Nassauerallee herum, in der sich PK Heffungs in seinem Wagen versteckt hielt, und stellte die beiden Fallen auf dem Boden ab. Nichts geschah. Plötzlich näherte sich ein PKW, verringerte die Geschwindigkeit und kam direkt neben dem Kommissar zum Stehen. Das Fenster wurde heruntergekurbelt und eine ziemlich unfreundliche Stimme ertönte: »Was machen Sie da?«

Marquardt beugte sich etwas hinab und sah ein Gesicht, das in der Dunkelheit schwer zu beschreiben war. Männlich, Mitte dreißig, recht lange dunkle Haare, Dreitagebart, so skizzierte Marquard im Geiste, bevor er leicht angesäuert antwortete: »Ich weiß zwar nicht, was Sie das angeht, aber ich erkläre es Ihnen trotzdem: Ich bin von der Freien Tierhilfe und wir fangen streunende Katzen, um sie sterilisieren zu lassen.«

»So ein Quatsch!«, kam die Antwort aus dem Wagen, der sich dann langsam wieder in Bewegung setzte. Marquardt notierte sich das Kennzeichen.

Bei seinem Gang bemerkte der Kommissar mehrfach vorbeihuschende Katzen. Ob es sich dabei um herrenlose Streuner oder um Freigänger handelte, gelang ihm in der nur von spärlichen Straßenlampen erhellten Dunkelheit nicht auszumachen. Die Fallen waren nicht mit Thunfisch bestückt, weil man ja keineswegs Katzen fangen wollte, sondern Menschen!

Auch Oberkommissar Heise befand sich im nächtlichen Einsatz, und zwar in der Dietrichstraße, aus dem Wagen beobachtet von Polizeikommissar Ulbricht.

Heise wartete, was passieren würde, dass etwas passieren würde. Dann wanderten seine Gedanken ein paar Stunden zurück, zu seinem Gespräch mit Judith. Sie hatte nicht unrecht mit ihren belustigten Kommentaren. Er kam sich schon etwas merkwürdig vor, wie er die beiden Fallen etwa zwei Meter voneinander entfernt auf den Bürgersteig stellte, ungefähr fünfzehn Minuten wartete, sie dann aufhob und fünfzig Meter weiter wieder auf den Boden platzierte und erneut wartete. Nichts geschah.

Dann bemerkte er plötzlich, dass sich etwas bewegte. Eine recht große grau-schwarze Katze, vermutlich ein Kater, näherte sich einer der Fallen, strich um sie herum, schien zu schnuppern.

»Leider kein Thunfisch drin, sonst könnten wir dafür sorgen, dass du keinen Unfug mehr anstellst«, murmelte Heise ganz leise in Richtung des Tieres. Vermutlich riecht es noch Spuren des Thunfischs an der Falle und benimmt sich deshalb so seltsam, dachte der Oberkommissar. Inzwischen schien das Tier auch schon wieder das Interesse an der Falle verloren zu haben und trottete davon.

Heise blickte mehrfach zu dem unauffälligen VW Golf hinüber, in dem der Polizeikommissar hoffentlich alles überblickte.

In unregelmäßigen Abständen tauchten immer wieder Katzen auf, die entweder der Straße entlang oder aus den Vorgärten oder vom nahe gelegenen Alten Friedhof kamen. Manche schnupperten kurz an den Fallen, andere nahmen davon nicht die leiseste Notiz. Erstaunlich, wie viele hier unterwegs sind, dachte Heise. Auch in dem schwachen Licht der wenigen Straßenlaternen war nicht zu übersehen, wie es um die allermeisten der Tiere stand. Abgemagert, ausgehungert, manche wirkten wie wandelnde Skelette, eben typische heruntergekommene Streuner mit extrem niedriger Lebenserwartung. Obwohl er sich bestimmt niemals als Katzenfreund bezeichnet hätte, empfand Heise doch Mitleid mit diesen Tieren und ihrem Schicksal.

Auch mehrere Autos fuhren die Dietrichstraße entlang, eins davon mit Sicherheit deutlich schneller als die innerorts erlaubten fünfzig Stundenkilometer. Heise schritt nicht ein, notierte sich aber das Kennzeichen, ebenso bei den anderen Fahrzeugen, die mit wesentlich geringerer Geschwindigkeit unterwegs waren.

Um zwei Uhr, nach den vorgesehenen zweieinhalb Stunden, beendete Heise die nächtliche Aktion und kehrte mit den beiden Fallen zum Wagen zurück, in dem ein sichtlich gelangweilter Polizeikommissar Ulbricht aufatmete.

»Fehlanzeige, Schluss für heute!«, verkündete Heise.

Zur gleichen Zeit stellte auch Jens Marquardt seine Wanderungen entlang des Moritzparks ein und legte die Fallen im Kofferraum des Wagens ab. »Das war´s dann für heute«, teilte er dem erleichtert aufstöhnenden Polizeikommissar mit, ohne zu ahnen, wie falsch er mit dieser Aussage lag.

# ELF

Das Telefon auf Fritz Alts Seite neben dem Bett läutete mitten in der Nacht und riss Sabine Eichhorn aus dem Tiefschlaf. »Oh nein, nicht schon wieder!«, rief sie mit wütend lauter Stimme. Schon bald würde sie wieder die ihr am meisten verhassten drei Worte aus dem Mund ihres Partners zu hören bekommen: »Bin schon unterwegs.«

Der Hauptkommissar selbst benötigte offensichtlich ein paar Sekunden länger, um sich zurechtzufinden. »Ich habe geträumt, mein Handy klingelt«, murmelte er, noch nicht ganz wach.

»Ein Traum, schön wär's«, erwiderte Sabine Eichhorn mit unüberhörbarem Sarkasmus in der Stimme.

Dann hatte Fritz Alt endlich das Handy zu greifen bekommen und das unverschämte Läuten hörte auf.

»Ja? Was gibt es?«, fragte er, immer noch etwas benommen. »Wo? . . . Was? . . . Sebus-Schule?. . . Oh je! . . . bin schon unterwegs.«

»Tust du mir einen Gefallen, Schatzi: Lass dir bitte etwas anderes einfallen als diese drei Worte ›Bin schon unterwegs‹, bitte!«, wandte sich die Frau an Alt. Der jedoch befand sich anscheinend tief in Gedanken, schlüpfte blitzschnell in Hemd und Hose, bevor er im Bad zwei Hände voll Wasser ins Gesicht kippte und erklärte nur: »Der Feuerteufel hat wieder zugeschlagen. Die Sebus-Schule brennt!« Die Bitte der genervten Frau hatte er offenbar überhaupt nicht mitbekommen.

Ein wohlgemeintes ›Schlaf weiter‹, ein flüchtiger Kuss, und weg war der Hauptkommissar.

Ob ich mich jemals mit den Tücken dieses Berufs arrangieren kann?, fragte sich Sabine Eichhorn missgelaunt, bevor der Schlaf ihre Gedanken – zumindest vorübergehend – unterbrach.

Die Johanna-Sebus-Schule! Auf der kurzen Fahrt in den nördlich der Klever Innenstadt gelegenen Stadtteil Rindern wanderten Alts Gedanken sieben oder acht Jahre zurück, zum Beginn seiner Zeit beim K1 in Kleve. Er hatte mehrfach den Namen Johanna Sebus wahrgenommen, aber nichts damit anfangen können. Seine damalige Frage war von Heike Buschkamp staunend aufgenommen worden. »Jedes Kind in der Umgebung weiß, wer Johanna Sebus war!«

Alt hatte nur mit den Schultern zucken können, bevor er von der Kriminalassistentin aufgeklärt wurde. Jetzt versuchte er sich zu erinnern, was er seinerzeit erfahren hatte: Während eines Dammbruchs beim schlimmen Rheinhochwasser des Jahres 1809 rettete die 17-jährige Johanna Sebus zunächst ihre kranke Mutter aus den Fluten. Beim Versuch, weitere Menschen aus dem reißenden Wasser in Sicherheit zu bringen, kam sie selbst um. Kein Geringerer als der deutsche Dichterfürst Johann Wolfgang von Goethe war dermaßen beeindruckt vom mutigen, selbstlosen Einsatz der jungen Frau, dass er ihr eine eigene Ballade widmete. Mehr fiel Alt nicht ein. War da nicht noch etwas mit Kaiser Napoleon und einem Denkmal?

Alts Gedanken wurden abrupt unterbrochen, denn er näherte sich seinem Ziel. Den Brandgeruch konnte man ebenso deutlich wahrnehmen wie den aufsteigenden

Rauch. Das Areal um die Johanna-Sebus-Grundschule war weiträumig abgesperrt, etliche Schaulustige drängten sich an den rot-weißen Bändern. Die Szene wirkte auf den ersten Blick geradezu gespenstisch, das blinkende Blaulicht von sieben oder acht Feuerwehrfahrzeugen durchzuckte die Dunkelheit der Nacht.

Alt bückte sich unter den Bändern durch und schritt, den Schulhof durchquerend, in Richtung der Schulgebäude. Brandmeister Simons kam auf ihn zu, man begrüßte sich kurz.

»Schon wieder?«, fragte Alt.

»Brandstiftung? Ja, höchstwahrscheinlich«, antwortete der Brandmeister. »Das Feuer begann bei den vier großen Müllcontainern da drüben« - er wies mit der Hand in die entsprechende Richtung, - »vermutlich in allen vier gleichzeitig. Die Container waren voll gestopft mit ausrangiertem Mobiliar, alte Stühle, Pulte und dergleichen, also viel brennbares Material.«

»Das ganze Zeug ist bestimmt rasend schnell in Flammen aufgegangen!«, bemerkte Klaas Hinrichs, der inzwischen dazugetreten war.

»Genau! Und von da aus fraß sich das Feuer über das Vordach des Pausenhofs weiter hin zu den Schulgebäuden, in denen eine Menge Holz verbaut ist. Auch eine Hecke und zwei umstehende Bäume ganz nahe an den Schulgebäuden gerieten in Brand.«

Der Brandmeister machte eine Pause und Alt blickte in die angegebene Richtung. Er erkannte immer noch Flammen und Glutnester im Dachbereich eines der Gebäude.

Dann fuhr Simons fort: »Anwohner alarmierten uns, wir rückten mit mehreren Löschzügen an, sowohl aus Rindern, als auch aus der Innenstadt und aus Kellen.

Schon auf dem Weg zum Gerätehaus konnten wir eine starke Rauchentwicklung und einen enormen Feuerschein aus Richtung der Schule wahrnehmen. Es war echt knapp! Mit Hilfe des Schnellangriffsrohres gelang es gerade noch, ein Übergreifen der Flammen auf das Hauptgebäude zu verhindern!«

»Wenn das so weiter geht! Wohin soll das noch führen?«, äußerte Klaas Hinrichs seine Besorgnis.

Wenig später traf ein übermüdet wirkender Jens Marquardt ein. »Vom erfolglosen nächtlichen Spaziergang mit Katzenfallen direkt zum nächsten Brand! Ich kann mir Schöneres vorstellen, war gerade auf dem Weg nach Hause, als mich dein Anruf erreichte!« Dem Jungkommissar merkte man seine Unzufriedenheit deutlich an.

»Deine Mehrbelastung werden wir schon ausgleichen. Holmes habe ich übrigens nicht zurückgerufen. Er dürfte sich von seinem Einsatz auf dem Heimweg befinden und sollte nicht sofort wieder umkehren müssen«, führte Alt an Marquardt gewandt aus und setzte hinzu: »Tja, es hilft nichts, wir müssen hier tätig werden, Autokennzeichen notieren, uns nach möglichen Zeugen umsehen und so weiter. Mit dem Fotografieren der Schaulustigen hat Klaas bereits begonnen.«

Auf die Schwierigkeiten, bei Nacht sowohl unauffällig als auch einigermaßen erfolgreich fotografieren zu können, hatte der Hauptkommissar rechtzeitig reagiert und die uniformierten Kollegen, die den Brandbereich absperrten, angewiesen, ein paar Scheinwerfer aufzustellen. So saß jetzt Klaas Hinrichs in einem der Feuerwehrfahrzeuge und fotografierte aus sicherem Versteck heraus die Schar der Schaulustigen. Es wurden ständig mehr Personen, die bis an die Absperrungen kamen, von dort aus die Löscharbeiten betrachteten und sich lebhaft miteinander unterhielten.

»Halb Rindern scheint auf den Beinen zu sein«, stellte Fritz Alt an den Brandmeister gewandt fest.

»Ja, die Nachricht vom Brand hier hat sich auch nachts um halb zwei rasend schnell herumgesprochen«, bestätigte Brandmeister Simons.

»Wenn wir die – zugegeben nicht allzu guten – Fotos von den Schaulustigen beim Brand neulich in der Kleingartenanlage mit denjenigen von heute Nacht vergleichen und dabei auf eine Person stoßen, die bei beiden Malen als Zuschauer anwesend war, . . . «

Noch ehe Klaas Hinrichs den Gedanken zu Ende führen konnte, unterbrach ihn Alt. »Da würde ich mir keine großen Hoffnungen machen!«

»Aber vergleichen sollten wir die Bilder schon!«, setzte Hinrichs nach.

»Selbstverständlich!«

Die ersten Anzeichen der heraufziehenden Morgendämmerung stellten sich ein, als Fritz Alt heimkam und zurück ins Bett schlüpfte.

»Da bist du ja endlich!«, begrüßte ihn Sabine Eichhorn.

»Ja, stell dir vor: der Feuerteufel . . .«

Weiter kam er nicht, denn die Frau legte einen Zeigefinger auf seine Lippen, sah ihm tief in die Augen und sagte dann in verführerischem Ton: »Später! Ich denke, wir sollten zuerst da weitermachen, wo wir von dem Anruf unterbrochen wurden.« Während sie sprach, schlug sie das Bettlaken zur Seite und Fritz Alt sah: Sie war völlig nackt.

Der folgende Morgen begann für einen völlig übernächtigten Fritz Alt, dem es nur mit großer Mühe gelang, ein Gähnen zu unterdrücken, mit der erwartet unangenehmen Besprechung bei seinem Chef.

»Schon wieder eine Brandstiftung! Dieses Mal eine Grundschule! Haben Sie die Schlagzeilen gelesen? In den sozialen Medien, meine ich, für die Printmedien passte es zeitlich nicht mehr. Ich zitiere: ›Eine Stadt in Angst‹, ›Feuerteufel lässt sich nicht aufhalten‹, ›Was brennt als Nächstes?‹, ›Immer größere Feuer‹, ›Fackelt er bald ein ganzes Haus ab?‹, ›Was tut die Polizei?‹ und so weiter! In der Bevölkerung greifen Unruhe und Besorgnis um sich.« Die Laune des Kriminaldirektors verschlechterte sich von Tag zu Tag. Absolut nachvollziehbar, wie Fritz Alt zugeben musste.

»Wieso gelingt es uns einfach nicht, diesen Pyromanen endlich dingfest zu machen?«, fragte Fricke in ungehaltenem Ton.

»Wir befinden uns noch ganz am Anfang der Ermittlungen, was den neuen Fall betrifft. Der Abgleich der PKW-Kennzeichen im Tatortumkreis und der Fotos der Schaulustigen läuft im Moment erst an. Die Befragung möglicher Zeugen erbrachte in der Nacht keinerlei Erfolge«, berichtete Alt.

»Die Öffentlichkeit erwartet diese aber. Ein Brandstifter hält uns seit Wochen und Monaten zum Narren. Und wenn beim nächsten Feuer Personen zu Schaden kommen? Brennende Mülleimer, Container, ein Auto, eine oder zwei Gartenlauben, einzelne Schulgebäude! Bis jetzt sprechen wir ausschließlich von Sachschäden, ohne dies als unangebrachte Bagatellisierung verstanden zu wissen, aber bisher ist kein einziger Mensch bei den Bränden in Mitleidenschaft gezogen worden. Das wird möglicherweise nicht so bleiben!« Benjamin Fricke hatte sich zunehmend in Rage geredet, so sehr, dass er seine obligatorische, heute grünliche Fliege etwas lockern musste.

»Ich schätze die Angelegenheit nicht so pessimistisch ein«, entgegnete Alt. »Bisher hat unser Feuerteufel meines Erachtens durchaus bewusst Personenschäden vermieden. Mülltonnen, Container, eine zu dieser Jahreszeit garantiert unbewohnte Gartenlaube, eine nachts vollkommen leerstehende Schule, – der Hausmeister wohnt nicht auf dem Grundstück – da bestand keine Gefahr.« Nach kurzer Pause fuhr Alt fort: »Sie wissen, wir tun alles, was in unserer Macht steht, Herr Fricke, und ich bin mir sicher, bald werden sich Erfolge einstellen!«

»Das kann ich nur hoffen! Wir werden uns jedenfalls über die Presse auch direkt an die Bevölkerung wenden, diese um Mithilfe bitten, was durch die Auslobung einer Belohnung von 3000€ für Hinweise, die zur Ergreifung des Feuerteufels führen, forciert werden soll.«

Wenige Minuten danach, bei der Teamsitzung des K1 im Büro von Fritz Alt, berichtete dieser zunächst von seinem Gespräch mit dem Kriminaldirektor.

»Ich muss zugeben, ich teile die wenig optimistische Auffassung der Fliege«, merkte Oberkommissar Heise an und löste damit eine intensive Diskussion unter den Kollegen aus, die schließlich von Fritz Alt abrupt beendet wurde: »Schluss damit, es sind alles nur Spekulationen. Wir sollten uns jetzt um die Aufarbeitung der letzte Nacht im Umfeld der Grundschule gesammelten Informationen kümmern!«

»Sag mal, Grundschule Rindern, ist das nicht die Schule mit der besonders couragierten Schulleiterin, über die vor ein paar Wochen selbst in der überregionalen Presse berichtet wurde?«, fragte Heise.

»Ach ja, genau!«, antwortet Hinrichs. »Die Frau hat sich einfach einige Tage lang morgens kurz vor acht zusammen mit einer Praktikantin mitten auf die Zufahrtsstraße zur Schule gestellt und so den berüchtigten Elterntaxis die Weiterfahrt verwehrt.«

»Diese Elterntaxis haben sich auch wirklich zu einer wahren Seuche entwickelt«, stellte Alt fest. »Die kleinen Prinzen und Prinzessinnen müssen möglichst bis ins Klassenzimmer gefahren werden. Die letzten 300 Meter zur Schule zu Fuß zurückzulegen ist auch wirklich unzumutbar.«

»Mühsame Kleinarbeit nennt man das wohl«, grantelte Jens Marquardt wenig später, als er zusammen mit Siegfried Heise die Autokennzeichen der in der Nacht notierten PKW mit denen der Anwohner in Rindern zu vergleichen begann. Es waren an die sechzig.

Ein weiträumiges Wohngebiet mit zahlreichen Einfamilienhäusern, aber auch mehreren Wohnblocks umgab die Brandstelle nahe der Grundschule in Rindern. Vor den Häusern waren nur wenige Fahrzeuge geparkt, die allermeisten standen in den Garagen. Allerdings gab es auch in Rindern Zeitgenossen, die immer etwas zu basteln und zu werkeln haben müssen und deren Garagen unerlaubterweise eine Werkstatt mit Kreissäge und allerlei anderen Maschinen und Utensilien darstellt, sodass kein Auto darin Platz findet. Auch etliche Zweitwagen von Ehefrauen und Drittwagen von gerade Volljährigen waren am Straßenrand abgestellt. Bei den Mehrfamilienhäusern parkten naturgemäß recht viele PKW, Garagen gab es dort in der Regel nicht.

Schon nach kurzer Zeit fauchte Marquardt: »Ich muss mich korrigieren, Sträflingsarbeit passt besser. Dabei bezweifle ich immer noch den Sinn der Aktionen. Ich halte die Einschätzung der Fliege für Panikmache!«

»Vielleicht«, gab Heise zurück. »Aber stell' dir nur mal vor, es passiert tatsächlich irgendetwas bei einem der nächsten Brände. Dann würde unzweifelhaft die Frage auftauchen, was die Polizei überhaupt inzwischen unternommen hat.«

»Mist! Aber es war ja auch kaum anders zu erwarten!«, fluchte Klaas Hinrichs, der sich nach einiger Zeit zu den anderen gesellte. »Die Überprüfung der Fotos ergab natürlich keinerlei Übereinstimmungen!«

»Das wäre tatsächlich überraschend gewesen«, kommentierte Marquardt. »Dann kannst du uns ja bei den Autokennzeichen unterstützen!«

Stunden später waren dann die Listen fast vollständig, KLE-KV-713, dunkelblauer Opel Fiesta, zugelassen auf Klaus Wimmers, Drususdeich Nummer 11 und so weiter. Übrig blieben nur die Fahrzeuge ohne direkten Bezug zu einem der Häuser oder Wohnblocks in Rindern. Anhand der Kennzeichen mussten die Besitzer oder Halter der Fahrzeuge ermittelt werden. Danach erfolgte – falls überhaupt eine Nummer zu finden war – die telefonische Kontaktaufnahme mit der Frage, warum das jeweilige Fahrzeug in der Nacht zuvor in Rindern gestanden hatte und wie lange. Die Ergebnisse gestalteten sich unterschiedlich: Ein Mann hatte ein paar Kumpels besucht und später nach reichlich Alkoholkonsum das Auto stehenlassen müssen und in Rindern übernachtet. Eine verheiratete Frau, deren Ehemann sich auf Geschäftsreise befand, hatte die Nacht bei ihrem Geliebten in Rindern verbracht. Mit dieser Information war sie erst nach Heises Zusicherung herausgerückt, die Polizei würde die Sache äußerst diskret behandeln, ohne dem Ehemann etwas zu sagen.

Bei einem Fahrzeug mit Krefelder Kennzeichen stellte sich heraus, dass der Halter gar nicht mehr in Krefeld gemeldet war. Mehrere Telefonate später war dann klar: Der Mann wohnte bereits seit einiger Zeit in Rindern, hatte sich jedoch nach dem Umzug nicht um ein aktuelles Kennzeichen des Kreises Kleve bemüht, was vor einigen Jahren noch strafbar, inzwischen allerdings nicht mehr verpflichtend war.

Bei drei der auswärtigen Kennzeichen war keine Telefonnummer feststellbar, bei zwei weiteren ging niemand ans Telefon.

»Ich fürchte, die Spur mit den KFZ-Kennzeichen können wir vergessen«, seufzte Heise.

Fritz Alt, Siegfried Heise, Jens Marquardt und Heike Buschkamp saßen zusammen beim Mittagessen in der Kantine, Klaas Hinrichs hielt derweil im K1 die Stellung.

»Also die Sache mit den Autokennzeichen . . . «, begann Marquardt, bevor er von Alt unterbrochen wurde, der nur ein Wort sagte: »Stop!«

Marquardt wusste sofort Bescheid. Fritz Alt hatte bereits seit Monaten durchgesetzt, sich während der Mittagspause nicht mit aktuellen Fällen zu beschäftigen, sondern über irgendwelche Belanglosigkeiten zu plaudern. Das – so hatte Alt bei einer Fortbildungsveranstaltung mit auf den Weg bekommen – sorge für die notwendige Ablenkung und schärfe den Geist für die weitere Arbeit nach der Pause.

»Lasst uns also über blaue Pudel reden!«, war seinerzeit die erste Reaktion auf Alts Ansage gewesen, natürlich von Klaas Hinrichs.

»Ich darf aber wenigstens ankündigen, dass ich heute Nacht wieder los will, mit den Fallen meine ich«, sagte Marquardt vorsichtig. »Nach nur einem Fehlversuch geben wir nicht gleich auf, oder?«

»Natürlich nicht, ich bin auch wieder dabei«, antwortete Heise. »Eigentlich wäre Klaas an der Reihe, aber ich habe das mit ihm schon abgesprochen. Er übernimmt dann in der folgenden Nacht.«

»Moment mal! Euren Ehrgeiz begrüße ich selbstverständlich, aber ich muss auch meiner Fürsorgepflicht Genüge leisten, das gilt besonders für dich, Jens!«, gab Alt zu bedenken.

Marquardt sah einen Augenblick lang ratlos aus, dann fuhr Alt fort: »Belastungssteuerung heißt das Modewort, nicht nur im Sport. Du warst schon letzte Nacht nahezu pausenlos im Einsatz und bist jetzt schon wieder seit Stunden dabei. Deshalb muss ich dir für heute Nachmittag eine Erholungspause verordnen, wenn du in der kommenden Nacht erneut unterwegs sein möchtest.«

»Geht klar!«, antwortete Marquardt kurz und bündig.

»Wieder zwischen 23.30 und 2 Uhr?«, fragte Heise.

»Spricht etwas dagegen?«, erwiderte Alt. Als keiner darauf antwortete, meinte Alt: »Also dann! Und jetzt zurück zur Tagesarbeit.«

»Demnach haben wir auch von dem Brand letzte Nacht nichts Greifbares! Die Fliege macht uns die Hölle heiß!«, fasste Alt später am Tag zusammen und die düstere Stimmungslage im K1 war mehr als deutlich spürbar.

»Vielleicht bringt der erneute Hilfeaufruf an die Bevölkerung in Verbindung mit der Belohnung uns endlich mal weiter«, gab sich Heike Buschkamp hoffnungsvoll.

Mit skeptischer Miene erwiderte Heise: »Davon würde ich mir nicht zu viel erwarten. Bisher hat es auch keine Meldungen von Zeugen gegeben, warum sollte sich das nur wegen 3000€ ändern?«

»Vermutlich werden uns jetzt haufenweise Zeugen heimsuchen, die jemanden als verdächtig melden, den sie nachts mit einem brennenden Streichholz beobachtet haben, auch wenn damit lediglich eine Zigarette angezündet wurde«, fügte Hinrichs hinzu.

»Warten wir´s ab«, seufzte Fritz Alt.


Noch bevor man sich beim abendlichen Telefonat über Privates unterhielt, platzte Judith mit der Frage heraus, die sie den gesamten Tag über beschäftigt hatte: »Sag mal Sigs, wie ist dein nächtlicher Loriot-Einsatz verlaufen?«

»Absolut unspektakulär«, antwortete Heise wahrheitsgemäß. »Ein paar Katzen streunten umher, schnupperten auch kurz an den Fallen, einige wenige Auto fuhren vorbei, das war alles!«

»Wie aufregend! Seid ihr überhaupt davon überzeugt, dass diese Einsätze einen Sinn ergeben?«, fragte Judith.

»Ich denke schon. Aber da benötigen wir einen langen Atem. So etwas klappt meistens nicht beim ersten oder zweiten Versuch.« Nach kurzer Pause fuhr er fort: »Heute Nacht wird übrigens mein nächster Einsatz stattfinden. Damit wir in den folgenden Nächten mehr Zeit für uns haben.«

»Oh ja! Ich freue mich wahnsinnig darauf. Obwohl« - fügte sie lachend hinzu - »ich auch gerne mit dir und

Katzenfallen nachts unterwegs wäre. Das hatte ich noch nicht!«

Dann erklärte Heise ihr, wie sie an den Wohnungsschlüssel gelangen würde, falls sie vor ihm einträfe. Dies sei allerdings nicht sehr wahrscheinlich, da er am nächsten Tag bei Zeiten Schluss machen dürfe. Schließlich stehe ihm noch eine besondere Nachtschicht bevor.

Seit mehr als einer halben Stunde stapfte Siegfried Heise mit den Katzenfallen in der Dietrichstraße umher, stellte sie dann und wann am Boden ab und wartete. Nichts geschah. Seine Laune verschlechterte sich zusehends, er vermochte sich mit der Idee des Kollegen Marquardt nicht so recht anzufreunden, erwartete keinen wirklichen Erfolg dabei.

›Loriot-Aktion‹, so hatte Judith es genannt. Ach Judith, wie gerne wäre ich jetzt bei dir, dachte Heise.

Inzwischen hatte – wie so oft in letzter Zeit – leichter Nieselregen eingesetzt, sodass der Kommissar seine Brille abnahm, um die feinen Tröpfchen abzuwischen, die einen Durchblick kaum noch ermöglichten.

In dem Moment schreckte er zusammen. Er vernahm den vertrauten lauten Ton einer Polizeisirene, ahnte das Blaulicht auch ohne Brille, setzte diese schnell wieder auf und sah tatsächlich ein Polizeifahrzeug mit hohem Tempo auf sich zukommen. Bremsen quietschten, zwei Uniformierte stiegen aus und liefen zu ihm hin. Dann stoppten sie abrupt, blickten sich verwundert an, Heise konnte die Fragezeichen in ihren Köpfen geradezu greifen.

»Mensch Holmes, was soll das denn heißen?«, fragte Polizeikommissar Holldorf sichtlich verwirrt.

»Genau das frage ich euch!«, erwiderte Heise genervt.

Inzwischen war PK Sattler, der Heise in dieser Nacht bei der Aktion unterstützte, auch ausgestiegen und raunzte seine Kollegen an: »Spinnt ihr eigentlich? Jetzt können wir unseren Einsatz hier vergessen!«

»Welchen Einsatz? Moment mal, wir wurden alarmiert, dass hier eine Person mit verdächtigen Gegenständen hantiert, vielleicht ein Feuer legen will«, erklärte Holldorf.

»Oh nein, die Belohnung! Das war zu befürchten. Jetzt hält man jeden, der nachts unterwegs ist, für den Feuerteufel«, stöhnte Heise.

»Wieso seid ihr eigentlich nicht über unseren nächtlichen Einsatz hier informiert?«, wandte sich Sattler an seine Kollegen. Noch bevor einer von ihnen antworten konnte, kam ein älterer Mann mit Rentnerkappe – Hinrichs hatte kürzlich dafür den Begriff ›Pletschkapp‹ gelesen, wie sich Heise erinnerte – wild gestikulierend auf sie zu, trotz leichten Hinkens erstaunlich schnellen Schrittes.

»Das ist er, das ist er, der Feuerteufel!«, rief er aufgeregt. »Haben Sie ihn schon verhaftet? Dann bekomme ich ja die 3000€ Belohnung. Sie Schwein!« Er zeigte auf den einzigen zivil Gekleideten zwischen den drei Uniformierten: Heise!

Diesem platzte nun endgültig der Kragen. »Ruhe!«, rief er und mit deutlicher Schärfe in der Stimme an den Alten gewandt: »Mein lieber Herr . . . Wie heißen Sie überhaupt?«

»Domeier«, antwortete er spontan, um sich nach einer Schrecksekunde hilfesuchend an die Polizisten zu wenden: »Wieso darf der so mit mir reden? Tun Sie endlich was!«

Die Polizeikommissare antworteten nicht, konnten ein Grinsen nur mit größter Mühe unterdrücken.

»Mein lieber Herr Domeier«, begann Heise erneut, dieses Mal allerdings in einem wesentlich freundlicheren Tonfall, »ich bin Oberkommissar Heise vom K1 in Kleve, hier sehen Sie meinen Dienstausweis. Er hielt ihn dem Alten hin, der nur noch verständnislos von Heise zu den drei Uniformierten und zurück blickte und kein Wort hervorbrachte.

Dann erläuterte Heise ihm die Situation und endete mit den Worten: »also kein Feuerteufel und keine Belohnung!« Die Enttäuschung in Domeiers Gesicht war nicht zu übersehen.

»Aber halten Sie ruhig weiter die Augen offen und melden sich, falls Sie wieder etwas Verdächtiges bemerken. Man kann nie wissen!«, wandte sich Heise abschließend wieder an den Mann, der sich wesentlich langsamer davonmachte als er ein paar Minuten zuvor angekommen war.

»Jetzt seid ihr also auch endlich im Bilde, was hier vorgeht oder vorgehen sollte«, sagte ein immer noch verärgert wirkender PK Sattler zu den beiden Kollegen. Deren Unkenntnis über den nächtlichen Einsatz der anderen hatte einfache Gründe: Der eine, Holldorf, war ein paar Tage krank gewesen, der andere, Fink, nach Düsseldorf beordert worden, um bei einer Großdemo die dortigen Einsatzkräfte zu unterstützen.

»Das tut uns jetzt wirklich leid, aber wir wussten echt von nichts!«, erklärte Holldorf, bevor er losfuhr.

»Und jetzt?«, fragte Sattler. Heise blickte um sich, sah die allermeisten Fenster, aus denen vor ein paar Minuten noch ein Lichtschein zu sehen und ein paar neugierige

Gesichter zu ahnen gewesen waren, jetzt dunkel. Dann meinte er nach einem Blick auf die Uhr: »Wir haben noch etwas mehr als eine Stunde. Ich schlage vor, wir suchen ein anderes katzenreiches Gebiet auf.« Er holte aus der Jackentasche sein altes, von den Kollegen oft belächeltes Notizbuch hervor, blätterte etwas darin und verkündete dann kurz und knapp: »Waldstraße!«

Der zeitgleiche nächtliche Einsatz von Jens Marquardt – wieder zusammen mit PK Heffungs – begann wesentlich weniger aufregend. Mit der Erfahrung der vorigen Nacht gelang es Marquardt in zunehmendem Maße, die Freigängerkatzen von den streunenden zu unterscheiden. Letzteren sah man ihr elendes, von Hunger und Krankheiten geprägtes Leben mehr als deutlich an und Marquardt bedauerte es, nicht wenigstens ein paar Brocken Thunfisch mitgebracht zu haben.

Als er noch darüber nachdachte, schreckte er zusammen, denn jemand tippte ihm auf die Schulter. Schnell drehte sich der Kommissar um und blickte in das freundliche Gesicht eines älteren Herrn. Mitte siebzig, schätzte Marquardt, gepflegtes Äußeres, gekleidet mit einer dunkelgrauen Jacke ohne Kappe.

»So wird das nichts, junger Mann!«, redete er den Kommissar an, der nur verblüfft »Wie? Was?« stammelte.

»Um die Katzen zu fangen, müssen Sie die Viecher schon mit etwas anlocken, ich würde Fisch empfehlen«, lautete die wohlgemeinte Belehrung des älteren Herren.

»Ja, ja, ist schon klar! Fisch ist zu Hause gerade ausgegangen. Da dachte ich, der Duft und vielleicht ein paar winzige Fischreste in den Fallen würden genügen, um die Katzen anzulocken«, antwortete Marquardt.

»So blöd sind die Viecher nicht! Die merken schon, wenn da für sie nichts zu holen ist. Sind Sie auch von dieser Tierhilfe?«

»Ja, wir lassen die gefangenen Katzen kastrieren und geben ihnen dann natürlich ihre Freiheit zurück!«

»Das finde ich gut. Dadurch bleibt vielen Tieren ein elendes, kurzes Leben erspart.«

»Sind Sie eigentlich häufiger um diese ungewöhnliche Zeit hier unterwegs?«, fragte Marquardt den Mann beiläufig.

»Junger Mann, in meinem Alter – ich bin 82 – klappt das mit dem Schlafen nachts oft nicht mehr so gut. Dann unternehme ich eben einen kleinen Spaziergang, einmal um den Block, das hilft!«

Marquardt nickte verständnisvoll. Dann wandte er sich erneut an den Mann: »Ist Ihnen dabei vielleicht in letzter Zeit irgendetwas aufgefallen? Abgesehen von den Tierschützern meine ich. Andere Personen, die verdächtig handelten, in dunklen Kapuzenpullovern vielleicht?«

Der ältere Herr überlegte kurz, bevor er antwortete: »Eigentlich nicht, aber jetzt, wo Sie das sagen.«

»Was genau meinen Sie?«

Der Mann zögerte erneut. »Ich weiß gar nicht, ob das von Bedeutung ist«, begann er schließlich. »Aber vor ein paar Nächten fielen mir zwei Männer auf, die hier so herumlungerten, in alle Richtungen schauten, als ob sie etwas suchten. Sie trugen dunkle Kapuzenpullover. Daher war von den Gesichtern so gut wie nichts zu erkennen, noch dazu bei der Dunkelheit!«

Marquardts Interesse war geweckt. Hastig fragte er nach: »Was konnten Sie überhaupt von den beiden sehen?«

»Nicht viel, wie gesagt. Mittlere Größe, Alter um die 30, keine Bartträger, von den aufgeschnappten Wortfetzen zu schließen: Deutsche.«

»Sonst noch etwas?«

Diesmal überlegte der Mann nur kurz. »Nein, dann sind die weggefahren.«

»Wie, weggefahren? Mit dem Fahrrad?«

»Nein, mit dem Auto. Das stand so 80 Meter weiter.«

»Können Sie das Auto beschreiben? Das Kennzeichen werden Sie sich ja nicht gemerkt haben«, sagte Marquardt ohne große Hoffnung.

»VW Golf, älterer Bauart, gräuliche Farbe. Das Kennzeichen brauchte ich mir nicht zu merken, dafür war mein Ärger zu groß!«

Marquardt blickte den Mann verständnislos an. »Ich fürchte, ich kann Ihnen nicht folgen«, murmelte er.

»Wissen Sie, mein Name ist Klein, Wolfgang Klein. Beim Kauf eines neuen Wagens habe ich in den vergangenen Jahrzehnten mehrfach den dringenden Wunsch geäußert, ein Nummernschild mit meinem Namen zu bekommen, also KLE-IN und irgendeine Zahl, egal welche. Und jedes Mal erhielt ich von der Zulassungsstelle die lapidare Auskunft, eine solche Kombination sei derzeit nicht verfügbar. Wie finden Sie das?«

»Jetzt verstehe ich«, antwortete Marquardt aufgeregt, ohne auf die Frage einzugehen. »Die beiden Männer stiegen also in einen grauen Golf mit genau dem von Ihnen vergeblich gewünschten Kennzeichen KLE-IN. Sehe ich das richtig?«

»Absolut! Ist das nicht eine ungeheure Frechheit? Diese Typen kriegen mein Nummernschild, das mir verwehrt wird?« Der Ärger war dem Mann deutlich anzumerken. Marquardt schmunzelte innerlich. Über was sich die Leute so alles ärgern, sinnierte er. Dann fragte er: »Und die Nummer?«

»Tut mir leid, die habe ich in meiner Wut nicht beachtet«, erwiderte Herr Klein. Dann blickte er Marquardt ganz direkt an. »Warum wollen Sie das eigentlich alles wissen? Sie sind gar kein Tierschützer, stimmt´s?«

»Sie haben recht, ich bin von der Polizei«, gab Marquardt zu und erklärte den Grund seines nächtlichen Einsatzes.

»Und dabei haben Sie mir sehr geholfen, herzlichen Dank!« Mit diesen Worten verabschiedete sich der Kommissar von Herrn Klein und bewegte sich auf den Wagen zu, in dem der Kollege Heffungs sich schon seit etlichen Minuten fragte, warum sich das Gespräch von Marquardt mit dem Opa so lange hinzog. Als der Kriminalkommissar ihm dann auch freudestrahlend: »Volltreffer!« zurief, verstand Heffungs zunächst gar nichts mehr.

# ZWÖLF

Nach der wiederum unerfreulichen, weil erfolglosen Besprechung mit dem Kriminaldirektor öffnete Fritz Alt in nicht gerade bester Laune die Tür zu seinem Büro, in dem sich das Team bereits zur morgendlichen Sitzung eingefunden hatte. Schallendes Gelächter schlug ihm entgegen, sodass er verblüfft fragte: »Was ist los? Habe ich etwas verpasst?«

»Kann man wohl sagen!«, antwortete Hinrichs. »Wir haben einen Feuerteufel unter uns! Wusstest du das?«

Verständnisloses Achselzucken bei Alt, gequältes Lächeln bei Heise, bevor Hinrichs den kurz zuvor vom Kollegen gehörten Bericht über dessen nächtlichen Einsatz wiederholte.

Fritz Alt reagierte nur mit einem leichten Schmunzeln, ihm gefiel nicht, was er da erfuhr, trotz der lustigen Komponente. »So etwas darf einfach nicht passieren! Warum waren die Kollegen nicht informiert?«, wetterte er.

»Es blieb ja ohne Folgen, Holmes wurde nicht verhaftet«, versuchte Hinrichs die Angelegenheit wieder ins Lustige zu ziehen.

»Trotzdem!«, grummelte Alt weiter.

»Aber jetzt solltet ihr euch anhören, wie mein nächtlicher Einsatz verlaufen ist«, meldete sich Marquardt zu Wort, der bislang geschwiegen und anscheinend auf den passenden Moment für seinen Auftritt gewartet hatte.

»Ihr werdet euch wundern, ich war nämlich erfolgreich und . . .«, begann der Jungkommissar.

»Wie? Das sagst du uns erst jetzt?«, unterbrach Alt, der immer noch in gereizter Stimmung schien.

»Dann lass mal hören, wir sind total gespannt!«, forderte Hinrichs den Kollegen auf.

Nachdem Marquardt seinen Bericht beendet hatte, rief ein plötzlich wesentlich besser gelaunter Fritz Alt: »Das nenne ich endlich mal gute Nachrichten. Wir haben keine Zeit zu verlieren. Heike!«

Die Kriminalassistentin verstand sofort. »Ich bin schon bei der Arbeit, aber allzu langwierig dürfte das nicht werden. Im Kreis Kleve fahren glaube ich maximal 999 Fahrzeuge mit dem Kennzeichen KLE-IN. Bei den allerwenigsten davon dürfte es sich um einen alten grauen Golf handeln«, erklärte sie.

»An die Arbeit!«, forderte Alt. »Sobald uns die Daten vorliegen, schwärmt ihr sofort aus, um die Fahrzeughalter zu befragen. Wir müssen endlich einmal vorankommen, wenigstens bei diesen nächtlichen Überfällen!«

»Was machen wir eigentlich mit den Hinweisen aus der Bevölkerung zu den Brandstiftern? Wie viele sind es überhaupt?«, wollte Hinrichs wissen.

»An die zwanzig, glaube ich«, antwortete Heike.

»Wenn ich an meine Erfahrungen der letzten Nacht denke, können wir die einfach vergessen«, meinte Heise.

»Ich habe die Aussagen grob überflogen, du hast recht, da sind höchstens drei oder vier dabei, wo eine Nachfrage Sinn machen würde. Darum werde ich mich gleich kümmern!«, entschied Alt.

Wie von ihr vorhergesagt, meldete Heike Buschkamp bereits nach rund einer Stunde Vollzug. »Insgesamt kommen nur drei Fahrzeuge in Frage, vielleicht auch nur zwei, einer der Halter ist nämlich bereits über 80.«

»Also alter grauer Wolf fährt alten grauen Golf«, kalauerte Hinrichs einmal mehr.

»Das muss nichts heißen, mit dem Wagen kann schließlich auch der Sohn oder der missratene Enkel unterwegs sein«, merkte Marquardt an. »Machen wir uns also auf den Weg!«

Zwei der in Frage kommenden Autobesitzer trugen tatsächlich den Namen Klein, was weder Marquardt noch Hinrichs allzu sehr überraschte. Die Befragungen erwiesen sich zunächst als vollkommen erfolglos. Heinz Klein, Alter 82, gab an, er habe seinen Wagen bereits seit ein paar Wochen nicht mehr bewegt, ihm gehe es zurzeit nicht so gut. Er sei der Einzige, der den Golf fahre, kein Sohn, Enkel oder sonst wer habe je in dem Auto am Steuer gesessen. In der Nacht vom 9. auf den 10. April, da sei er ganz bestimmt zu Hause im Bett gewesen. Wo auch sonst? In seinem Alter laufe er ganz bestimmt nicht mehr nachts in der Gegend herum.

Der nächste auf der kurzen Liste war Sebastian Klein. Der etwa 40-jährige Familienvater mit bereits sehr hoher Stirn reagierte zuerst eher überrascht, dann deutlich verärgert, als Hinrichs vom ihm wissen wollte, ob er auch schon mal nachts mit dem Wagen umherfahre und wo er sich in der Nacht auf den 10.April zwischen 23.30 und 0.30 Uhr aufgehalten habe. »Zu Hause natürlich, im Bett, wo auch sonst«, kam die unfreundliche Antwort. »Meine Frau kann das ganz sicher bezeugen, ohne das Datum zu kennen, denn ich verbringe jede Nacht zu Hause.« Da auch bei der 13-jährigen Tochter nicht davon auszugehen war, dass sie nachts mit dem Katzenschutz-Kommando unterwegs sei, wurde dieser Besuch ebenfalls unter der

Rubrik ›Fehlanzeige‹ abgehakt. Beim dritten Besitzer eines alten grauen Golfs mit dem Kennzeichen KLE-IN handelte es sich um Thomas Saalfeld. Er berichtete, sein Sohn Axel fahre den Wagen die meiste Zeit. Er selbst erledige lieber alle Fahrten mit dem Fahrrad. Das sei ja viel besser für die Umwelt und bei den hohen Spritpreisen auch für den Geldbeutel. Außerdem sei das Fahren mit dem Pedelec das reinste Vergnügen. Er habe sich letztens ein neues dieser Räder zugelegt und ...

Der Mann schien zur Sorte Quasselkopp zu gehören. Solche Leute nervten Hinrichs immer wieder. Wenn sie einmal anfingen zu reden, waren sie kaum noch zu stoppen. Herr Saalfeld zählte zweifellos zu eben diesem Typ Mensch. Kollege Marquardt empfand es ähnlich, wie aus dem kurzen missbilligenden Blick zu schließen war, den er Hinrichs zuwarf. Dieser beendete den Wortschwall des Hausherrn abrupt und fragte: »Können wir dann Ihren Sohn kurz sprechen?«

»Axel? Der ist nicht zu Hause. Er studiert Medieninformatik an der Hochschule Rhein-Waal hier in Kleve. Das wird in der Zukunft immer wichtiger, da braucht er sich um eine Chance auf einen gut bezahlten Job keine Sorgen zu machen, weil ... «

Erneut sah sich Hinrichs gezwungen einzuschreiten. »Ist Ihr Sohn vielleicht auch manchmal nachts mit dem Wagen unterwegs, gerade in letzter Zeit?«, fragte der Kommissar.

»Ja, Sie wissen doch, wie die jungen Leute so sind heutzutage«, setzte Herr Saalfeld wieder an. »Die wollen was erleben, feiern und so weiter. Da ist man natürlich nachts oft auf Achse. Tagsüber geht nicht, da muss studiert werden. Und außerdem ... «

Hinrichs wurde zunehmend unruhig, wie Marquardt feststellte. Daher griff er jetzt ein und wandte sich an den Mann, der schon wieder zu einem längeren Sermon anzusetzen schien. »Würden Sie uns bitte ganz genau sagen, an welchen Abenden oder in welchen Nächten dieser und der vorigen Woche Ihr Sohn unterwegs war und von wann bis wann?«

Diese Forderung schien Herrn Saalfeld völlig aus der Fassung zu bringen, er antwortete nur ganz kurz und sichtlich überrascht: »Wieso?«

»Beantworten Sie bitte die Frage«, entschied Hinrichs in unfreundlichem Ton, aber der Mann brauste nur auf.

»Was soll das Ganze überhaupt? Warum die blöden Fragen? Halten Sie Axel etwa für einen Verbrecher?«, fauchte er, überlegte kurz und rief dann mit lauter Stimme: »Jetzt hab ich es: Nur weil er nachts manchmal unterwegs ist, halten Sie ihn für den Brandstifter, der in der Stadt seit einiger Zeit sein Unwesen treibt. Das ist einfach lächerlich!«

»Da liegen Sie falsch«, entgegnete Marquardt ruhig. »Wir benötigen in einer bestimmten Angelegenheit nur eine Zeugenaussage Ihres Sohnes. Etwas anderes: Mag er eigentlich Katzen?«

»Katzen? Wie kommen Sie darauf?«, fragte Saalfeld verblüfft.

»Würden Sie bitte die Frage beantworten!«, forderte Hinrichs ungeduldig, aber Saalfeld war jetzt nicht mehr zu beruhigen. »Ich beantworte gar keine Frage mehr und Sie verlassen auf der Stelle mein Haus!«, schrie er die Beamten an, woraufhin Hinrichs nur erwiderte: »Dann geht es eben nicht ohne polizeiliche Vorladung! Sie hören von uns.«

Wieder zurück im Wagen erkundigte sich Marquardt bei seinem Kollegen: »Was hältst du davon? Warum regt sich der Typ dermaßen auf?«

Achselzucken bei Hinrichs.

»Der hat offenbar etwas zu verbergen. Er weiß vielleicht, was sein Sohn nachts so treibt«, führte Marquardt aus.

»Schon möglich«, meinte Hinrichs. »Wir müssen diesen Axel befragen, und zwar bald!«

»Fragt sich nur: Wie? Wir können ja schlecht zur Hochschule fahren und dort nach dem Mann suchen«, stellte Marquardt fest. »Ich schlage vor, wir fahren erst einmal zurück zum Präsidium und besprechen die Sache mit dem Alten Fritz. Soll der entscheiden, was zu tun ist!«

»Morgen ist Samstag, da finden keine Vorlesungen oder Seminare statt. Wir werden Axel Saalfeld dann vermutlich zu Hause antreffen«, lautete Alts Vorschlag später am Nachmittag.


»Ich habe da eine Idee, wie wir dem Feuerteufel vielleicht auf die Spur kommen können.« Mit dieser Aussage versetzte Jens Marquardt plötzlich die Kollegen in völliges Erstaunen.

»Wir hören«, meinte Hinrichs erwartungsvoll.

»Der Feuerteufel setzt in den allermeisten Fällen eine leicht brennbare Flüssigkeit, zum Beispiel Benzin, aber auch andere spezielle Brandbeschleuniger ein, um sein Feuer in Gang zu bringen«, begann Marquardt.

»Das wissen wir schon länger. Worauf willst du hinaus?«, fragte Hinrichs.

»Ich versetze mich jetzt einmal in den Täter. Wie komme ich also ganz praktisch und unkompliziert an eine gewisse Menge Benzin?«, lautete Marquardts Gegenfrage, die er sogleich selbst beantwortete: »An einer Tankstelle natürlich!«

»Wer hätte das gedacht?«, kommentierte Hinrichs ironisch.

»Versteht ihr nicht, was ich meine? Er kann schlecht das Benzin aus dem Tank seines Wagens nehmen. Also füllt er es in einen oder mehrere Kanister.« Marquardt blickte erwartungsvoll um sich, aber in den Gesichtern der Kollegen zeigte sich Unverständnis, bis Heise plötzlich sagte: »Du meinst aber nicht die Überwachungskameras der Tankstellen?«

»Genau die meine ich! Wir lassen uns von allen Tanken der Stadt die Überwachungsvideos der letzten Wochen kommen und checken sie durch. Was denkt ihr?«

»Klingt theoretisch nicht übel«, antwortete Heise. »Aber praktisch? Was, wenn er eine auswärtige Tankstelle aufsuchte? Und wer soll all die Videos checken? Weißt du, wie viele Tanken es allein im Stadtgebiet gibt?«

»Acht oder neun, glaube ich«, warf Hinrichs ein.

»Das Befüllen von Kanistern mit Benzin oder Diesel dürfte an den Tankstellen bestimmt nicht sehr oft geschehen. Wir brauchen dann nur die Kennzeichen der PKW, deren Fahrer Kanister gefüllt haben. So lassen sich die Fahrzeughalter ermitteln, denen wir dann einen Besuch abstatten.« Marquardt schien von seinem Plan dermaßen angetan, dass er die Einwände der Kollegen nicht beachtete.

»Und wenn der Feuerteufel zu Fuß mit seinen Kanistern anrückt?«, meldete sich Hinrichs zu Wort.

»Dann hätten wir wenigstens ein Video oder Foto von ihm. Aber ich kann mir nicht vorstellen, dass er die Kanister zu Fuß durch die Gegend schleppt«, erklärte Marquardt.

»Sein Wagen steht vielleicht nur ein paar Meter weiter um die Ecke, wo die Kameras ihn nicht erfassen«, meinte Heise.

»Auf jeden Fall sollten wir den Alten Fritz kontaktieren«, schlug Hinrichs vor.

Der Hauptkommissar hörte sich Marquardts Vorschlag an und meinte dann: »Wir müssen uns an jeden Strohhalm klammern, um endlich bei unseren Ermittlungen voranzukommen. Aber das können wir allein unmöglich schaffen.« Er überlegte eine Zeitlang, bevor er schließlich fortfuhr: »Es gäbe da eine Möglichkeit. Ich kenne zufällig den Leiter des Polizeiausbildungszentrums in Selm unweit Dortmund. Der könnte möglicherweise eine Klasse seiner Polizeischüler und -schülerinnen damit beauftragen, die Videos zu sichten und ihnen auf diese Weise gleich eine Art Praxisgefühl während der Ausbildung vermitteln.«

»Das wäre ja super!«, kommentierte Hinrichs.

»Wenn wir tatsächlich über so viel Manpower verfügen, sollten wir auch die Tankstellen der Umgebung, also in Kranenburg, Emmerich und Goch ins Visier nehmen«, schlug Heise vor.

»Ich werde mich darum kümmern, aber jetzt ist Freitagnachmittag. Vor Montag wird sich da nichts tun«, stellte Alt fest.


Oberkommissar Heise hatte seinen Dienst im Klever K1 pünktlich um 16 Uhr beendet, eine für ihn außergewöhnlich frühe Zeit, und war schon kurz nach halb fünf zurück in Xanten. Er fühlte sich aufgeregt wie ein Teenger vor dem ersten Date mit seiner Angebeteten. Mehr als zwei Stunden später klingelte es endlich, Judith kam an. Ein freudiges ›Hallo Sigs‹, eine am Boden landende Reisetasche, darauf ihr Lederblouson, eine innige Umarmung, freudestrahlende Gesichter, leidenschaftliche Küsse. Als man wieder bei Atem war, moserte Judith: »Das war vielleicht ein Gegurke! Der ICE hatte in Duisburg zwar nur leichte Verspätung, aber die reichte aus, dass ich um vier Minuten den Anschluss verpasste. Auf den nächsten musste ich dann fast eine ganze Stunde warten. Und dann kam dieser Niederrheiner überhaupt nicht von der Stelle, hielt an jeder Milchkanne, brauchte auch wieder rund eine Stunde bis hier!«

»Hauptsache, du bist da! Jetzt entspann´ dich erst einmal«, redete Heise beruhigend auf seine Freundin ein. »Wir haben ganz viel Zeit, ich darf nämlich ein paar von meinen unzähligen Überstunden abfeiern, brauche morgen und Sonntag nicht zum Dienst. Wie findest du das?«

»Einfach geil und ich habe auch schon feste Vorstellungen, was wir alles machen werden«, antwortete Judith augenzwinkernd.

»Ja?«

»Erstens vögeln, zweitens vögeln, drittens vögeln, und falls dann noch Zeit übrig bleibt: vögeln! Wir haben schließlich 25 Jahre nachzuholen!«

Heise starrte sie entgeistert an. Judiths ernster Gesichtsausdruck wandelte sich von einer Sekunde zur nächsten, sie lachte prustend los. »Du bist also immer noch genauso leicht hereinzulegen wie damals«, stellte sie fest. »Wie passt das zu deinem Beruf? Lässt du dir da von den Ganoven auch einen Bären aufbinden?« Wieder lachte sie laut.

»Nein, ganz bestimmt nicht, das mit dem Bären gelingt nur dir«, antwortete Heise. »Ich glaube, an deinen besonderen Humor muss ich mich erst wieder gewöhnen.«

Dann sah er ihr tief in die Augen und sagte ganz leise: »Aber dein Programmpunkt eins ist angenommen!« Blitzschnell schlang er seine Arme um sie, küsste sie leidenschaftlich und schob ihr Shirt hoch, unter dem sie wie üblich nichts weiter trug.

Später in der Nacht, als man erschöpft, aber glücklich nebeneinander lag, fragte Judith leise: »Wie verlief eigentlich deine Aktion gestern Nacht?«

Heise erzählte ihr in Kurzform von Herrn Domeier und dessen groteskem Verdacht. Da konnte Judith nicht mehr an sich halten, sie lachte dermaßen laut los, dass Heise befürchtete, sie würde die gesamte Nachbarschaft aufwecken. Tränen liefen ihr über die Wangen, sie vermochte sich kaum zu beruhigen. »Du als Feuerteufel, wirklich grandios!«, rief sie und brach erneut in schallendes Gelächter aus.

»Ja, sehr lustig«, bemerkte Heise leicht säuerlich.

»Ach komm, lach mal, mach dich locker!«, forderte Judith. »Du bist manchmal noch so verkniffen. Aber das werden wir ändern!« Nach kurzer Überlegung fuhr sie fort: »Ich habe da eine Idee: Wie wäre es, wenn wir beide in der kommenden Nacht gemeinsam unterwegs sind und nach diesen Typen Ausschau halten? Das fände ich echt spannend!«

»Das scheint nach Lage der Dinge nicht mehr nötig«, erwiderte Heise und erläuterte, welche Informationen Kollege Marquardt in der Nacht zuvor gewonnen hatte.

»Schade!«, antwortete Judith nur.

# DREIZEHN

Am Samstagvormittag fuhr Jens Marquardt bei leichtem Nieselregen, dieses Mal zusammen mit seinem Chef und zukünftigen Schwiegervater Fritz Alt erneut zum Haus der Familie Saalfeld. Der Sohn, Axel Saalfeld, befand sich tatsächlich daheim, wie Alt es vermutet hatte. Der junge Mann machte im Gegensatz zu seinem Vater einen freundlichen Eindruck, beantwortete bereitwillig die Fragen der Beamten.

Ja, er benutze häufiger nachts den Wagen seines Vaters, wenn man sich mit Freunden treffe. Nein, von einem Katzenschutz-Kommando habe er noch nie gehört, Katzen möge er auch nicht besonders. In den vergangenen Nächten sei er oft mit Freunden unterwegs gewesen, auf der Suche nach dem Feuerteufel, der in der Stadt sein Unwesen treibt. Immerhin gebe es ja eine stattliche Belohnung für solche Hinweise, die zur Ergreifung des Täters führten.

Für die Nacht des Überfalls auf Markus Reubling konnte Axel Saalfeld ein Alibi präsentieren. Er habe mit Freunden ein Champions-League Spiel geschaut. Auf den Einwand des Fußballfans und lebenslangen BVB-Anhängers Fritz Alt, da sei ja gar kein deutsches Team mehr im Einsatz gewesen, antwortete Saalfeld junior nur: Liverpool, das sei sein Lieblingsverein.

In der Nacht zum 14. April sei er – sofern er sich richtig erinnere – wieder mit ein paar Kumpels unterwegs gewesen, um den Feuerteufel zu fassen.

Dann ließen sich die Beamten noch die Namen der Zeugen für Saalfelds Alibi geben und verabschiedeten sich.

»Also wieder Fehlanzeige!«, murmelte Marquardt vor sich hin.

Alt erwiderte zunächst nichts, schien tief in Gedanken.

»Ich weiß nicht so recht«, begann er dann, »das ging mir alles zu glatt. Nett und freundlich wurde jede unserer Fragen beantwortet. Verstehst du, was ich meine?«

»Ich denke schon. Der war natürlich auf unseren Besuch und ebenso auf unsere Fragen vorbereitet, darauf hat der Vater schon geachtet«, erklärte Marquardt, der dann nach kurzem Zögern fragte: »Wir könnten eine Gegenüberstellung von Saalfeld mit diesem, wie hieß er noch gleich . . . ?«

»Pauels«, half Alt.

»Ja genau. Es wäre immerhin möglich, dass Pauels ihn wiedererkennt.«

Alt überlegte kurz. »Hm, warum nicht? Wir werden das gleich am Montag in die Wege leiten!«


Oberkommissar Heise und seine neue alte Freundin Judith saßen gemütlich beim Frühstück, wobei diese Bezeichnung alles andere als zutraf, denn die zwölf Glockenschläge des Xantener Doms waren bereits seit geraumer Zeit verhallt.

»Was machen wir heute?«, fragte Heise.

»Was ein älteres Ehepaar eben so tut«, lachte Judith. »Spazieren gehen, plaudern, gut essen und . . . «

»Älteres Ehepaar«, wiederholte Heise lächelnd. »Aber du hast recht, wir hätten ja schon bald unsere Silberhochzeit feiern können.«

»Und zu erzählen gibt es garantiert eine Menge, lass uns einfach den Tag genießen!«, meinte Judith. »Wir könnten in Erinnerungen schwelgen, wie man so schön sagt. Ein paar Orte aufsuchen, an denen wir uns damals gerne aufhielten.«

Heise lächelte versonnen. »Das kleine Wäldchen an der Fleuth zum Beispiel«, meinte er dann und sah ihr tief in die Augen.

»Genau! Da, wo wir zum ersten Mal . . . «

»Dann nichts wie hin!«

Judith Ripkens und Siegfried Heise genossen den gemeinsamen Tag in vollen Zügen. Ein Höhepunkt war das Aufsuchen des kleinen Wäldchens an der Fleuth, das tatsächlich noch fast genau so existierte, wie es beide in so ganz besonderer Erinnerung hatten. Nur mehr und höhere Bäume schienen es geworden zu sein. Sie taten wieder genau das, was sie rund 26 Jahre zuvor dort zum ersten Mal getan hatten.

»Kennst du dich am Niederrhein überhaupt noch aus? Du bist ja direkt nach dem Abi weg und dann runde 25 Jahre nicht mehr hier gewesen«, wollte Heise später am Tag von Judith wissen.

»Ich war schon hier, vielleicht einmal im Jahr bei meiner Mutter.« Traurig fügte sie hinzu: »Mein Vater ist schon seit 18 Jahren tot.«

»Oh, das tut mir leid, das wusste ich gar nicht«, erwiderte Heise. »Mein Vater starb schon vor 20 Jahren.«

»Wusste ich auch nicht! Tut mir auch leid. Aber wenn man nur einmal pro Jahr für ein paar Stunden – oder an Weihnachten vielleicht für 2 Tage – hier verweilt, verliert man verdammt schnell jeglichen tieferen Bezug zu seiner Heimat.«

»Das verstehe ich. Bestehen noch Kontakte zu alten Freunden oder Freundinnen, zum Beispiel aus unserer Klasse?«, fragte Heise und Judith schüttelte nachdenklich den Kopf. »Eigentlich nicht. Mit der Jutta, Jutta Femers, hatte ich in den ersten Jahren noch Kontakt, aber irgendwie ist das dann auch eingeschlafen, wie es eben so geht. Und bei unserem Abi-Jubiläum neulich, das muss ich ehrlich zugeben, empfand ich alle als völlig Fremde, als ob ich mit denen nie etwas zu tun gehabt hätte.« Sie blickte Heise neckisch an und fügte lächelnd hinzu: »Mit einer Ausnahme natürlich! Du kamst mir vom ersten Augenblick an so vertraut vor, als wären keine 25 Jahre vergangen, sondern höchstens 25 Minuten!«

»Mir ging es ganz genau so!«, rief Heise.

# VIERZEHN

Eine sternenklare, dadurch für die Jahreszeit recht kühle, aber endlich auch wieder trockene Nacht hatte sich über den Niederrhein gelegt und verbreitete wohltuende Stille. Die Zeit der scheinbar unzähligen Feierlichkeiten, in erster Linie natürlich Schützenfeste, die die Nächte von Samstag auf Sonntag unruhig werden ließen, war noch nicht angebrochen.

Fritz Alt und Sabine Eichhorn hatten sich endlich einmal wieder einen entspannten Samstagabend gegönnt, eine Komödie im Fernsehen geschaut – Alt hasste es, sich TV-Krimis anzuschauen, die er grundsätzlich für völlig wirklichkeitsfremd hielt – und mit dem einen oder anderen Glas Rotwein auf der Couch geplaudert. Man war gerade erst zu Bett gegangen.

Alt liebte Sabine Eichhorns höchst temperamentvolles Wesen, welches sich allerdings nicht selten in eine impulsive und aufbrausende Richtung steigerte. Daher hätte er sie am liebsten vor ihrem neuerlichen Wutausbruch bewahrt, der unschwer vorauszusehen war, als kurz nach Mitternacht Alts Telefon läutete.

»Oh nein! Nicht schon wieder! Bald reicht es mir wirklich!«, fauchte die Frau, die nicht zu überlegen brauchte, wer da um diese Zeit anrief.

»Ja, was ist denn?«, murmelte Fritz Alt schlaftrunken ins Telefon. »Was? . . . Tatsächlich? . . . Verdammt! . . . Tannenweg? Ja, ich weiß so ungefähr, wo. Bis gleich!«

Alt hatte die seiner Freundin so verhassten drei Worte ›Bin schon unterwegs‹ gar nicht benutzt, aber das bemerkte die Frau überhaupt nicht. »Wieder ein Feuer?«, fragte sie nur kurz.

»Ja leider, aber dieses Mal ist anscheinend genau das passiert, was wir immer befürchtet haben«, rief Alt, ohne seine Aussage weiter zu präzisieren. »Ich muss los, sorry!«

Auch die glückselige Zweisamkeit von Siegfried Heise und seiner Freundin wurde in der Nacht um kurz nach 24 Uhr durch das Läuten des Telefons jäh unterbrochen. Während Judith zunächst überhaupt nicht verstand, was da vor sich ging, fluchte Heise bereits lautstark: »Ausgerechnet heute Nacht, verdammter Mist!«

Dann nahm er das Gespräch entgegen, hörte ein paar Sekunden zu und sagte dann mit ernster Miene: »O.K., bis gleich dann!«

Seiner verwundert dreinblickenden Freundin erklärte er kurz: »Es hat wieder einen Brand gegeben, ich muss weg«, küsste sie und machte sich auf den Weg.

Mehrere Löschzüge befanden sich in vollem Einsatz. Pumpen waren angeschlossen, Rohre verbunden, Scheinwerfer aufgestellt, Kommandos ertönten, Feuerwehrleute wuselten umher. Unmengen von Wasser donnerten auf ein Gebäude, oder was von diesem noch übrig war. Ein merkwürdiger Geruch lag in der Luft, nach Verbranntem natürlich, aber er kam Jens Marquardt irgendwie anders vor als bei den Bränden der vergangenen Wochen. Der Jungkommissar traf als Erster des K1 am Ort des Geschehens ein, er wohnte am nächsten.

Nur wenig später kamen Alt und Hinrichs an. Der Hauptkommissar, erst seit sieben Jahren in Kleve, blickte fragend um sich. Diesen Bereich der Stadt kannte er noch nicht, war nie hier gewesen. Westlicher Stadtrand, Ortsteil Materborn, Richtung Reichswald, das wusste Alt, aber die Gegend mutete in gewisser Weise seltsam an, nahezu unbewohnt, wie er trotz der Dunkelheit ahnen konnte, die nur im Bereich des Brandes selbst durch die aufgestellten Scheinwerfer erhellt wurde. Er meinte allerdings, ein paar andere kleinere Gebäude zu erkennen, umgeben von dichtem Bewuchs, Sträuchern und kleineren Bäumen.

Brandmeister Simons kam auf die Beamten zu, sein ernstes Gesicht drückte Verzweiflung aus. »Wir konnten nichts mehr tun«, begann er, »das Haus stand total in Flammen, die Person darin war nicht mehr zu retten!«

»Jetzt ist also wirklich passiert, was wir seit Wochen befürchtet haben ohne eine Chance, es verhindern zu können«, fasste Hinrichs in Worte, was alle dachten.

»Weiß man schon Näheres über das Opfer?«, erkundigte sich Alt.

Der Brandmeister schüttelte den Kopf. »Unsere Leute können noch nicht rein, um die Leiche zu bergen. Es besteht immer noch die Gefahr, dass der Rest des Hauses komplett zusammenkracht. Wir müssen abwarten!«

»Wieder Brandstiftung?«, fragte Hinrichs.

»Es deutet alles darauf hin, soweit wir das zum jetzigen Zeitpunkt schon sagen können. Aber das wird natürlich noch genauestens untersucht.«

»Das Gelände bleibt weiträumig abgesperrt und bewacht«, entschied Alt. »Und sobald es hell wird, soll Cuypers mit seinen Leuten hier anrücken. Sowohl die

Ruine, wenn das möglich ist, als auch die komplette Umgebung müssen intensiv untersucht werden. Buchstäblich jeder Stein ist umzudrehen, wir müssen eine Spur finden!«

»Um was für ein Gebäude handelte es sich eigentlich?«, fragte Hinrichs, dem die ganze Situation irgendwie merkwürdig vorkam. In diesem Moment trat Marquardt wieder zu ihm und Alt, in Begleitung eines etwa sechzigjährigen Mannes mit Halbglatze. »Herr Rohloff wohnt hier in der Nähe, er war es auch, der die Feuerwehr alarmierte«, stellte Marquardt den Mann vor.

»Dann erzählen Sie uns bitte alles!«, forderte Alt ihn freundlich auf.

»Alles?«, wiederholte Rohloff mit fragendem Blick.

»Ich meine, was für ein Haus das ist oder besser war und wieso Sie mitten in der Nacht den Brand bemerkten«, erklärte Alt.

»Ach so! Sie müssen wissen, ich leide seit ein paar Jahren unter Schlafstörungen. Manchmal schlafe ich ganz normal, ein anderes Mal liege ich fast nur wach, wälze mich ständig umher. Mit Schlaftabletten vollstopfen möchte ich mich aber nicht, davon kommt man dann nicht mehr los. Diese Nacht war wieder schlimm, ich fand überhaupt keinen Schlaf. Dann bemerkte ich kurz vor 24 Uhr diesen eigenartigen Lichtschein durch die nicht vollständig geschlossenen Jalousien. Ich lasse zwischen den Lamellen immer ein wenig Platz, sonst ist es mir zu dunkel.«

Herr Rohloff hielt inne, schien erst wieder Luft holen zu müssen nach seinem Bericht.

»Wussten Sie sofort, dass es sich um einen Brand handelte?«, fragte Alt.

»Ich ahnte es, fuhr schnell die Jalousien hoch und sah sowohl Rauch aufsteigen als auch ein paar hoch lodernde Flammen oberhalb der Büsche und Bäume. Vom Schlafzimmerfenster aus kann man das Haus zwar nicht sehen, aber ich wusste sofort, wo das Feuer wütete. Dann alarmierte ich die Feuerwehr. Die Jungs waren superschnell zur Stelle.«

»Und vielleicht auch Mädels«, ergänzte Marquardt und Alt fragte: »Was hat es mit dem Haus auf sich? Ein Holzhaus natürlich. Wer wohnt da, wem gehört es und so weiter? Können Sie uns da weiterhelfen?«

Der Mann kratzte sich kurz an einer unbehaarten Stelle des Kopfes, bevor er antwortete: »Soviel ich weiß, gehörte das Haus mal zu einer Gartenanlage, die inzwischen völlig verwildert ist. Wohnen tut da niemand. Alle paar Wochen kommt wohl jemand, um nach dem Rechten zu sehen. Viel mehr kann ich Ihnen dazu auch nicht sagen, ich wohne erst seit zwei Jahren hier, habe das Haus von einer Tante geerbt und bin aus der Innenstadt hierhin gezogen.«

Daraufhin bedankte sich Alt für die erhaltenen Auskünfte, verabschiedete sich von Herr Rohloff und wandte sich zusammen mit Marquardt wieder dem Brandmeister zu.

Auch Oberkommissar Heise kannte sich in dem Teil der Stadt nicht allzu gut aus. Als er – aufgrund seiner weiteren Anreise – später als die Kollegen eintraf, fand er den kleinen Weg, der zum Tatort führte, mit rot-weißen Bändern abgesperrt. Seinen Wagen musste er daher ein paar Meter entfernt abstellen. Dort am Straßenrand parkten auch einige andere Fahrzeuge. Plötzlich erschrak Heise, traute seinen Augen nicht. Etwas abseits, von Büschen nahezu völlig verdeckt, stand ein giftgrüner Kleinwagen mit Berliner Kennzeichen. Peggy! Was macht die nur hier?, fragte er sich. Dann stieg ein schrecklicher Verdacht in ihm auf. Bei dem Anruf, der ihn zum Einsatz beordert hatte, war davon die Rede gewesen, bei dem Brand sei eine Person zu Schaden gekommen. Doch nicht etwa Peggy? Hastig wählte er ihre Nummer, es kam aber keine Verbindung zustande, was seine Besorgnis nur noch mehr steigerte.

Daraufhin bückte sich Heise, ließ das Absperrband hinter sich und bewegte sich auf die Brandstelle zu. Er ging nicht, er rannte, sprintete auf Alt und Marquardt zu, die er im Scheinwerferlicht entdeckt hatte. Neben ihnen stand offensichtlich ein Feuerwehrmann.

»Weiß man schon etwas über das Opfer?«, rief Heise anstelle einer Begrüßung bereits einige Meter, bevor er seine Kollegen erreicht hatte, die ihn staunend angerannt kommen sahen. Ein derartiges Verhalten hatte man beim Oberkommissar noch nicht erlebt.

»Nur, dass es sich offenbar um eine Person weiblichen Geschlechts handelt. Aber – wie gesagt – wir können noch nicht rein, der Doc eben auch nicht«, antwortete der Brandmeister zuerst.

»Was ist nur mit dir los? Du siehst ja vollkommen geschockt aus!«, wandte sich Alt an seinen Kollegen.

»Ich fürchte, ich weiß, wer das Opfer ist. Ich kannte sie!«, sprach Heise mit brüchiger Stimme.

Das überraschte die anderen so sehr, dass einen Moment lang keiner etwas sagen konnte.

»Scheiße!«, entfuhr es dann Marquardt.

Heise berichtete in Kurzform von seinem schrecklichen Verdacht und wie er darauf gekommen war. »Und außerdem wurde sie seit Wochen von einem Unbekannten gestalkt. Aus diesem Grund hatte sie mich um Hilfe gebeten«, schloss er seine Erklärung.

Fritz Alt reagierte sofort: »Wir schicken auf der Stelle einen Streifenwagen zu ihr. Du hast die Adresse?«, wandte er sich an Heise, der nach kurzem Blättern in seinem Notizbuch die gewünschte Information gab.

»Mehr können wir im Moment nicht tun«, stellte Alt dann fest. »Wenden wir uns den üblichen Aufgaben zu!«

Aufgrund der abgelegenen Örtlichkeit hatten sich kaum Schaulustige eingefunden, die die Feuerwehr bei deren Arbeit beobachteten. Diese Personen zu fotografieren und die Kennzeichen der wenigen in der Nähe geparkten Autos zu notieren, bereitete den Beamten deutlich weniger Arbeit als bei den vorherigen Bränden.

Kaum zehn Minuten später erhielt Alt einen Anruf von der Besatzung des Streifenwagens. Man hatte Peggy Strothe nicht zu Hause angetroffen.

Kurz vor Sonnenaufgang am Sonntagmorgen kam Heise wieder in Xanten an. Judith befand sich noch im Bett und rief: »Da bist du ja endlich, komm ganz schnell zu mir!« Dann sah sie Heise in der Tür stehen und erschrak. Sein Gesicht wirkte seltsam verzerrt, was drückte es aus? Entsetzen, Trauer, Wut?

»Was ist passiert?«, lautete Judiths bange Frage.

»Peggy ist tot!«

Am Morgen um 10 Uhr traf man sich wieder im Büro von Fritz Alt zur Teamsitzung. Noch in der Nacht hatte Alt den Kriminaldirektor über den Brand informiert.

Fricke hatte am Telefon getobt, wie es der Hauptkommissar bei seinem Chef noch nie erlebt hatte. »Das musste ja früher oder später geschehen! Warum kriegen wir den Burschen nicht? Wie stehen wir da in der Öffentlichkeit? Es muss etwas passieren!«

Fricke hatte Alt personelle Unterstützung angeboten durch den kurzzeitigen Abzug von Kollegen und Kolleginnen aus anderen Dezernaten, aber Alt wollte im Augenblick noch darauf verzichten, hatte er doch in der Vergangenheit mit solch abgeordneten Kollegen nicht die besten Erfahrungen gemacht.

»Vor zwei Stunden konnten die Feuerwehrleute ebenso wie unsere Spurensicherung endlich das Gebäude, oder was davon noch übrig ist, betreten und ihre Arbeit tun. Die Leiche wurde inzwischen zur Untersuchung nach Krefeld gebracht.« Mit diesen Worten informierte Alt sein Team über den neuesten Stand. Das gerichtsmedizinische Institut im nahe gelegenen Emmerich war einige Jahre zuvor aus Kostengründen geschlossen worden. Seither fanden erforderliche Untersuchungen in der Pathologie in Krefeld statt, was leider in den meisten Fällen zu einer unerwünschten Verzögerung führte. Niemand war über diese Lösung glücklich.

»Das musste ja wirklich passieren, es war zu erwarten. Der Teufel sucht sich jedes Mal ein größeres Objekt für seine Taten aus«, begann Jens Marquardt.

»Und uns blieb absolut keine Chance, das zu verhindern!«, ergänzte Hinrichs.

»Trotzdem frage ich mich, was da schiefgelaufen ist«, merkte Alt an. »Bisher achtete der Feuerteufel bei allen Bränden offenbar darauf, dass keine Personen zu Schaden kommen.«

»Ganz einfach: Das Haus, größer als seine bisherigen Ziele und natürlich aus Holz, eignete sich hervorragend. Es war unbewohnt und abgelegen. Vermutlich hatte er keinerlei Ahnung, dass sich jemand darin aufhielt«, erklärte Marquardt.

»Aber dann frage ich mich, warum das Opfer nicht rechtzeitig aus dem Haus geflohen ist. Ich meine, so ein Feuer breitet sich auch in einem großen Holzhaus nicht innerhalb von wenigen Sekunden überall aus«, erklärte Hinrichs.

»Vielleicht klemmte die Tür«, merkte Marquardt an.

»Dann hätte die Frau bestimmt eines der Fenster eingeschlagen«, meinte Hinrichs.

Alt überlegte einen Moment, bevor er antwortete. »Sie lag augenscheinlich weder nahe der Tür noch bei einem Fenster, sondern in der Mitte des Raumes. Das führt mich zu einer ganz anderen Vermutung.«

Die anderen versuchten, dem Gedankengang ihres Chefs zu folgen. Oberkommissar Heise, der sich bisher noch überhaupt nicht an der Diskussion beteiligt hatte, antwortete als Erster: »Du willst sagen, sie war schon tot, bevor das Feuer ausbrach?«

»Es ist immerhin eine Möglichkeit, die wir keinesfalls außer Acht lassen dürfen«, bekräftigte Alt.

»Bei dieser Frage wird uns die Gerichtsmedizin helfen. Bleibt nur zu hoffen, sie brauchen in Krefeld nicht zu lange«, bemerkte Marquardt.

»Personalengpässe bestehen vermutlich auch bei denen. Außerdem ist heute Sonntag!«, meldete sich nun auch die Kriminalassistentin zu Wort.

»Aber wenn es so wäre, wie der Alte Fritz angedeutet hat, dann hätten wir es mit einem unglaublichen Zufall zu tun. Der Feuerteufel zündet ein Haus an, in dem eine Tote liegt, von der er nichts weiß«, erklärte Marquardt.

Alle blickten auf Heise, der bei der Erwähnung des Begriffs ›Zufall‹ normalerweise sofort aufbrauste, doch nun antwortete der Oberkommissar ganz ruhig: »Eben kein Zufall! Jemand begeht einen Mord und versucht, die Tat dem Feuerteufel unterzuschieben!«

Nach kurzer Pause antwortete Alt: »Das sind im Augenblick alles nur Spekulationen. Wir müssen auf die Ergebnisse aus Krefeld warten. Und bis dahin . . . «

Weiter kam er nicht, denn sein Handy meldete sich. Alt sah sofort, wer da anrief und fragte gespannt: »Habt ihr schon was, Klaus?« Dann hörte er zu, was der Chef der Spurensicherung berichtete und seine Miene verfinsterte sich. »Danke für die Info«, beendete er das Gespräch und blickte sein Team an.

»Die Spurensicherung hat in den Verbrennungsrückständen einen Autoschlüssel gefunden und der passt zu dem grünen Honda mit Berliner Kennzeichen. Auch andere Schlüssel waren dabei, vermutlich für Haus- und Wohnungstür.«

»Ich habe nichts anderes erwartet«, sagte Heise mit leiser Stimme.

Daraufhin schwiegen alle, bis Heise selbst überraschenderweise wieder das Wort ergriff: »Damit bin ich dann ja raus aus dem Fall, auch wenn ich Peggy Strothe nicht wirklich gut kannte.«

»Was wäre dir lieber: vom Fall abgezogen zu werden oder weiter mit uns daran zu arbeiten?«, kam Alts direkte Frage.

»Weiter machen!«

»Alles klar.«

»Wie weit sind wir eigentlich bei der Befragung der Feuerwehr nach kürzlich ausgeschiedenen Personen und den dazugehörigen Gründen?«, wandte sich Hinrichs an die Kriminalassistentin.

»Das gestaltet sich gar nicht so einfach, die betreffenden Personen auszumachen und auf ihren Arbeitsstellen zu kontaktieren«, antwortete Heike Buschkamp. »Es liegen noch immer nicht alle Daten vor. Bislang wurden uns acht Personen genannt, die in den vergangenen beiden Jahren vom Dienst ausgeschieden sind. Davon einer aus Altersgründen, einer ist weggezogen und die übrigen sechs konnten die Feuerwehrtätigkeit nicht mehr mit ihrem Beruf vereinbaren. Also niemand ist aus der Truppe ausgeschieden, weil es Probleme, Ärger oder dergleichen gab.«

»Arbeitsstelle? Beruf? Ich würde da auch weniger an die Freiwillige Feuerwehr denken, wir müssen in erster Linie die Berufsfeuerwehr unter die Lupe nehmen«, wandte Marquardt ein, dessen Gesicht bald darauf einen höchst verwunderten Ausdruck annahm, als Alt erklärte: »Der Brandschutz in Kleve ist komplett ehrenamtlich geregelt, es gibt also weder eine Berufsfeuerwehr, noch eine Freiwillige mit hauptamtlichen Kräften, sondern tatsächlich nur eine rein freiwillige Feuerwehr!«

»Wie ist das möglich?«, staunte Marquardt einmal mehr.

»Eigentlich gar nicht bei einer Stadt von rund 50000 Einwohnern«, antwortete Alt. »Aber die Bezirksregierung erteilt eine Ausnahmegenehmigung, sofern die Feuerwehr ihre Leistungsfähigkeit nachweisen kann!«

»Und diese wird regelmäßig überprüft«, ergänzte Hinrichs.

»Auf jeden Fall müssen wir mehr Druck ausüben. Wir benötigen alle verfügbaren Informationen. Schließlich ist kaum davon auszugehen, dass der Feuerteufel sich nach letzter Nacht zur Ruhe setzt«, forderte Heise und Marquardt ergänzte: »Da sollten wir wirklich nochmals ganz konkret nachfragen, auch nach Wehrleuten, die sich in letzter Zeit in irgendeiner Weise merkwürdig verhielten.«

»Machen wir uns also an die Arbeit«, forderte Alt und blickte zuerst die Kriminalassistentin an. »Heike, du wendest dich nochmals an die Feuerwehr. Dann kümmerst du dich um das Grundstück und das abgebrannte Haus. Wer ist der Eigentümer? Warum stand es leer und das Gelände verwilderte? Wer wohnte dort vorher? Was ist da vielleicht geplant? Und so weiter!«

»Wird gemacht!«

»Klaas und Jens, ihr fahrt bitte nochmal zum Ort des Geschehens und seht und hört euch dort um, versucht herauszufinden, ob den Nachbarn in den vergangenen Tagen vielleicht etwas Ungewöhnliches aufgefallen ist, ob sich jemand in dem Haus oder in seiner Nähe aufgehalten hat und so weiter.

»Wir sind schon unterwegs«, rief Hinrichs und stürmte mit dem Kollegen davon.

»Und du«, wandte sich Alt nun an Heise, »erzählst mir bitte alles, was du über Peggy Strothe weißt!«

Einige Stunden später traf man sich wieder zum Austausch der Ergebnisse. Alt blickte Heike Buschkamp an, die sogleich das Wort ergriff: »Also, das weiträumige Gelände war einmal ein privater Kleingartenverein. Der Besitzer, ein Herr Bruno Möhlendyck, wohnte in dem jetzt abgebrannten Haus. Nach dessen Tod vor etwa drei Jahren wollten oder konnten die Erben nichts mit dem Gelände anfangen und verkauften es sehr bald einer Firma namens Immo-Consult. Dahinter steckt Marco Bauermeister, ein bekannter Privatinvestor. Er zahlte einen sehr niedrigen Preis, die Erben waren sogar froh, überhaupt einige zehntausend Euro für das zurzeit wertlose Areal zu erhalten. Laut Flächennutzungsplan ist es das wirklich. Aber es könnte in naher Zukunft durch eine Planänderung als Bauland ausgewiesen werden und somit gewaltig im Wert ansteigen. Darauf dürfte Bauermeister von Anfang an spekuliert haben. Die Stadt steht ja bekanntlich vor der Herausforderung, ständig für neuen Wohnraum zu sorgen.«

»Ausgezeichnete Arbeit, Heike!«, lobte Alt und Hinrichs ergänzte: »Ich frage mich immer, wie du so schnell an die für uns relevanten Informationen kommst. Wahnsinn!«

Heike Buschkamp lächelte nur kurz und sagte: »Recherche-Routine, das ist alles.«

»Mit diesem Verein, genauer gesagt mit diesem Herrn Bauermeister, sollten wir gleich morgen Kontakt aufnehmen. Ich frage mich auch, ob der Brand nicht vielleicht mit diesen Bauplänen zusammenhängen könnte«, sinnierte Hinrichs.

»Worauf willst du hinaus?«, fragte Marquardt.

»Wenn auf dem Areal nach der Änderung des Flächennutzungsplans ein neues Wohngebiet entstehen soll, wäre das alte Holzhaus im Weg, überflüssig, müsste abgerissen werden, was nicht ohne Kosten ginge. Da wäre es viel einfacher, wenn das Gebäude sozusagen durch einen Brand verschwindet«, führte Hinrichs aus.

»Möglich«, räumte Alt ein, »aber auch die Beseitigung der Brandrückstände, der Ruine, ist mit Kosten verbunden. Auf jeden Fall werde ich Immo-Consult morgen einen Besuch abstatten.« Dann blickte Alt die Kollegen Hinrichs und Marquardt an.

Letzterer begann: »Viel haben unsere Befragungen am Tatort leider auch nicht ergeben. Durch den vielen Regen der letzten Wochen verbunden mit einigermaßen hohen Temperaturen konnte sich die Vegetation üppig entwickeln, so auch im Bereich um das abgebrannte Haus. Viel davon wurde als Folge des Löscheinsatzes der vergangenen Nacht niedergedrückt. Aber ein Nachbar – die nächsten wohnen etwa 100 Meter entfernt – erzählte uns, von der Stelle, wo die PKW parken bis zum Haus sei ständig eine Art Weg zu erkennen gewesen, mit plattgedrückter Vegetation, wie er es beschrieb. Die Eingangstür sei stets verschlossen gewesen, die Fenster hingegen – da war er sich absolut sicher - habe er manchmal mit heruntergezogenen Jalousien wahrgenommen, manchmal allerdings auch mit hochgezogenen. Sein Eindruck war, dass sich bisweilen jemand in dem Haus aufhielt. Konkrete Beweise für diese Annahme konnte er nicht nennen.«

»Das war alles?«, fragte Alt, der eine leichte Enttäuschung nicht verbergen konnte.

»Sozusagen«, übernahm Klaas Hinrichs. »Eine Nachbarin zur anderen Seite beklagte sich über den Zustand des Geländes. Es sei bis zum Tod des Herrn Möhlendyk eine so gepflegte Kleingartenanlage gewesen, der Besitzer habe die Nachbarn sogar regelmäßig zu Kaffee und Kuchen in sein Haus eingeladen. Und jetzt sei alles verwildert und auch noch das schöne Haus abgebrannt.«

»Hat die Nachbarin ebenfalls Besucher in dem Gebäude vermutet?«, wollte Alt wissen.

»Davon war nicht die Rede.«

»Tja, und über das mutmaßliche Opfer, Peggy Strothe, wissen wir leider auch nicht sehr viel«, stellte Alt missmutig fest. Holmes wurde von ihr kürzlich um Hilfe gebeten, weil sie von einem unbekannten Stalker belästigt wurde, vorwiegend telefonisch. Aber da existieren keine konkreten Spuren. Außerdem war sie, wenn ich das so sagen darf, sexbesessen!« Er blickte Heise an, der zustimmend nickte.

»Na so was!«, murmelte Hinrichs.

»Sie hat mir gegenüber bei dem Gespräch über den Stalker davon gesprochen, sie habe Dutzende Feinde, besser: Feindinnen, nämlich all die Frauen, denen sie den Mann ausgespannt hat«, berichtete Heise.

»Da könnte sich durchaus ein Tatmotiv auftun«, kommentierte Marquardt.

»Falls nicht doch der Feuerteufel am Werk war«, gab Hinrichs zu bedenken.

»Das werden wir alles morgen im Detail angehen. Machen wir Schluss für heute, es war schließlich ein langer Tag!«, entschied Fritz Alt.

Zu Hause wurde Oberkommissar Heise von Judith Ripkens sehnsüchtig erwartet. »Was ist los mit Peggy? Habt ihr was Neues herausgefunden?«, überfiel sie ihn, noch ehe er die Eingangstür hinter sich geschlossen hatte. Bei seiner kurzzeitigen Rückkehr am frühen Morgen hatte er sich zwar von Peggys Tod überzeugt gezeigt, aber gleichwohl einräumen müssen, dass der endgültige Beweis noch ausstehe.

»Nicht viel Neues«, antwortete er und sah seine Freundin an.» Aber man hat den Autoschlüssel zu ihrem Wagen in den Brandrückständen gefunden und auch andere Schlüssel, die zu ihrer Wohnung gehören könnten.«

Judith sagte nichts, ein paar Tränen kullerten über ihre Wangen.

»Es tut mir furchtbar leid, dass unser Wochenende diesen ebenso unvorhersehbaren wie schrecklichen Verlauf nahm«, sagte Heise, als er Judith in die Arme schloss. Dann fragte er besorgt: »Wann musst du eigentlich wieder los?«

»Normalerweise jetzt gleich, aber unter diesen Umständen möchte ich lieber noch bei dir bleiben. Ich habe mir drei Tage freigenommen!«, antwortete Judith mit dem Anflug eines Lächelns.

»Das freut mich, aber ich muss natürlich zum Dienst, wobei das für mich eine ungewohnte Situation darstellt. Da ich mit dem mutmaßlichen Opfer des Verbrechens – wenn auch nur flüchtig – bekannt war, müsste ich eigentlich von den weiteren Ermittlungen ausgeschlossen sein, aber mein Chef sieht das zum Glück anders. Ich muss aber ehrlich sagen: Viel weiß ich über Peggy wirklich nicht, außer den Dingen, die sie mir vor ein paar Tagen im Zusammenhang mit diesem Stalker berichtete.«

»Im Prinzip weiß ich auch nicht mehr über sie, ein Kontakt, der diese Bezeichnung verdient hätte, bestand weder vor 25 Jahren noch heute. Ich muss sogar leider zugeben, dass ich sie nicht besonders mochte!«

Heise antwortete nichts darauf und bemerkte Judiths nachdenklichen Blick. Schließlich sagte sie: »Mir kommt da eine Idee! Wie wäre es, wenn ich dich bei deiner Arbeit unterstütze?«

Heise reagierte verwundert. »Wie soll das geschehen?«

»Ich könnte beispielsweise bei den Mädels mal nachfragen, aus unserer Klasse zunächst. Die könnten mir dann vielleicht auch sagen, wer aus deren Klasse Peggy etwas näher kannte, etwas über sie weiß. Was denkst du?«

»Hm«, seufzte Heise nachdenklich. »Ich sehe nichts, was dagegensprechen würde. An unserem Jubiläumsabend selbst hast du nichts über Peggy gehört?«

»Witzbold! Wie sollte ich? Beim Essen saß ich leider zwischen Kai und Bodo. Der eine erzählte ständig irgendwelchen Blödsinn, der andere versuchte andauernd, einen Blick auf meine Titten zu erhaschen! Und bald danach wurde ich auf mein Zimmer abgeschleppt.« Sie lächelte ihn vieldeutig an.

»Wobei noch zu klären wäre, wer wen abschleppte«, gab Heise – ebenfalls lächelnd – zurück.

# FÜNFZEHN

Grau und trüb zeigte sich das Wetter auch zu Beginn der neuen Woche – ohne den geringsten Hauch von Frühsommer – und in ebensolcher Stimmung befand sich Oberkommissar Heise. Niemals zuvor während seiner Tätigkeit bei der Polizei hatte er sich mit dem gewalt-samen Tod einer ihm - wenn auch nur flüchtig – bekannten Person befassen müssen. Peggy Strothe, er musste ständig an sie denken, an das Gespräch, welches er nur wenige Tage zuvor mit ihr geführt hatte. War da – abgesehen von dem Stalker – von irgendeiner Gefahr die Rede gewesen, in der sie sich gefühlt hatte? Heise konnte sich an nichts erinnern, abgesehen natürlich von Peggys Aussage, sie habe zahlreiche Feindinnen: die Frauen, denen sie den Mann ausgespannt habe. Dies alles nachzuprüfen, überhaupt solche Frauen ausfindig zu machen – Heise seufzte: Das dürfte eine Menge Arbeit bedeuten.

Er wurde aus seinen Gedanken gerissen, als Judith etwas zu ihm gesagt hatte. »Entschuldigung, könntest du das bitte wiederholen, ich war nicht ganz auf Sendung«, murmelte er.

»Na klar! Ich sagte, ich nehme dann nachher meine Tätigkeit als Privatdetektivin oder deine Assistentin auf, was wäre dir lieber?« Judith blickte Heise gespannt an, schien ihre neue Aufgabe kaum erwarten zu können.

»Ist mir gleich, solange du mich da raushältst. Du darfst dich natürlich nicht als meine Assistentin oder Mitarbeiterin der Polizei ausgeben«, stellte Heise klar.

»Logisch!«

»Hast du dir schon überlegt, wie du vorgehen willst?«

»Nicht wirklich, aber ich denke, ich werde zuerst die Jutta anrufen und versuchen, mich mit ihr zu treffen. Sie war ja bei unserer Feier auch dabei.«

»Ist mir gar nicht aufgefallen.«

»Wo waren denn deine Augen?«

»Das weißt du ganz genau!«

»Oh, ja. Vielleicht erfahre ich von Jutta, mit wem sich Peggy bei der Feier länger unterhalten hat oder so. Den oder die Namen nenne ich dir und dann bist du dran, oder deine Kollegen«, erklärte Judith.

»Gut.«

»Da fällt mir übrigens noch was ein«, begann Judith wieder.

»Ich höre.«

»Am Morgen nach unserer Feier, erinnerst du dich?«

»Und ob«, erwiderte Heise lächelnd. »Ich erinnere mich an alles!«

»Das meine ich nicht. Als wir über den Parkplatz zu deinem Auto gingen, kam uns ein Wagen entgegen, in dem ich Peggy erkannte, auf dem Beifahrersitz, da bin ich mir nach wie vor sicher!«

»Ja, ich weiß. Du hättest zu gerne gewusst, wer neben Peggy am Steuer saß«, meinte Heise.

»Eben, und jetzt kommt dieser Frage eine ganz andere Bedeutung zu. Wer auch immer da am Lenkrad saß, derjenige hat höchstwahrscheinlich die Nacht mit Peggy verbracht und kann uns so Manches über sie berichten, meinst du nicht?«

Voller Bewunderung blickte Heise sie an. »Alle Achtung, Judith! Das hatte ich total vergessen. Wir haben ja das Kennzeichen. Auf diese Weise werden wir den Fahrer schnell herausfinden. Im kümmere mich im Präsidium darum!«

Nach kurzer Pause fügte er lächelnd hinzu: »Vielleicht solltest du als meine persönliche Mitarbeiterin in den Polizeidienst eintreten.«

Über Judiths Gesicht huschte ein verschmitztes Grinsen. »Vielleicht«, wiederholte sie. »Aus dem Nummernschild hattest du auf eine Leihwagenfirma geschlossen, nicht wahr?«

»Na ja«, gab Heise zu bedenken. »Da war ich wohl etwas voreilig. Alle Fahrzeuge der Firma Burak haben das Klever Kennzeichen ›AB‹, aber nicht alle KLE-AB-Nummernschilder gehören zu Auto Burak, so groß ist die Firma auch wieder nicht. Ich kläre das auf jeden Fall im Präsidium so bald wie möglich!«

»Da bin ich gespannt!«, erwiderte Judith.


Gerade als Klaas Hinrichs sich schnellen Schrittes auf den Weg zum Büro seines Chefs machte, wo in wenigen Minuten die morgendliche Teamsitzung beginnen würde, überraschte ihn die Kriminalassistentin. »Guten Morgen, Klaas! Nicht so schnell, da ist ein Besucher, der unbedingt entweder dich oder Holmes sprechen möchte. Sein Name ist Pauels.«

Hinrichs musste nicht lange überlegen. »Pauels, ach der! Ich wette, er möchte wissen, wie weit wir mit den Ermittlungen sind. Das ist der Katzenschützer, der nachts überfallen und seiner Fallen beraubt wurde.«

»Weiß ich!«, meinte Heike Buschkamp. »Aber er sagte, es sei sehr, sehr wichtig!«

Hinrichs seufzte kurz. »Also gut, ich hör mir mal

an, was er uns zu sagen hat. Ihr werdet bei der Besprechung bestimmt ein paar Minuten ohne mich auskommen. Besprechungsraum 2!«

In diesem empfing Hinrichs bald darauf seinen Besucher, der sofort nach der Begrüßung und der Bitte, Platz zu nehmen, loslegte: »Sie erinnern sich an mich, nicht wahr?«

Hinrichs nickte und Pauels redete weiter. »Ich habe der Polizei inzwischen die Arbeit abgenommen und den Angriff auf meine Person verbunden mit dem Raub der beiden Katzenfallen aufgeklärt! Was sagen Sie dazu?«

Klaas Hinrichs, selten um eine spontane Äußerung verlegen, musste tatsächlich erst einmal schlucken, bevor er vorsichtig nachfragte: »Habe ich Sie gerade richtig verstanden?«

»Das haben Sie! Ich weiß, wer mir da nachts so übel mitspielte.«

Hinrichs versuchte krampfhaft, seine Zweifel an dem eben Gehörten zu verbergen und forderte den Besucher auf zu erzählen.

»Ja, das war so: Mir wurden in der Nacht bei diesem Überfall zwei Fallen gestohlen, mit denen wir streunende Katzen fangen und danach unfruchtbar machen lassen. Aber das wissen Sie ja bereits.«

Hinrichs stöhnte unmerklich auf, der Mann hatte sich schon bei seinem ersten Besuch als äußerst redselig erwiesen.

»Was tut jemand, der sich angeblich dem Katzenschutz verschrieben hat, aber nicht begreifen will, wie wichtig die Sterilisation von Streunern und Freigängern ist, was tut so jemand mit zwei Katzenfallen?« Pauels machte eine kurze Pause, erwartete aber keine Antwort auf seine Frage, er gab sie gleich selbst: »Nichts! Dann habe ich mir überlegt: wohin mit Gegenständen, für die man absolut keine Verwendung hat, die aber immerhin einen gewissen Wert besitzen? Jede der Fallen hat etwa 85€ gekostet. Völlig klar, er versucht die Dinger zu verkaufen. Ich habe also tagelang sämtliche Verkaufsportale, ebay und etliche andere durchforstet, auf der Suche nach dort angebotenen Katzenfallen.«

Jetzt war Hinrichs´ Interesse geweckt, seine Zweifel an der eingangs des Gesprächs vernommenen Erfolgsmeldung schwanden.

»Ja?«, fragte er gespannt.

»Ich habe meine Suche natürlich auf den Bereich Niederrhein konzentriert und ich wurde fündig«, verkündete Herr Pauels mit unüberhörbarem Stolz in der Stimme. »Ein Anbieter aus Kleve stellt zwei derartige Fallen, die er als Marder- oder Iltisfallen bezeichnet, zum Verkauf, für 150€. Das halte ich nun wirklich für übertrieben, geht ja in die Richtung des Neuwerts. Ich habe hier die Nummer des Anbieters, ein Herr Saalfeld. Sie brauchen da also nur anzurufen, die Adresse zu erfragen, hinzufahren, die Fallen und den Typen zu greifen. Na, was sagen Sie?« Pauels blickte den Kommissar erwartungsvoll an.

Bei der Nennung des Namens Saalfeld hatte Hinrichs natürlich aufgemerkt, aber ganz so einfach wie Pauels es sich vorstellte, gestaltete sich die Angelegenheit nicht.

»Das haben Sie wirklich gut gemacht, Herr Pauels«, lobte Hinrichs den Besucher. »Aber leider gibt es da ein Problem. Auf Herrn Saalfeld sind wir bei unseren Nachforschungen auch schon gestoßen. Nur weist der für die Zeit des Angriffs auf Sie ein Alibi auf.«

»Was? Das Alibi ist natürlich getürkt. Das werden Sie bestimmt feststellen können. Der war's, ganz sicher!« Pauels schien außer sich vor Empörung. Nach kurzer Pause fügte er hinzu: »Nehmen Sie mich mit zu dem Typen. Ich bin mir sicher, ich werde ihn als einen von den beiden Angreifern wiedererkennen.«

Hinrichs versuchte ihn zu beruhigen. »Wir werden da sicher nochmals alles überprüfen, keine Sorge, und gegebenenfalls auf Ihren Vorschlag der Gegenüberstellung zurückkommen.«

Bald darauf bedankte sich Hinrichs bei seinem Besucher für die Hilfe und man verabschiedete sich. An der Tür wandte sich der Kommissar nochmals an Pauels. »Eine Frage noch: Tragen Sie Handschuhe, während Sie mit den Fallen unterwegs sind?«

»Nein.«

»Das ist gut! Danke sehr.«


»Klaas kommt ein paar Minuten später. Dieter Pauels wollte ihn unbedingt ganz dringend sprechen«, informierte Heike Buschkamp die anderen, als man sich im Büro von Fritz Alt zur morgendlichen Teamsitzung versammelt hatte.

»Pauels, der nachts von den Katzenfritzen überfallen wurde. Was will er?«, fragte Alt.

»Hat er nicht gesagt. Nur, dass es äußerst wichtig sei«, erklärte Heike.

»O.K.«, meinte Alt und berichtete zunächst von seiner wenige Minuten alten Besprechung mit dem Kriminaldirektor.

»Die Fliege ist natürlich immer noch entsetzt über das Geschehen der vergangenen Nacht. Die Besorgnis in der

Öffentlichkeit liegt ihm wieder einmal besonders am Herzen, was ja durchaus nachvollziehbar sein sollte. Er erwartet Ergebnisse von uns. Ich erklärte ihm zwar, dass wir erst am Beginn unserer Ermittlungen stehen, noch nicht einmal wissen, ob es sich um einen tragischen Unglücksfall oder ein Kapitalverbrechen handelt, aber das wischte er weg. Die Serie der Brandstiftungen laufe bereits seit mehreren Wochen und der Feuerteufel spiele mit uns immer noch Katz und Maus!«

»Womit die Fliege leider nicht unrecht hat«, unterbrach Marquardt.

»Ja, schon! Jedenfalls stockt Fricke unser Team kurzfristig um drei Beamte aus anderen Abteilungen auf. Dies möchte er auch als ein Signal an die Bevölkerung verstanden wissen.«

Alt blickte die anderen an, las in ihren Gesichtern keinesfalls Begeisterung. Er hatte nichts anderes erwartet.

»Hoffentlich sind da nicht wieder solche Luschen dabei wie beim letzten Mal!«, erklärte Marquardt missmutig. »Leute wie diesen Motzke können wir echt nicht gebrauchen.«

Damit spielte er auf Ralf Matzke an, der bei der letzten Morduntersuchung einige Monate zuvor zur Verstärkung dem K1-Team zugeordnet worden war und dann durch seine ständigen Nörgeleien und sein Besserwissertum seinem Spitznamen alle Ehre gemacht hatte.

»Der nicht! Das habe ich der Fliege unmissverständlich klargemacht. Fricke entspricht meinem Wunsch, schließlich kennt er den Burschen ja auch oder sollte ihn zumindest einschätzen können. Die Leute werden im Laufe des Nachmittags zu uns stoßen.« Nach kurzer Pause fuhr Alt fort: »Dann zu den Aufgaben des Tages!«

»Vorher habe ich noch eine Bitte an Heike«, meldete sich zur leichten Verwunderung der anderen Oberkommissar Heise zu Wort. »Am Morgen nach unserem Abi-Jubiläum sah ich Peggy Strothe vom Hotelparkplatz wegfahren, auf dem Beifahrersitz. Wer am Steuer saß, konnte ich nicht erkennen, aber – warum auch immer – ich merkte mir das Kennzeichen KLE-AB-17, vermutlich ein Fahrzeug von Auto-Burak. Würdest du das bitte nachprüfen, Heike. Wer das Fahrzeug am 12. und 13. April gemietet hat, dürfte ja herauszufinden sein. Und diese Person, höchstwahrscheinlich ein Mann, kann uns bestimmt etwas über Peggy Strothe erzählen, er hat ja garantiert die Nacht mit ihr verbracht.«

»Und warum hast du dich am Sonntagmorgen da auf dem Parkplatz aufgehalten?«, wollte Marquardt wissen.

»Warum wohl? Weil ich da in mein Auto gestiegen bin, um heimzufahren!«, erwiderte Heise leicht gereizt.

»Aha«, machte Marquardt nur.

Daraufhin ergriff Fritz Alt wieder das Wort. »Unsere Ermittlungen müssen sich auf zwei Schwerpunkte konzentrieren. Erstens endlich dem Feuerteufel auf die Spur zu kommen und zweitens so viel wie möglich über Peggy Strothe herauszufinden, vor allem natürlich, warum sie sich mitten in der Nacht in diesem abgelegenen Haus aufhielt. Außerdem . . . «

Weiter kam er nicht, denn nach kaum hörbarem Anklopfen flog die Tür auf, Klaas Hinrichs stürmte in den Raum und rief: »Good news, wie der Chinese sagt!«

Da die Kollegen diesen Spruch von Hinrichs bereits mehrfach gehört hatten, wussten sie, dass er ihn nur dann von sich gab, wenn es tatsächlich richtig gute Neuigkeiten gab.

»Also, der Überfall auf Pauels . . . «, begann Hinrichs, wurde dann aber abrupt von Fritz Alt unterbrochen. »Ja, ja, aber das muss warten, die Ermittlung zu dem Brandopfer genießt absoluten Vorrang!«

»Aber den Täter verhaften dürfen wir doch wohl!«, setzte Hinrichs nach und erzielte die erhoffte Wirkung.

»Wie? Der Täter ist ermittelt?«, fragte Alt ungläubig.

Daraufhin erzählte Hinrichs in Kurzform, was Pauels herausgefunden hatte und versetzte die Kollegen in Erstaunen.

»Dann gibst du dich telefonisch als potentieller Käufer der Fallen aus, fährst hin und bringst die Angelegenheit zum Abschluss! Nimm zwei Uniformierte mit, wir brauchen hier jeden Mann«, entschied Alt.

»Viel Erfolg!«, wünschte Marquardt.

»Dann also zur Aufgabenverteilung. Klaas weiß ja bereits Bescheid. Ich hoffe, die Aktion verläuft problemlos und wir können diesen Fall abschließen. Egal, ob es sich um Mord oder fahrlässige Tötung infolge von Brandstiftung handelt, wir müssen mehr über Peggy Strothe erfahren. Das übernehmen Holmes und Jens. Ihr solltet euch zunächst einmal in ihrer Wohnung umsehen, Nachbarn befragen, das Übliche eben. Ich selbst werde nachher Herrn Bauermeister bei Immo-Consult mal auf den Zahn fühlen, wie man so schön sagt.« Alt blickte sein Team fragend an: »O.K.?«

Heise räusperte sich kurz, bevor er antwortete: »Eine Sache sollten wir meines Erachtens nicht vergessen, obwohl ich nicht so genau weiß, wie wir es anpacken sollen.«

»Du sprichst in Rätseln, was genau meinst du?«, fragte Hinrichs.

»Peggy Strothes Mutter. Sie lebt irgendwo nahe Geldern und sollte informiert werden. Aber wie? Da liegt das Problem. Wir können ihr nicht den Tod ihrer Tochter beibringen, bevor wir nicht absolut sicher sind. Sie völlig ahnungslos zu lassen, bis sie möglicherweise von anderer Seite, etwa durch die Medien, informiert wird, das geht auch nicht!«

»Holmes hat völlig recht. Ich werde zuerst bei der Frau vorbeifahren und sie vorsichtig informieren, und zwar so, wie sich unser derzeitiger Wissensstand darstellt«, legte Alt dar und wandte sich an die Kriminalassistentin. »Heike, suchst du mir bitte die Adresse heraus!«

»Klar! Bin schon dabei!«, sagte sie und war schon an der Tür. »Und denk´ an Auto-Burak!«, rief Heise ihr hinterher.

»Was genau wissen wir eigentlich über Peggy Strothe?«, fragte Alt erneut und sah Heise an. »Du kennst sie von früher aus der Schulzeit und hast vor ein paar Tagen noch mit ihr gesprochen.«

»Also kennen ist wirklich zu viel gesagt, die Schulzeit liegt 25 Jahre zurück und sie war auch nur in der Parallelklasse. Über die Sache mit dem Stalker habe ich euch schon berichtet. Da werden wir bestimmt ein Stück weiterkommen, wenn endlich die Telekommunikationsdaten vorliegen.«

»Warum haben wir immer noch keine richterliche Erlaubnis zur Einsicht der Verbindungen bei Peggy Strothes Telekommunikationsanbieter?«, wollte Marquardt wissen.

»Ich fürchte, da ist Richter van Bühren zuständig, der gilt bekanntlich als Datenschutzfreak. Vermutlich will er abwarten, bis die Identität der Toten endgültig geklärt ist, bevor er grünes Licht gibt, und das kann noch dauern«, seufzte Alt.

»Manche Leute haben offensichtlich ihren Beruf verfehlt. Ist dem Typ auch klar, wie sehr er mit diesem Verhalten unsere Ermittlungen blockiert?«, fauchte Hinrichs.

»Die Verbindungsdaten benötigen wir ganz dringend, auch weil wir ihr Handy vermutlich abschreiben können«, setzte Marquardt hinzu.

»Tja, leider hat die Spusi in den Verbrennungsrückständen nahe der Leiche kein Handy gefunden. Selbst ein vom Feuer weitgehend zerstörtes Gerät hätte uns womöglich weiterhelfen können, man staunt immer wieder über unsere Spezialisten«, erklärte Alt.

»Das lässt eben nur die Vermutung zu, der Täter hat das Handy mitgenommen, um sicherzustellen, dass es uns nicht in die Hände fällt«, ergänzte Marquardt.

»Oder um auszuschließen, dass sie damit Hilfe herbeiruft«, meinte Heise.

»Dann also zurück zu Peggy Strothe, Holmes!«, sagte Alt.

»Wie bereits gesagt kannte ich sie nicht wirklich. Was ich aber sicher über sie weiß, ist . . . naja . . . ich weiß nicht, wie ich das sagen soll. . . «

»Raus damit, egal, was es ist«, forderte Hinrichs.

»Ich würde Peggy Strothe als sexbesessen bezeichnen, als eine Art Nymphomanin«, begann Heise.

»Wow!«

»Wie?«

»Habe ich richtig gehört?«

»Woher weißt du das?«

Die anderen redeten nahezu gleichzeitig drauf los.

»Das war schon vor über 25 Jahren in der Schule so, da

rühmte sie sich zum Beispiel, alle Jungs ihrer Klasse ›durch‹ zu haben, wie sie sagte. Und aus dem, was sie mir vor ein paar Tagen erzählte, war unschwer zu erschließen, dass sich bei ihr daran wenig geändert hat. Sie brauchte alle paar Wochen einen Neuen, völlig egal, ob der verheiratet war oder nicht. Ihre Worte!«, legte Heise dar.

Die anderen schwiegen staunend. Dann ergriff Marquardt das Wort: »Sie schläft also ein paar Tage oder Wochen lang mit einem Mann, der ihretwegen seine Frau verlassen will, die Ehe ist zerstört. Dann lässt sie den Mann fallen und wirft sich dem nächsten an den Hals, hinterlässt sozusagen verbrannte Erde, oder weniger prosaisch: sowohl einen Mann als auch eine Frau mit gewaltiger Wut auf sie. Und das ganze Spiel wiederholt sich immer wieder. Die Anzahl derjenigen, die sich liebend gern an ihr rächen würden, dürfte verdammt hoch sein.«

»Was unsere Arbeit ungemein erschwert«, ergänzte Alt.

»Aber bringt man deswegen gleich jemanden um? Fremdgehen ist heutzutage ziemlich weit verbreitet«, merkte Heise an.

»Wie dem auch sei, wir müssen noch mehr über die Frau herausfinden. Das volle Programm: Lebensumstände, Beruf, Verwandte, Freunde, Feinde, Arbeitsplatz, Nachbarn, Freizeitaktivitäten, Bankkonto und . . . «, forderte Alt, der sodann durch das Läuten seines Handys unterbrochen wurde.

»Ja . . . , verstehe . . ., oh . . ., hm . . ., ja, herzlichen Dank«, hörten die anderen ihn mit fragenden Blicken sagen.

»Das war die Pathologie aus Krefeld«, klärte Alt die Kollegen auf. »Die Kurzform, der ausführliche Obduktionsbericht folgt später, wie üblich. Die Todesursache ist das Feuer gewesen, aber sie lebte noch, als es ausbrach. Das beweisen winzige Rußpartikel in ihrer Lunge.«

»Ich bin jedes Mal sprachlos, was die Gerichtsmediziner alles herausfinden, wie in diesem Fall aus einer mehr als übel zugerichteten Leiche«, erklärte Marquardt.

»Wenn man bedenkt, dass sie die Knochen aufsägen müssen, um an Substanzen zu gelangen, mit denen eine DNA-Anaylse durchgeführt werden kann, nein, das wäre nichts für mich!«, sagte Hinrichs.

»Das war aber noch nicht alles«, redete Alt weiter. »Die Frau wurde offenbar vor Ausbruch des Feuers niedergeschlagen, worauf eine Verletzung am Kopf schließen lässt.«

Schweigen machte sich breit, alle waren damit beschäftigt, das Gehörte zu verarbeiten.

»Was genau bringen diese Infos für unsere Arbeit?«, meldete sich schließlich Jens Marquardt als Erster zu Wort.

»Drei mögliche Szenarien«, stellte Heise in gewohnt sachlich-nüchterner Manier fest.

»Welche?«

»Erstens, jemand schlägt die Frau nieder und legt dann das Feuer, um sie endgültig zu töten und den Brand dem Feuerteufel in die Schuhe zu schieben.«

»Sehr plausibel«, kommentierte Hinrichs.

»Zweitens, jemand schlägt die Frau nieder und rennt davon, weil er sie für tot hält. Später zündet der Feuerteufel das Haus an, ohne von der Frau zu wissen.«

»Weniger plausibel.«

»Drittens, die Frau stolpert in der Dunkelheit über irgendetwas, stürzt und schlägt mit dem Hinterkopf gegen einen Schrank zum Beispiel. Der Feuerteufel legt danach den Brand, ohne von der Frau zu wissen.«

»Noch weniger plausibel«, lautete diesmal Hinrichs' Kommentar.

»Ob plausibel oder nicht, wir können keine der Möglichkeiten ausschließen«, fasste Alt zusammen. »Aber die entscheidende Frage lautet nach wie vor: Warum hielt sich Peggy Strothe mitten in der Nacht in diesem abgelegenen Gebäude auf? Machen wir uns an die Arbeit!«

Auf dem Weg nach Kranenburg zu Peggy Strothes Wohnung meinte Heise: »Ein Telefonregister, in dem die Namen und Rufnummern der wichtigsten Personen – Verwandte, Freunde, Geschäftspartner, Arbeitskollegen, Handwerker und so weiter – alphabetisch aufgelistet sind, findet man heutzutage höchstens noch bei den über 70-Jährigen. Danach zu suchen können wir uns fast sparen. Die Frau wird alle für sie wichtigen Nummern in ihrem Handy gespeichert haben und das hat der Täter höchstwahrscheinlich aus dem Verkehr gezogen.«

»Aber die Verbindungsdaten werden uns bestimmt weiterhelfen. Hoffentlich bekommen wir bald endlich die richterliche Erlaubnis. Jetzt suchen wir erst einmal nach einem Tagebuch oder etwas Derartigem. Irgendwie müssen wir an die Namen und Adressen ihrer Liebhaber gelangen!«, sagte Marquardt.

Fritz Alt erreichte das Örtchen Kapellen an der Fleuth . In einer verkehrsberuhigten Nebenstraße fand er nach kurzer Suche sein Ziel. Das eingeschossige, weiß verklinkerte Haus wirkte beinahe verloren, umgeben von deutlich größeren und höheren Gebäuden. Außerdem sorgten etliche unterschiedlich hohe Sträucher in diversen Grüntönen im gepflegten Vorgarten dafür, dass das Häuschen von der Straße aus kaum wahrgenommen wurde. Den Blickfang bildete ein prächtig rotblühender Rhododendronbusch.

Nach mehrfachem Läuten wurde die Haustür an der straßenabgewandten Längsseite endlich geöffnet und eine etwa 70-jährige Frau mit finsterem, verhärteten Gesichtsausdruck erschien. Alt stellte sich vor und präsentierte seinen Dienstausweis. Die Frau sagte gar nichts, blickte Alt nur an, machte keinerlei Anstalten, ihren Besucher zu bitten, Platz zu nehmen. Alt war das nicht unrecht, er kam ohnehin lieber direkt zur Sache.

»Ich bringe leider keine guten Nachrichten«, begann der Hauptkommissar schließlich. Weiter kam er allerdings nicht, denn die Frau ergriff das Wort. »Meine Tochter ist tot, höchstwahrscheinlich tot«, sagte sie mit nahezu ausdrucksloser Stimme.

Fritz Alt traute seinen Ohren nicht, fühlte sich total überrumpelt. Was hatte die Frau da gesagt? Eine solche Situation, in der er als Überbringer der traurigen Nachricht zu spät kommt, hatte er niemals zuvor erlebt.

»Woher wissen Sie das?«, brachte er mit Mühe hervor.

»Da waren zwei Frauen, die es mir sagten«, berichtete Peggys Mutter. »Vor gar nicht allzu langer Zeit. Beinahe hätten Sie sie noch getroffen.«

Alt erinnerte sich vage. War ihm da nicht ein dunkler VW Golf mit zwei weiblichen Insassen entgegengekommen, gerade als er suchenden Blickes in die Straße einbog, in der Frau Strothe lebte?

Er sah die Frau an und wusste nicht, worüber er sich mehr wundern sollte. Wie scheinbar unbeteiligt sie mit der erst vor ganz kurzer Zeit erhaltenen Nachricht vom Tod ihrer Tochter umging oder wer die beiden Frauen sein mochten, die es ihr mitgeteilt hatten. Er hatte absolut keine Vermutung.

»Wer waren die beiden Frauen? Kannten Sie sie?«, fragte der Hauptkommissar gespannt.

»Die eine war wohl eine alte Klassenkameradin, so sagte sie jedenfalls, Pia. Ja, irgendwie kam die mir schon bekannt vor.«

»Pia! Und der Nachname?«

»Den weiß ich nicht mehr.«

»Und die andere Frau?«

»Die hat mir ihren Namen wohl auch genannt, Julia oder so, aber die kannte ich absolut nicht, war wohl in der Parallelklasse, wie Pia sagte.«

»Erwähnten die beiden Frauen, woher sie davon wussten?«

»Nein, ich glaube nicht.«

»Was haben sie sonst noch gesagt?«

»Weniger gesagt als gefragt!«

»Wie das?« Wieder hatte Frau Strothe den Beamten in Erstaunen versetzt.

»Sie fragten alles Mögliche über Peggy, wo sie lebte, wovon sie lebte, wann ich sie zuletzt gesehen hätte und so weiter.«

Alt kam nun aus dem Staunen überhaupt nicht mehr heraus. Das hörte sich fast nach einem polizeilichen Verhör an und woher wussten die Frauen von Peggys Schicksal? Alt kam zu keinem Ergebnis. Ärger stieg in ihm hoch.

»Leider muss ich Ihnen einige der Fragen erneut stellen«, wandte er sich schließlich an die Frau.

Zwanzig Minuten nachdem er sich von der alten Frau Strothe verabschiedet hatte, erreichte Alt das kleine Gewerbegebiet mit dem modernen Bürogebäude, in dem sich die Räumlichkeiten von Immo-Consult befanden. Das Firmengelände mit den zahlreichen Autos in unmittelbarer Nähe nahm er nicht wahr, zu sehr kreisten seine Gedanken immer noch um den Besuch bei der Mutter des mutmaßlichen Brandopfers. Es ärgerte ihn jedes Mal ganz besonders, wenn er für einen bestimmten Sachverhalt absolut keine logische Erklärung finden konnte, so wie das jetzt gerade der Fall war. Woher wussten die beiden Frauen so gut Bescheid?

Alt seufzte und betrat das Gebäude. Die Büros von Immo-Consult befanden sich auf der zweiten Etage. Er nahm die Treppe hinauf. Beim Eintritt in den Empfangsbereich fiel Alt auf, wie kalt und unpersönlich dieser auf ihn wirkte. Auch die Sekretärin, eine blondierte Endvierzigerin mit deutlich zu viel Make-up im Gesicht, passte haargenau zu diesem Bild. Anstelle einer Begrüßung brachte sie nur die zwei Worte ›Sie wünschen?‹ hervor, schien sich zu ärgern, bei ihrer Arbeit oder wobei auch immer gestört zu werden.

Alt reagierte in entsprechender Weise. »Den Chef sprechen, Herrn Bauermeister!«, sagte er und holte seinen Dienstausweis hervor, zeigte ihn der Frau. »Alt, Kripo Kleve«, fügte er hinzu.

»Es tut mir leid, Herr Bauermeister befindet sich außer Landes, er wird erst übermorgen wieder hier sein.« Die Sekretärin wirkte nun deutlich freundlicher und fragte:

»Worum handelt es sich?«

»Um das Grundstück an der Tannenstraße.«

»Dafür ist zurzeit unser Herr Gehrke zuständig, ich bringe Sie zu ihm!«

Nach wenigen Metern klopfte sie an eine Bürotür, wartete das ›Herein!‹ ab und bedeutete Alt einzutreten.

Der Hauptkommissar zuckte erneut zusammen, auch das Büro strahlte eine höchst unangenehme, kalte Atmosphäre aus. Kein Bild, kein Nippes, keine Blume, nichts, nur kahle, weiße Wände.

Der etwa 40-jährige mittelgroße Mann mit kurzen dunkelblonden Haaren und einem freundlichen Gesicht erhob sich von seinem Schreibtischstuhl, schüttelte Alt die Hand und bat ihn, in der Sitzecke Platz zu nehmen.

Nachdem Alt sich vorgestellt hatte, wandte er sich an sein Gegenüber: »Sie haben sicherlich mitbekommen, was in der Nacht zu Sonntag geschehen ist.«

»Ja, furchtbar!«, erwiderte der Mann.

»Ihre Sekretärin meinte, Sie sind für das Grundstück zuständig. Was genau darf ich mir darunter vorstellen?«

»Ganz einfach, ich bin alle paar Wochen da und sehe nach dem Rechten, fahre die Jalousien hoch, öffne die Fenster, schaue, ob sonst alles in Ordnung ist und so weiter.«

Alt wunderte sich. »Ist das wirklich nötig, da das Haus ohnehin in nicht allzu ferner Zukunft nach der erhofften Planänderung einem Neubauprojekt weichen sollte?«

Der Mann winkte ab. »Nein, nein, das schöne alte Holzhaus sollte erhalten bleiben, sogar noch aufgehübscht werden als Mittelpunkt der neuen Bebauung. Wie unser Architekt es ausdrückt, soll das ganze Ensemble einen harmonischen Kontrast darstellen.«

Alt blickte leicht irritiert. Harmonischer Kontrast, diese eigentlich widersinnige Wortschöpfung war ihm noch nie untergekommen. »Daraus wird nun nichts mehr«, stellte er fest.

»Leider!«

»Wann waren Sie zum letzten Mal dort?«, wollte Alt wissen.

»Vor etwa zwei Wochen.«

»Ist Ihnen dabei oder auch zu anderen Terminen irgendetwas Ungewöhnliches aufgefallen, haben sich dort Personen aufgehalten, die Ihnen merkwürdig vorkamen?«, fragte Alt nach.

Der Mann überlegte nur kurz. »Nein, da war nichts, ich habe da nie jemanden getroffen«, erklärte er dann.

Daraufhin bedankte sich Alt für die Auskünfte und wandte sich zur Tür. Beim Hinausgehen konnte er es sich allerdings nicht verkneifen zu fragen: »Kommt Ihnen das hier nicht auch furchtbar steril vor, fast wie im Krankenhaus? Keine Pflanzen, Bilder oder dergleichen, nur weiße Wände!«

»Unser Chef ist der Auffassung, solche Dinge seien überflüssig, würden nur von der Arbeit ablenken«, kam als Antwort. Kopfschüttelnd verabschiedete sich der Hauptkommissar.

Zurück im Auto kamen ihm sofort wieder Peggy Strothes Mutter sowie ihre mysteriösen Besucherinnen in den Sinn und er ärgerte sich erneut, weil ihm immer noch keine auch nur halbwegs plausible Erklärung zur Identität der beiden Frauen einfallen wollte.

Im Präsidium, im K1-Bereich des Großraumbüros fand Alt bei seiner Rückkehr nur Klaas Hinrichs vor, der missmutig beobachtete, wie Schreibtische, Stühle und Rechner mit Monitoren herbeigeschafft, Leitungen verlegt, die vorübergehenden Arbeitsplätze der drei zum K1 abgeordneten Kollegen eingerichtet wurden.

»Ich habe bei Saalfeld angerufen und mich als potentieller Käufer der angebotenen Katzen- oder Marderfallen ausgegeben. Axel Saalfeld wird erst nach 16 Uhr wieder zu Hause erwartet, dann fahre ich hin«, berichtete Hinrichs, aber Alt hörte kaum richtig zu. Er sah den Kollegen an und sagte: »Bei Immo-Consult kam nichts Brauchbares heraus. Aber vorher, bei Peggy Strothes Mutter, da glaubte ich nicht richtig zu hören.« Dann erzählte er seinem Kollegen und auch der Kriminalassistentin von dem höchst rätselhaften Besuch der zwei Frauen. Beide reagierten ebenso ratlos wie der Hauptkommissar. Heike Buschkamp fragte: »Wer außer uns hier im K1 wusste von der vermutlichen Identität der Toten?«

»Niemand!«, antwortete Alt mit Bestimmtheit.

»Natürlich wussten es auch Cuypers und seine Leute oder konnten es sich zumindest zusammenreimen. Sie sollten ja in Peggy Strothes Wohnung DNA-verwertbare Substanzen wie zum Beispiel Haare sicherstellen, damit diese mit denen der Leiche verglichen werden können. Bei einer Übereinstimmung läge dann der finale Beweis vor«, meinte Hinrichs.

»Also einer von uns oder jemand von Cuypers´ Leuten«, fasste Alt zusammen. »Ich werde sofort nach oben gehen und Cuypers um Hilfe bitten. Er soll seine Mitarbeiter gezielt befragen!«

Kurz nachdem Fritz Alt das Großraumbüro verlassen hatte, stand plötzlich eine junge, ausnehmend hübsche Frau mit Traumfigur und auffallend roten, eher kurzen

Haaren im Raum. Hinrichs fragte sich, ob die Haare echt oder gefärbt sein mochten. Die Frau lächelte ihn an, was er zwar nett fand, sprach sie aber trotzdem in recht unfreundlichem Ton an: »Junge Frau, ich weiß zwar nicht, wie Sie hier hereingekommen sind, aber das ist der Arbeitsbereich des K1. Besucher sind hier fehl am Platze!«

Die Frau lächelte weiter, streckte dem Kommissar die Hand entgegen und sagte: »Nina Schepers, Kommissarsanwärterin, ich soll hier aushelfen, Herr Alt hat mich hereingelassen.«

Jetzt musste auch Klaas Hinrichs lächeln. »Sorry, das wusste ich nicht! Willkommen, ich bin Klaas Hinrichs und das da drüben ist unsere Kriminalassistentin, Heike Buschkamp«, erklärte Hinrichs in deren Richtung zeigend.

»O.K., dann können wir loslegen. Was soll ich zuerst tun?«, fragte die junge Frau und sowohl Klaas Hinrichs als auch Heike Buschkamp reagierten verblüfft über den Arbeitseifer der neuen Mitarbeiterin.

»Im Moment noch nichts Konkretes. Machen Sie sich zuerst einmal mit den Räumlichkeiten vertraut. Ich denke, Sie nehmen diesen Arbeitsplatz«, sagte Hinrichs und zeigte auf einen der zusätzlich bereitgestellten Schreibtische, auf dem die Techniker vor wenigen Minuten die erforderlichen Gerätschaften angeschlossen hatten.

Am frühen Nachmittag waren auch Heise und Marquardt wieder im Präsidium eingetroffen und Fritz Alt bat sein gesamtes Team in sein Büro. Er berichtete nochmals von seinem Besuch bei Peggy Strothes Mutter und blickte dann ganz ernst in die Runde. »Cuypers war heute früh mit zwei Mitarbeitern in der Wohnung. Die beiden erklärten hoch und heilig, wie man so sagt, sie hätten keinerlei Informationen weitergegeben, noch nicht einmal darauf geachtet, wer da wohne.«

Nach kurzer Pause fuhr er fort: »Demnach kommt nur einer von uns in Frage. Ich möchte also jetzt von jedem Einzelnen wissen: Habt ihr die vermutliche Identität des Brandopfers weitergegeben und wenn ja, an wen?«

Die anderen tauschten verblüffte Blicke aus, keiner sagte etwas.

»Fangen wir mit Klaas an! Hast du irgendwem diese Info weitergegeben, deiner Frau vielleicht?«, fragte Alt.

»Das ist jetzt aber nicht dein Ernst!«, reagierte Hinrichs lautstark entrüstet.

»Würdest du bitte meine Frage beantworten?«, setzte Alt mit ungewohnter Schärfe nach.

»Nein, verdammt nochmal! Nichts habe ich erzählt, niemandem!«, wetterte Hinrichs.

Oberkommissar Heise, der zunächst geglaubt hatte, diese unangenehme Befragung einfach aussitzen zu können, musste den Gedanken schnell verwerfen. Ihm war natürlich sofort klar gewesen, um wen es sich bei einer der beiden Frauen, die Frau Strothe besucht hatten, gehandelt haben musste: Judith!

»Natürlich hat Klaas zu keiner Person etwas über die Identität des Brandopfers gesagt«, erklärte Heise mit solcher Bestimmtheit, dass die anderen ihn verwundert ansahen.

»Wie meinst du das?«, fragte Alt. »Du willst aber nicht sagen . . . «

Weiter kam er nicht, denn Heise unterbrach ihn abrupt.

»Genau das will ich sagen! Ich habe meiner Freundin Judith, die mich am Wochenende besuchte, erzählt, es handele sich bei dem Brandopfer höchstwahrscheinlich um Peggy Strothe, unsere gemeinsame Bekannte aus der Parallelklasse.«

Alle schwiegen zunächst, wobei Heises Erwähnung ›seiner‹, nicht ›einer‹ Freundin für mehr Erstaunen sorgte als die Tatsache, dass er ihr von Peggys wahrscheinlichem Tod berichtet hatte.

»Das mit deiner Freundin Judith solltest du uns später mal in allen Einzelheiten erzählen!«, versuchte Hinrichs mit einem breiten Grinsen die Stimmung wieder etwas aufzuhellen.

Aber Fritz Alt war keineswegs zum Scherzen zumute. »Würdest du uns bitte erklären, wie diese Judith dazu kommt, Peggy Strothes Mutter aufzusuchen, ihr die Nachricht vom Tod ihrer Tochter zu überbringen und darüber hinaus noch etliche Fragen zu stellen?«, wandte sich der Hauptkommissar in immer noch harschem Tonfall an Heise.

»Das weiß ich leider auch nicht genau. Wir hatten nur geplant, dass Judith bei unseren und natürlich bei Peggys ehemaligen Klassenkameraden etwas über sie herauszufinden versucht.«

»Das geht gar nicht! Du kannst nicht irgendjemand die Arbeit der Polizei machen lassen«, polterte Alt, der sich immer noch nicht beruhigte. Dann blickte er Heise direkt an und sagte: »Du bist raus aus dem Fall! Ich untersage dir hiermit ausdrücklich jede weitere Ermittlung diesbezüglich. Und was deine Freundin anbetrifft, . . . mehr muss ich dazu wohl nicht sagen!«

»Alles klar, verstanden!«, erwiderte Heise kleinlaut.

»Stattdessen wirst du gegen 16.30 Uhr mit zwei Uniformierten zu Axel Saalfeld fahren, dich als derjenige ausgeben, der heute Vormittag wegen der Katzenfallen angerufen hat, und die Angelegenheit zum Abschluss bringen!«, legte Alt dar.

»Wird gemacht!«

Als Heise keinerlei Anstalten machte, sich zu erheben, sprach Alt ihn erneut an: »Du kannst dich schon auf den Weg machen!«

Daraufhin verließ Heise wortlos den Raum.

Nach kurzem Schweigen fragte Heike Buschkamp zaghaft: »War das nicht etwas zu hart?«

»Ich denke nicht«, entgegnete Alt. »Ich hätte ihn eigentlich von dem Moment an von diesem Fall abziehen müssen, als ich hörte, dass er die Frau kannte.«

»Also, ich finde dein Verhalten schlichtweg überzogen!«, sagte Hinrichs an Alt gewandt und Marquardt stimmte ihm spontan zu.

»Wenn ihr das so seht! Aber ich trage die Verantwortung für alles hier und möchte auf keinen Fall erleben, dass uns nachher die Ermittlungsergebnisse um die Ohren gehauen werden, nur weil ein findiger Anwalt Holmes´ Bekanntschaft zum Opfer der Tat herausgefunden hat.«

»Ja, die lieben Rechtsverdreher! Ich kann mir beim besten Willen nicht vorstellen, als Anwalt ein möglichst mildes Urteil oder gar einen Freispruch für einen miesen Typen erreichen zu wollen, dessen Täterschaft mir völlig klar ist!«, ereiferte sich Hinrichs.

»Da stimme ich dir voll und ganz zu!«, bekräftigte Marquardt.

Alt ging nicht auf die Äußerungen der Kollegen ein und erklärte stattdessen: »Wir werden uns jetzt alle zusammensetzen, wir und die drei zusätzlichen Kollegen, um sie einzuweisen, uns alle auf einen gemeinsamen Kenntnisstand zu bringen und das weitere Vorgehen zu koordinieren.«

»Eine von den dreien ist übrigens eine sehr attraktive junge Frau, eine Kommissarsanwärterin«, stellte Hinrichs fest.

»Ich weiß, Frau Schepers. Die Fliege hält sehr viel von ihr«, erwiderte Alt.

»Dann hoffen wir, das bezieht sich ausschließlich auf den beruflichen Bereich!«, antwortete Hinrichs grinsend.

Siegfried Heise erreichte kurz vor 17 Uhr das Haus der Familie Saalfeld. Axel Saalfeld öffnete die Tür.

»Guten Tag, ich komme wegen der Fallen. Ich hatte mit Ihrem Vater telefoniert«, begann Heise.

»Ja genau, die Teile lagern in der Garage, kommen Sie bitte mit!« Der junge Mann wirkte auf Heise so nett und freundlich, dass er sich ihn kaum als brutalen Schläger vorstellen konnte. Aber in seinem beruflichen Leben hatte Heise allzu oft festgestellt, wie schnell man sich in einem Menschen täuschen kann.

Die Garage erwies sich als Sperrmülllager, so kam es dem Kommissar vor. Alle möglichen Gerätschaften lagen kunterbunt durcheinander, offensichtlich ohne jedwedes Ordnungsprinzip. Autoreifen, Schrankteile, Balkonstühle, Werkzeuge, alle möglichen Kisten, Pflanzkübel, ein großes Fass und vieles mehr.

»Hier sind sie!«, sagte Axel Saalfeld, der aus dem Gerümpel zielsicher die beiden Fallen herausfischte.

»Ja, genau solche brauche ich«, entgegnete Heise und fragte: »Warum wollen Sie die Dinger eigentlich loswerden?«

»Ach ja, wir hatten hier ein Problem mit Mardern, aber dank der Fallen ist das jetzt gelöst, sodass die Teile für uns nicht mehr nötig sind.«

»Aber 150€ für die beiden Fallen halte ich ehrlich gesagt für zu viel, viel zu viel«, stellte Heise klar, doch der junge Mann zuckte nur mit den Schultern.

Da nahm der Kommissar plötzlich die Fallen an sich und sagte zu dem entgeistert dreinblickenden jungen Mann: »Sie bekommen keinen Cent! Ich nehme die Fallen mit und Sie ebenfalls!«

Wie aus dem Nichts tauchten plötzlich zwei uniformierte Polizisten auf und legten Saalfeld Handschellen an.

»Wie? . . . Was?. . . «, stammelte dieser und schien nicht zu begreifen, was da vor sich ging.

»Ach ja, mein Name ist Heise, Kripo Kleve«, wandte sich der Kommissar an Saalfeld und präsentierte seinen Dienstausweis. »Sie begleiten uns jetzt zum Präsidium. Der Überfall auf den Tierschützer vom 13. dieses Monats, Sie wissen ja!«

Saalfeld schien sich erstaunlich schnell gefangen zu haben, denn er rief: »Da liegt ein Missverständnis vor, an dem Abend war ich mit Kumpels unterwegs. Die können das bestätigen!«

»Zu einem Meineid vor Gericht werden Sie die aber hoffentlich nicht verleiten wollen«, meinte Hinrichs. »Unsere Spezialisten werden an den Fallen mit Sicherheit Fingerabdrücke des rechtmäßigen Besitzers feststellen. Damit sind Sie dann geliefert. Ein Geständnis wäre jetzt wirklich das Beste für Sie, könnte strafmildernd wirken.«

»Aber . . . «, begann Saalfeld, wurde aber direkt unterbrochen, als Heise ergänzte: »Wir können Sie auch Herrn

Pauels gegenüberstellen, dem Mann, den Sie und Ihr Komplize in besagter Nacht überfallen haben. Ich bin mir absolut sicher, er wird Sie wiedererkennen! Denken Sie auf der Fahrt zum Präsidium darüber nach!«

Kaum hatte Siegfried Heise die Wohnungstür auch nur einen Spalt weit geöffnet, da rief Judith Ripkens mit strahlendem Gesicht: »Da bist du ja endlich. Ich war sehr erfolgreich, du wirst staunen!«

Sie stürmte auf ihn zu, um ihn zu küssen, hielt aber plötzlich inne, als sie seinen äußerst übellaunigen Gesichtsausdruck bemerkte.

»Was ist los?«, fragte sie erstaunt.

»Nicht viel! Nur, dass ich vom Fall Peggy suspendiert bin, von den weiteren Ermittlungen ausgeschlossen!«, antwortete Heise in unfreundlichem Ton.

»Wie? Das geht doch nicht! Warum nur?« Judith wirkte einen Moment lang ratlos, bis Heise sie scharf ansah und meinte: »Denk´ mal scharf nach, dann kommst du bestimmt drauf!«

»Der Besuch bei Peggys Mutter! Ich wusste gleich: Das war ein Fehler.«

»Und was für einer! Nur wenige Minuten nach euch kam mein Chef zu Frau Strothe, um sie zu informieren. Ein Glück, dass ihr ihm nicht über den Weg gelaufen seid. Dann hätte es aber so richtig Stunk gegeben. Jedenfalls war er auch so stocksauer, als er hörte, zwei Frauen hätten Peggys Mutter kurz zuvor besucht, ihr vom wahrscheinlichen Tod der Tochter berichtet und außerdem noch jede Menge Fragen gestellt«, erklärte Heise mit säuerlicher Miene.

»Mist!«, konnte Judith nur entgegnen.

»Daraufhin befragte mein Chef jeden von uns, ob er Informationen über Peggy an irgendjemanden weitergegeben habe. Es kamen ja nur vier Personen in Frage. Da blieb mir nichts anderes übrig als von dir und deinen Nachforschungen zu erzählen!« Heise machte eine Pause, blickte Judith an und fuhr fort: »Und damit war ich auf einmal raus aus dem Fall, wurde stattdessen losgeschickt, um den Mann zu verhaften, der letzte Woche mit einem Komplizen den Katzenschützer attackierte und die Fallen raubte.«

»Und? Wie ist es gelaufen?«, fragte Judith gespannt.

Heise erzählte es ihr in Kurzform und Judith erwiderte erfreut: »Damit ist wenigstens dieser Fall abgeschlossen!«

»Ja, schon, aber die Attacke auf Reubling bleibt weiterhin ungeklärt, dafür kommen die beiden Typen nicht in Frage«, setzte Heise hinzu. Im Präsidium war Axel Saalfeld nämlich erstaunlich schnell eingeknickt, hatte den Namen des Mittäters genannt, aber vehement abgestritten, etwas mit dem anderen Überfall, den auf Reubling, zu tun zu haben.

»Du warst also nicht dabei, als dein Chef berichtete, was Frau Strothe über ihre Tochter erzählte«, stellte Judith fest.

»Nein!«

»Siehst du, das macht gar nichts, immerhin kann ich dich jetzt darüber informieren«, meinte Judith.

»Erzähl' mir lieber zuerst einmal, wie es zu der aberwitzigen Idee kam, die alte Frau aufzusuchen«, forderte Heise.

»Also, ich hab' zuerst die Jutta angerufen. Der hab' ich gesagt, ich sei an dem Abend gar nicht dazu gekommen, etwas Neues von Peggy zu erfahren, ob sie wüsste, mit wem Peggy sich vielleicht intensiver unterhalten habe. Sie nannte mir die Pia, Pia Groothus. Ich erinnerte mich, dass Peggy und Pia auch damals schon viel zusammen waren. Jutta erzählte mir dann, wo Pia arbeitet, nämlich in einem Anwaltsbüro. Ich rief da an, fragte, ob Pia kurz Zeit für mich hätte, es sei wegen Peggy, dann trafen wir uns im Café Biesenbach. Ich begann wieder mit der gleichen Taktik, sagte, ich hätte an dem Abend gar nichts Neues über Peggy erfahren. Daraufhin grinste Pia und meinte, das sei kein Wunder, ich sei ja sehr früh von der Bildfläche verschwunden.«

»So, so!«, grinste Heise.

»Ja und dann habe ich mich blöd verhalten«, fuhr Judith fort. »Auf Pias mehrfaches Nachfragen, warum ich unbedingt jetzt, etliche Tage später, etwas über Peggy erfahren wolle, konnte ich die Wahrheit nicht mehr zurückhalten und erwähnte Peggys wahrscheinlichen Tod. Pia reagierte total geschockt, das kannst du dir vorstellen.«

»Das war tatsächlich blöd«, kommentierte Heise.

»Jedenfalls war Pia danach nicht mehr zu bremsen. Da ich ahnte, dass die Polizei die Mutter noch nicht aufgesucht hatte, fuhr sie mit mir hin. Den Rest kennst du!«

»Bis auf das, was Frau Strothe über ihre Tochter sagte«, bemerkte Heise mit leichter Ungeduld. »Zum Beispiel über das Verhältnis zu ihrer Tochter.«

»Ein solches existierte bereits seit Jahren nicht mehr, die beiden hatten sich nie besonders gut verstanden, jetzt aber schon etliche Jahre nicht mehr gesehen, nicht einmal miteinander telefoniert. Funkstille, einfach so, ohne besonderen Grund«, fasste Judith zusammen und Heise staunte.

»Wie ist das möglich?«, fragte er.

»So wie Pia es erzählte, konnte sich Frau Strothe nicht mit dem . . . unsittlichen Lebenswandel ihrer Tochter abfinden und griff sie diesbezüglich immer wieder an. Peggys Mutter hat ihren Mann nach dessen unzähligen Affären schließlich rausgeworfen und dann feststellen müssen, wie sehr Peggy in dieser bestimmten Hinsicht sein Erbe antrat. Die alte Frau wusste nicht einmal, dass ihre Tochter seit einigen Monaten wieder in der Nähe gewohnt hatte, in Kranenburg.

»Das klingt alles ganz schön bitter, bringt uns aber keinen Schritt weiter«, stellte Heise mit säuerlicher Miene fest. »Und dafür bin ich jetzt raus aus dem Fall!«

»Was Pia mir noch erzählte über jenen Abend klingt jedenfalls eher interessant«, setzte Judith wieder an. »Pia hatte den Eindruck, Peggy habe ziemlich down, ja geradezu depressiv auf sie gewirkt.«

»Das war auch mein Eindruck bei unserem Gespräch«, fügte Heise ein, bevor Judith weitersprach: »Ein Leben mit gut verdienendem Ehemann, zwei Kindern und einem Hund in einem schmucken Einfamilienhaus und zwei oder drei Urlaubsreisen im Jahr, die Vorstellung empfand Peggy immer schon als gruselig, ja geradezu abstoßend. Aber an jenem Abend äußerte sie sich Pia gegenüber dergestalt, ihr ganzes Leben sei ein einziger Mist, ohne Familie, ohne Beruf, ohne Heimat. Sie habe sogar einmal richtig Scheiße gebaut und noch nicht den Mut aufgebracht, die Sache aus der Welt zu schaffen. Pia fragte natürlich nach, aber Peggy wollte nichts weiter dazu sagen. Als einzig Positives in ihrem Leben bezeichnete sie den Sex, aber auch der würde im höheren Alter wahrscheinlich seinen Reiz verlieren.«

»Puh!«, meinte Heise. »Da würde ich als Psychologe eine deutliche Suizidgefahr sehen, aber die Idee können wir nach Lage der Dinge sicherlich ausschließen.«

»Das denke ich auch«, stimmte Judith zu.

»War das jetzt alles?«, fragte Heise und Judith strahlte ihn plötzlich wieder an. »Das Beste kommt zum Schluss, so sagt man doch. Also Pia war sich ziemlich sicher . . . «

Das Klingeln von Heises Handy unterbrach sie. Es war Klaas Hinrichs. »Ich wollte dir nur sagen, dass wir – Jens, Heike und ich – es echt nicht gut fanden, wie der Alte Fritz dich heute behandelt hat. Das haben wir ihm übrigens auch deutlich gesagt. Wir werden dich auf jeden Fall weiterhin auf dem Laufenden halten, obwohl du offiziell aus der Sache raus bist.«

»Das ist wirklich nett von euch, danke!«, erwiderte Heise.

»Dann kann ich dich auch gleich informieren, was Heike über das Nummernschild herausgefunden hat. Es gehört tatsächlich zu einem Fahrzeug von Auto Burak, da hattest du recht. Aber leider ist der Wagen mit dem Kennzeichen KLE-AB-17 am 12. und 13. April nicht vermietet gewesen.«

Heise war völlig baff. »Das kann nicht sein! Ich habe das Auto mit dem Kennzeichen ganz deutlich gesehen, Judith übrigens auch.«

»Sie war also am Sonntagmorgen auch auf dem Parkplatz. So so, verstehe!« Heise konnte den Kollegen am anderen Ende der Leitung geradezu grinsen sehen. »Irgendetwas stimmt da nicht!«, erklärte er dann mit Bestimmtheit.

»Jedenfalls hat Heike mehrfach nachgefragt. Der Wagen war an dem besagten Wochenende nicht vermietet.«

»Auf jeden Fall vielen Dank für die Info, Klaas!«

»Gern geschehen!«

Judith, die natürlich das Gespräch mitverfolgt hatte, runzelte die Stirn. »Das sieht für mich so aus, als ob wir uns die falsche Nummer gemerkt hätten. Warum sollten die bei der Leihwagenfirma etwas Falsches sagen?«

Heise antwortet nichts, sodass Judith fortfuhr: »Es könnte zum Beispiel durch eine Verschmutzung des Nummernschildes wie ›AB‹ ausgesehen haben, war aber in Wirklichkeit ›AP‹.«

»Ich weiß nicht. Ich bin mir eigentlich immer noch sicher, ›AB‹ gelesen zu haben. Ist ja auch egal, die Spur ist jedenfalls tot«, bedauerte Heise.

»Aber du könntest zur Sicherheit morgen das Kennzeichen KLE-AP-17 checken«, insistierte Judith

»Ich bin aus dem Fall raus, schon vergessen?«

»Dann bitte einen Kollegen. Wenn ich das eben richtig verstanden habe, wollen die dir helfen!«, setzte Judith nach, aber Heise winkte ab. »Und was war jetzt das Beste am Schluss?«, fragte er ohne große Erwartung.

»Ach ja, Pia war sich ziemlich sicher, mit wem Peggy bei unserem Treffen die Nacht verbracht hat«, verkündete Judith.

»Wie bitte? Und das erzählst du mir nicht direkt?«, fauchte Heise. »Wer?«

»Ich wette, du errätst es nicht!«

»Los, sag schon!«

»Kai!«

»Wie? Unser Klassenclown Kai? Das kann nicht wahr sein!«

»Ist es aber. Anfangs heftiges Knutschen, dann sind beide gemeinsam abgezogen, sagt Pia. Und damit steht auch fest, wer an dem Morgen neben Peggy in dem Wagen saß, egal ob Auto Burak oder nicht!«

»Vermutlich hast du recht«, meinte Heise. »Aber irgendwie möchte ich das mit dem Nummernschild geklärt haben!«

»Was habt ihr eigentlich in Peggys Wohnung gefunden?«, erkundigte sich Judith.

»Mit einem Wort: nichts!«, erwiderte Heise.

»Wie, gar nichts?«

»In der Wohnung fanden wir keinerlei ernsthafte Spuren, die uns einen Hinweis auf Peggys Schicksal hätten geben können. Kein Telefonregister, kein Tagebuch, kein Terminkalender, kein Handy. Nur der Computer könnte uns vielleicht weiterhelfen, aber da müssen zuerst unsere Spezialisten ran, das Passwort knacken und so weiter«, berichtete Heise.

»Verstehe!«, murmelte Judith. »Ich war zwar auch nicht davon ausgegangen, ihr würdet da eine Liste mit den Namen und Adressen ihrer Liebhaber vorfinden, aber gar nichts . . . ?«

»Auch in anderer Hinsicht wirkte die Wohnung merkwürdig«, stellte Heise fest und fuhr – Judiths fragenden Blick bemerkend – umgehend fort: »Soviel bekannt ist, mietete sie die Wohnung Ende letzten Jahres. Wann genau müssen die Kollegen noch klären. Aber was ich meine: Drinnen wirkte alles so kahl und unpersönlich, als ob sie erst vor zwei Wochen dort eingezogen wäre. Kein Foto, kein Nippes, keine Pflanze, keine Bücher. Verstehst du, was ich meine?«

»Ich glaube schon, aber das muss nichts zu bedeuten haben. Wir kannten die Arme ja nicht so genau. Vielleicht war das ihr Einrichtungsstil, kühle Sachlichkeit ohne

Nippes, Fotos und dergleichen«, erklärte Judith.

»Möglich.«

»Und die Nachbarn, was sagen die?«

»Nichts, was uns weiterhelfen würde. Peggy wurde als höflich, aber reserviert geschildert. Niemand schien mit ihr mehr als die üblichen drei Worte über das Wetter gewechselt zu haben.«

Nach kurzer Überlegung fragte Judith: »Hat jemand etwas über Geräusche aus Peggys Wohnung erzählt? Du weißt, was ich meine. Die Wände in den meisten Gebäuden sind oft sehr hellhörig.«

»Davon hat niemand etwas erzählt«, antwortete Heise.

»Hm, dann hat sie ihre Liebhaber also nicht in der Wohnung empfangen«, murmelte Judith. »Andernfalls hätte man sie gehört, da bin ich mir sicher!«

»Klingt logisch«, stimmte Heise zu.

»Wer wohnt da eigentlich noch? Ist jemand dabei, der in Peggys Beuteschema – pietätlos, ich weiß – gepasst hätte? Verheiratet und einigermaßen gut aussehend, im Alter von 35 bis 50?«, lautete Judiths nächste Frage.

»Ich glaube nicht, aber das lässt sich ja herausfinden«, meinte Heise, aber Judith winkte ab: »Später, viel später! Jetzt sollten wir den Fall mal vergessen und uns anderen Dingen zuwenden, meinst du nicht?«, fragte sie mit einem eindeutig zweideutigen Lächeln.

»Genau, Abendessen«, erwiderte Heise.

»Das meine ich nicht!«

# SECHZEHN

»Ich wusste gar nicht mehr, wie schön es am Niederrhein ist, der weite Blick über´s flache Land, das viele Grün, die dünne Besiedlung. Als ich gestern mit Pia durch die Gegend fuhr, fiel es mir wieder auf«, berichtete Judith beim Frühstück. »Nur eins stört mich gewaltig«, fuhr sie fort und fasste sich an die Nase. Heise brauchte nicht lange zu überlegen, was sie meinte.

»Ja, die verfluchte Gülle verpestet mehrfach im Jahr unsere Landschaft. Was dem eingedeichten Rhein heutzutage nicht mehr gelingt, schaffen die Bauern mit den Güllemassen problemlos: den Niederrhein zu überschwemmen!«, fluchte Heise ungehalten.

»Und das kann man nicht verhindern?«, staunte Judith.

»Alles legal, meistens jedenfalls«, antwortete Heise.

»Also, während unserer Kindheit und Jugend gab es ein derartiges Gülle-Unwesen nicht, daran würde ich mich erinnern«, meinte Judith.

»Stimmt, in den letzten Jahren ist es immer schlimmer geworden«, seufzte Heise, der nach kurzer Pause fortfuhr: »Aber in drei bis vier Monaten sieht die Landschaft hier alles andere als schön aus, dann bildet der Niederrhein eine riesige Maiswüste, aus der Luft betrachtet ein gigantisches Maislabyrinth. Auf vielen Landstraßen ist man entsetzt: Beiderseits der Fahrbahn türmen sich mehr als zwei Meter hohe Maisfelder bis an den Straßenrand, man fährt wie zwischen zwei Wänden hindurch.«

»Und die Radwege?«, fragte Judith erstaunt.

»Wir sind nicht in den Niederlanden, wo nahezu jedes noch so kleine Sträßchen einen hat. Nein, bei uns sieht das leider ganz anders aus!«

»Ja, ich erinnere mich an Radtouren bei unseren Nachbarn, aber nicht an die Maiswände«, bemerkte Judith. »Was mir hier auch direkt wieder aufgefallen ist: der Lärm, die Hektik, der Verkehr, alles nur ein Bruchteil dessen, was der Ballungsraum Köln aufweist.«

Heise blickte ihr direkt in die Augen und sagte: »Dem könntest du ganz leicht auf Dauer entkommen.«

»Ich weiß, was du meinst! Nur leider befindet sich mein Arbeitsplatz in Köln«, seufzte sie.

Heise antwortete nichts. Judith nahm einen großen Schluck Kaffee und fragte dann: »Wie gehen wir jetzt weiter vor?«

Sie verblüffte Heise einmal mehr. »Ich bin raus aus dem Fall, wie du dich vielleicht erinnerst«, erwiderte er mürrisch.

»Ja und? Ich finde, wir sind es Peggy schuldig, die Sache aufzuklären. Niemand kann mir verbieten, zum Beispiel ein Gespräch mit Kai zu führen«, erklärte Judith mit Bestimmtheit.

»Ich bin natürlich dabei, nur eben nicht offiziell. Ich darf auf keinen Fall Vernehmungen durchführen«, sagte Heise.

»Dann treffen wir uns heute Abend mit Kai. Ich frage ihn und du hörst einfach nur zu oder machst Notizen. In der Nacht werden er und Peggy ja nicht nur . . ., sie werden bestimmt auch geredet haben!«

»Du weißt aber gar nicht, ob Kai heute Abend Zeit und Lust hat, mit uns zu sprechen«, gab sich Heise skeptisch.

»Überlass´ das ruhig mir! Er wird Zeit haben, da bin ich mir sicher«, entgegnete Judith.

»Was wirst du heute sonst noch unternehmen?«, wollte der Oberkommissar wissen.

»Ich versuche, mit ein paar anderen Mädels zu reden, die an dem Abend anwesend waren, vorwiegend aus Peggys Klasse. Pia meinte, Peggy saß eine Zeitlang neben Finja«, antwortete Judith.

»Finja? Ist das nicht die Blondine mit dem komischen Namen?«, fragte Heise.

»Finja Kneppeck, genau! Aber ich weiß weder, ob sie weiterhin so heißt noch, ob sie ihre blonde Mähne behalten hat. Hauptsache, sie hat sich eingehend mit Peggy unterhalten und erinnert sich noch daran. Es wurde nämlich viel Alkohol verkonsumiert an jenem Abend!«

»Was du nicht sagst!«

Wenig später verabschiedete man sich mit einem langen Kuss. Heise wünschte Judith viel Erfolg bei ihren Nachforschungen und startete seine Fahrt nach Kleve.

Unterwegs versuchte er krampfhaft, sich an das erst wenige Tage zurückliegende Gespräch mit Peggy Strothe zu erinnern. Wäre es nicht vorstellbar, dass sie ebenso beiläufig wie unwissend irgendeine Kleinigkeit erwähnt hatte, die in Zusammenhang mit dem an ihr verübten Verbrechen gebracht werden könnte? Heise seufzte. Er verfügte im Allgemeinen zwar über ein exzellentes Gedächtnis, aber jedes von Peggys Worten des mehr als einstündigen Gesprächs noch präsent zu haben – unmöglich!

Ja, sie hatte von einer Vielzahl möglicher Feinde, insbesondere Feindinnen gesprochen, nämlich denjenigen Frauen, denen sie den Mann ausgespannt hatte. Aber nein, Namen hatte Peggy nicht genannt, keinen einzigen, da war sich Heise absolut sicher.

Aber auf jeden Fall hat Judith recht. Wir sind es Peggy schuldig, wir müssen herausfinden, wer ihr das angetan hat. Und auch wenn ich offiziell von dem Fall abgezogen bin: Ich werde weitermachen, zusammen mit Judith, und die Kollegen werden mich offensichtlich auch auf dem Laufenden halten. So habe ich Klaas jedenfalls verstanden, dachte Heise.

Nicht mehr ganz so übellaunig, stattdessen mit grimmiger Entschlossenheit erreichte er das Präsidium in Kleve.

Dort war der Niederrhein-Kurier zunächst das bestimmende Gesprächsthema. Die Zeitung hatte einen großen Artikel über die nicht enden wollenden Brandstiftungen auf der Titelseite platziert. Das dabei jetzt zum ersten Mal ein Opfer zu beklagen sei, wurde natürlich als besonders tragisch bewertet. Von der Kopfverletzung des Opfers vor dem Brand war nicht die Rede. Diese Information wurde nach Absprache zwischen Fritz Alt und Kriminaldirektor Fricke aus ermittlungstaktischen Gründen geheim gehalten.

Den Zeitungsartikel beendete ein flammender Appell an die Bevölkerung. Wenn jemandem im Zusammenhang mit den Bränden irgendetwas aufgefallen sei, jede auf den ersten Blick noch so sehr als belanglos scheinende Kleinigkeit, sollte er dies unbedingt der Polizei melden. Als zusätzlicher Anreiz für derartige Informationen wurde eine Belohnung von 15.000€ ausgesetzt.

»Das führt wieder nur zu jeder Menge unbrauchbarer Hinweise, die Leute wollen ja alle die Belohnung!«, moserte Hinrichs.

»Warum dauert der DNA-Abgleich schon wieder so lange?«, begann Marquardt die morgendliche Teamsitzung, die aufgrund der Personenzahl – es waren ja vorübergehend drei Personen mehr anwesend – nicht im Büro des Hauptkommissars stattfand, sondern im Großraumbüro. Auch Oberkommissar Heise war dabei.

»Ist doch klar: Du gehörst zum Team, auch wenn du bei dem Fall nicht mehr ermitteln darfst!«, hatte Klaas Hinrichs laut und deutlich formuliert. Die Schärfe in der Aussage des Kollegen überraschte Alt. So hatte er Klaas Hinrichs selten erlebt. Daher wusste der Hauptkommissar im Moment nicht, wie er reagieren sollte. Er verspürte weder Lust auf eine Diskussion noch wollte er den Chef herauskehren und Heise auch von der Teamsitzung ausschließen. Also beschloss er, gar nichts zu sagen.

»Die normale Zeitspanne in solchen Fällen beträgt zwei bis drei Tage. Genauigkeit geht vor Schnelligkeit, das ist klar! Und man darf eines nicht vergessen: Die in dem Auto und der Wohnung gesammelten Substanzen, Haare, Hautschuppen und dergleichen, mussten ja zunächst zur Pathologie nach Krefeld gebracht, um dort mit denjenigen von dem Brandopfer verglichen zu werden«, beantwortete Alt Marquardts Frage und setzte dann dazu: »Ich hoffe allerdings auf Ergebnisse im Verlauf des heutigen Tages!«

»Und jetzt legen wir los?«, meldete sich Nina Schepers zu Wort, die die teils amüsierten, teils erstaunten Blicke der anderen nicht wahrnahm.

»Ihr Arbeitseifer ist ja imposant«, lobte Alt die junge Frau. »Ja, wir legen sofort los!«

»Vorher hab´ ich da noch eine Frage: Was ist eigentlich aus meiner Idee mit den Überwachungskameras der

Tankstellen geworden?«, fragte Jens Marquardt in die Runde und die anderen benötigten erst einmal einen kurzen Moment, um vom aktuellen Fall umzuschalten.

»Uns wurde schon Etliches an Material zugesandt«, antwortete Heike Buschkamp als Erste, »aber . . . «

»Ja, ich weiß«, unterbrach Alt. »Ich hatte es einfach wegen des Ereignisses vom Wochenende total vergessen. Ich werde mich nachher darum kümmern. Wann und ob wir die Polizeischüler als Hilfe bekommen, kann ich allerdings nicht sagen.« Er schwieg einen Moment, dachte nach, sagte dann: »Holmes wird jedenfalls die Auswertung des bereits vorliegenden Materials übernehmen, mit welcher Unterstützung auch immer!«

»Wird gemacht«, antwortete Heise, dem Heike Buschkamp nach ein paar Aktionen an ihrem Rechner zurief: »Ist alles schon auf deinem PC!«

»Aber derartige Aufzeichnungen müssen nach 72 Stunden gelöscht werden, wie ihr wisst«, gab Heise zu bedenken.

»Also mit den Videos der letzten drei Tage kommen wir nicht weiter«, antwortete Marquardt enttäuscht.

»Ja, aber . . . «, äußerte sich die Kriminalassistentin geheimnisvoll, »genauer gesagt: zweimal ›aber‹. Erstens, weil wir die Videos schon am Freitag angefordert haben, es handelt sich dabei demnach um die Zeit Anfang bis Mitte letzter Woche.«

»Das klingt schon mal gut«, kommentierte Hinrichs.

»Und zweitens«, fuhr Heike Buschkamp fort, »existiert da anscheinend eine Grauzone, in der einige Tankstellenbetreiber die Aufzeichnungen erst nach sieben Tagen, manche sogar erst nach zwei Wochen löschen.«

»Das klingt noch besser«, gab sich Hinrichs erfreut.

»Bedeutet aber auch viel, viel Arbeit, die Holmes ganz alleine kaum bewältigen kann«, merkte Marquardt an.

»Ich werde ja mithelfen, soweit es meine Zeit erlaubt«, sagte Heike Buschkamp.

»Gut, das wäre also geklärt. Dann zu unseren übrigen Aufgaben für heute!«, meldete sich Fritz Alt wieder zu Wort.

Nach stundenlangem, angestrengtem Blick auf den Monitor, nach Hunderten, gefühlt eher Tausenden von Kraftfahrzeugen, die an drei verschiedenen Tankstellen befüllt wurden und weiterfuhren, drohten Oberkommissar Heise die Augen zuzufallen. Da merkte er plötzlich auf. Was hatte er da gerade noch so eben mitbekommen? Mit einem Mal war er wieder hellwach, spulte das Video ein Stück zurück und ganz langsam wieder vor. Da war die Stelle! Heise beugte sich vor, um näher am Monitor zu sein. Ein Mann mit zwei großen Kanistern bewegte sich auffallend langsam auf eine der Zapfsäulen zu. Leider herrschte bereits Dunkelheit, es war kurz nach halb zehn, die Beleuchtung der Umgebung – vermutlich aus Kostengründen – eher als spärlich zu bezeichnen. Aus diesem Grund vermochte Heise nur wenig Konkretes über die Person zu erkennen: wohl männlich, mittlere Körperstatur, ca. 1,80 Meter groß, dunkel gekleidet, Kapuzenpullover. Was Heise verdächtig vorkam: Der Mann bewegte sich sowohl beim Befüllen der beiden Kanister als auch sonst genauso, dass sein Gesicht nicht zu sehen war. Als ob er genau wüsste, wo die Kameras installiert waren. Sogar nach dem Bezahlen beim Verlassen des Tankstellenshops in Richtung Norden war der Mann nur von hinten zu sehen.

Heise fluchte leise, dann versuchte er, einzelne Bilder des Videos zu vergrößern, was jedoch auf Anhieb nicht gelingen wollte. So rief er die Kriminalassistentin zu Hilfe. Diese konnte zwar die vergrößerten Standbilder erstellen, aber das half auch nicht weiter. Von dem Mann, Heise schätzte ihn um die dreißig, war nichts weiter zu erkennen, was eine Identifizierung auf den Weg gebracht hätte. Ob er mit den beiden Kanistern um die Ecke zum dort geparkten PKW unterwegs war, wovon Heise ausging, lag natürlich außerhalb des Aufnahmebereichs der Kamera.

Hatte er soeben den gesuchten Feuerteufel gesehen? Heise hielt das für durchaus denkbar angesichts des merkwürdigen Verhaltens dieser Person.

»Und jetzt?«, fragte Heike Buschkamp und riss Heise aus seinen Gedanken.

Dieser zuckte mit den Schultern, gab zunächst keine Antwort. Dann hellte sich sein Gesicht auf und er meinte: »In dem Tankshop ist bestimmt auch eine Kamera installiert, die die Kundschaft beim Bezahlen aufnimmt – und bei Überfällen. Da müsste das Gesicht des Burschen zu erkennen sein!«

»Guter Gedanke!«, lobte Heike Buschkamp. »Ich werde mich sofort darum kümmern. Ein Moment, ich muss mir das kurz notieren: Aral, Triftstraße, letzten Mittwoch gegen halb zehn.«

Heise wandte sich den nächsten Aufzeichnungen zu, verspürte jedoch sehr bald ein deutliches Nachlassen seiner Aufmerksamkeit. Er musste sogar kurz gähnen. Da werde ich heute eher nichts mehr herausfinden, sagte er sich und wartete gespannt auf Nachrichten seiner Kollegin.

Diese erschien bald darauf und aus ihrem Gesicht war unschwer abzulesen, welchen Erfolg sie gehabt hatte.

»Die Videos aus dem Kassenbereich von besagtem Abend sind bereits gelöscht«, berichtete sie missmutig.

Heise reagierte verärgert. »Warum löschen die die Videos vom Kassenbereich so viel früher als die von den Zapfsäulen?«, fragte er, ohne eine Antwort zu erwarten.

Heike Buschkamp zuckte auch nur mit den Schultern.

»Verdammter Mist! Das könnte er sein, unser Feuerteufel, und wir kommen nicht an ihn ran!«, fluchte Heise vor sich hin. Dann fasste er einen Entschluss. »Ich fahre hin zu der Tanke, versuche den Kassierer zu erwischen, der an besagtem Abend Dienst hatte. Vielleicht erinnert er sich an den Mann mit den zwei Kanistern!«

Moment mal, der Kassierer sieht aber nur, für welchen Betrag an welchem Tankplatz getankt wurde, ganz unabhängig davon, ob in einen Kanister oder in den Tank eines Autos, dachte Heike Buschkamp und wollte das ihrem Kollegen zurufen. Der aber hatte das Büro bereits verlassen und befand sich auf dem Weg zur Triftstraße.

Oberkommissar Heise erreichte die Aral-Tankstelle wenige Minuten später und sah sich zunächst etwas um. Die Station befand sich an der Straßenkreuzung Albersallee und Triftstraße inmitten eines Wohngebietes, das aus zwei- bis dreigeschossigen Mehrfamiliengebäuden bestand. Die relativ kleine Tankanlage selbst wies nur 3 Zapfsäulen mit 6 oder 7 Tankplätzen auf. Der Werkstattbereich schien dauerhaft geschlossen, die Fenster ebenso wie die Tür waren mit Tüchern oder Planen verhängt. Unterhalb des die Zapfsäulen überspannenden Daches glaubte Heise die Kameras zu entdecken. Er sah sich weiter um. Von hier aus konnte der Mann mit den Kanistern leicht in vier verschiedene Richtungen, zweimal Triftstraße und zweimal Albersallee zu seinem Auto gegangen und fortgefahren sein. Er hätte auch genauso gut in einem der Wohnblocks verschwinden können. Alles Spekulation, seufzte Heise und betrat den Tankshop. Er zeigte seinen Ausweis und fragte nach dem Kassierer oder der Kassiererin, der oder die am Mittwochabend der Vorwoche Dienst gehabt hatte.

»Das war der Olli«, erklärte die etwas mollige kurzhaarige Frau von Mitte vierzig. »Der ist auch heute wieder hier, allerdings erst ab halb sieben.«

Heise bedankte sich bei der Frau für die Auskunft und verabschiedete sich. Nach einem Blick auf die Uhr entschied er sich, zuerst nach Geldern zu fahren, zum Gespräch mit Kai, und danach wieder nach Kleve, um ›Olli‹ zu befragen. Ganz schöne Fahrerei, aber es muss sein, sagte er sich.

»19 Uhr, Restaurant Balkan in Geldern, Kai wird da sein«, hatte Judith zwei Stunden zuvor telefonisch mitgeteilt. Das Balkan Restaurant mit dem treffenden Namen ›Balkan‹ in Geldern, 35 Kilometer von Kleve entfernt, war von Heise ausgesucht worden, weil er verhindern wollte, durch einen dummen Zufall zusammen mit Kai in Kleve gesehen zu werden.

Am späten Nachmittag traf man sich wieder im Großraumbüro zur Teamsitzung, um die Ergebnisse des Tages zu erörtern.

»Wo steckt denn Holmes?«, wunderte sich Hinrichs über die Abwesenheit des Kollegen. »Er darf dabei sein, das weiß er!«

»Natürlich weiß er das!«, antwortete Heike Buschkamp. »Er hat möglicherweise eine Spur zum Feuerteufel entdeckt. Jedenfalls befindet er sich im Moment bei der Aral-Tankstelle, um der Sache nachzugehen.«

»Das wäre ja super, hoffentlich ist er erfolgreich!«, rief Jens Marquardt.

»Jetzt zu unserem Brandopfer!«, lenkte Fritz Alt nun wieder aller Aufmerksamkeit auf den ›Fall Peggy‹. Er blickte kurz in die Runde, bevor er fortfuhr: »Die Forensik aus Krefeld teilte vor wenigen Minuten das Resultat des DNA-Abgleichs mit. Die Substanzen aus dem Knochengewebe des Brandopfers sind identisch mit den in der Wohnung und dem grünen Kraftfahrzeug gefundenen!«

»Dann steht die Identität des Opfers fest und die richterliche Erlaubnis zur Einsichtnahme in die Telekommunikationsdaten sollte zeitnah erfolgen«, kommentierte Hinrichs.

»Das hoffe ich auch, unsere bisherigen Informationen über Peggy Strothe würde ich nämlich als äußerst dürftig bezeichnen«, erläuterte Alt.

Über einen Arbeitsplatz war nichts herausgefunden worden, laut Aussage der Nachbarn hatte Peggy das Haus zu ganz unterschiedlichen Zeiten verlassen, an manchen Tagen offenbar überhaupt nicht.

Ebenso wenig erfolgreich gestaltete sich die Suche nach Freunden oder Bekannten. Eine blonde Frau von etwa vierzig Jahren war mehrfach zu Besuch gekommen, jedoch wusste niemand ihren Namen oder ihre Adresse.

Nur bei der Sparkasse hatten die Ermittlungen ein paar Informationen zu Tage befördert. Peggy Strothe verfügte über ein Kapital von rund 300.000€, angelegt größ tenteils in sicheren Wertpapieren. Als höchst rätselhaft stellte sich eine monatliche Einzahlung von 1000€ auf ihr Konto dar. Es gelang nämlich nicht, den Absender der Zahlung zu ermitteln. Die Spur verlor sich bei einer dubiosen Bank auf den Kaymaninseln.

»Was sollen wir davon halten?«, fragte Alt in die Runde, erntete aber nur Schulterzucken und allgemeine Ratlosigkeit.

»Verdammt noch mal! Wir wissen so gut wie nichts über diese Frau. Wie kann das sein?«, fluchte Klaas Hinrichs und machte seinem Ärger über die bislang so erfolglosen Ermittlungen Luft.

»Mit den Telekommunikationsdaten und der Auswertung ihres PCs dürfte das anders aussehen«, meldete sich Nina Schepers zu Wort.

»Und wenn nicht?«, gab sich Marquardt eher skeptisch.

»Dann sehe ich nur einen Weg, um an Informationen über Peggy Strothe heranzukommen«, stellte Klaas Hinrichs fest.

Während die anderen noch darüber nachdachten, was diese – unvollständige – Äußerung wohl bedeuten mochte, hatte Fritz Alt längst begriffen. »Du meinst aber nicht . . . ?«, begann er, wurde jedoch sogleich von Hinrichs unterbrochen.

»Genau den meine ich: Holmes!«

Alt erwiderte darauf nichts, sodass Hinrichs fortfuhr: »Er kannte Peggy Strothe, wenn auch nur flüchtig, führte vor wenigen Tagen noch ein längeres Gespräch mit ihr und kann uns bestimmt ein paar Namen von Personen nennen, die mehr über sie wissen. Das dürfte auch in keinem Widerspruch zu der Suspendierung von dem Fall stehen. Er ermittelt ja nicht, nennt uns nur ein paar Namen, die uns ein Stück weiterhelfen könnten. Was denkst du?«, wandte er sich an seinen Chef.

»Nun ja, ich sehe im Prinzip nichts, was dagegen sprechen könnte«, antwortete der Hauptkommissar nach kurzem Zögern.

»Dann sag' doch ganz einfach: O.K.«, erwiderte Hinrichs.


Siegfried Heise und Judith Ripkens trafen nahezu gleichzeitig im Restaurant Balkan in der Hartstraße ein, von Kai war noch nichts zu sehen.

»Ein Balkanese ohne die typischen steinernen Rundbögen zwischen den Tischgruppen und über den Spiegeln. Das habe ich schon lange nicht mehr gesehen«, staunte Judith beim Betreten des Restaurants.

»Auf jeden Fall sitzen wir ungestört da hinten in der Ecke«, erwiderte Heise.

»Was genau frage ich ihn überhaupt? Darüber haben wir noch gar nicht geredet«, wandte sich Judith an Heise.

»Das entscheidest du ganz spontan, dir werden schon die richtigen Worte einfallen, zu unserem Jubiläumsabend, zu seiner Beziehung zu Peggy und vor allem natürlich, was Peggy über sich selbst erzählt hat. Das interessiert uns am meisten«, führte Heise aus.

»Das ja, aber irgendwie empfinde ich die ganze Situation als surreal. Wir saßen jahrelang zusammen in der Klasse und jetzt, 25 Jahre später, sitzen wir hier, befragen Kai als Zeugen oder was auch immer in einem Mordfall und das Opfer ist eine ehemalige Mitschülerin aus der Parallelklasse«, sagte Judith.

»Du hast recht, ich sehe es ähnlich«, meinte Heise und blickte auf die Uhr. »Schon Viertel nach! Soweit ich mich erinnere, zählte Kai zu den Pünktlichen der Klasse. Das konnte man bestimmt nicht von allen sagen!« Er bedachte seine Freundin mit einem vielsagenden Blick, begleitet von einem spitzbübischen Grinsen.

»Ich hatte schließlich auch den weitesten Schulweg von allen, wohnte nicht so nah an der Penne wie andere, die sich noch faul im Bett wälzten, als ich schon unterwegs war«, konterte Judith.

Zu einer weiteren Replik von Heise kam es dann nicht, weil sich ein Mann dem Tisch näherte, den beide erst auf den zweiten Blick als Kai Gehrke erkannten. Der Mann, der langsam auf sie zuschritt, hatte wenig gemeinsam mit dem fröhlichen, immer zu Scherzen aufgelegten Klassenclown, als der er sich noch vor kaum zwei Wochen beim Abi-Jubiläum präsentiert hatte. Mit einem verhärmten, geradezu versteinerten Gesichtsausdruck ohne jedwedes Lächeln begrüßte er seine ehemaligen Mitschüler. Judith und Heise kamen spontan dieselben Gedanken, die sie jedoch nicht aussprachen: Peggys Tod hat ihn gewaltig aus der Bahn geworfen.

»Setz´ dich zu uns, Kai«, sagte Judith. »Wer hätte gedacht, dass wir uns so bald wiedersehen und unter diesen traurigen Umständen!«

Kai nickte nur düster.

Kein Wunder, dass er so mitgenommen aussieht, dachte Heise, den Judith kurz zuvor informiert hatte, Kai habe erst durch ihren Anruf am Mittag erfahren, um wen es sich bei dem Brandopfer vermutlich handelte. Von dem Feuer selbst habe er natürlich schon aus den Medien gewusst.

»Entschuldigt bitte meine Verspätung, aber ich wollte warten, bis meine Frau das Haus verlassen hat. Ihr Dienst als Krankenschwester beginnt gerade. Ich hatte keine Lust, ihr von unserem Treffen zu berichten, vor allem nicht über den Grund desselben«, meldete sich Kai doch noch zu Wort.

»Alles klar!«, meinte Judith. »Wie ich schon am Telefon sagte, darf Sigs in dem Fall offiziell gar nicht ermitteln, weil er das Opfer – wenn auch nicht wirklich gut – kannte. Daher werde ich dir jetzt ein paar Fragen stellen, ist das O.K. für dich, Kai?«

»Sicher, aber ich hab´ da zuerst selber eine Frage: Wird das, was ich euch jetzt sage, an deine Kollegen von der Kripo weitergegeben, Siggi?«

»Natürlich nicht! Ich darf ja in dem Fall offiziell nicht tätig werden. Ich habe von dir gar nichts erfahren, kann also auch nichts weitergeben. Ich bin sozusagen überhaupt nicht anwesend!«, beruhigte Heise den sichtlich nervösen Mann.

»Aber«, hakte Judith ein, »die Polizei wird früher oder später auch herausfinden, was du uns jetzt gleich berichten wirst. Davon musst du ausgehen!«

»Verstehe! Aber das stellt für mich kein Problem dar«, reagierte Kai keineswegs so erschrocken, wie es vielleicht zu erwarten gewesen wäre. »Wir haben nur ganz wenige Mails ausgetauscht und die liefen alle über VPN, sodass sie nicht nachverfolgbar sind.«

»Warum das?«, fragte Judith nach.

»Das war Peggys Idee. Sie meinte, das mache sie immer so, es sei viel sicherer«, erklärte Kai.

»Tja, dann fange ich mal an. Unser Klassentreffen. Sigs und ich haben ja bekanntlich die Bühne früh verlassen«, begann Judith, nachdem sie kurz mit Heise einen Blick ausgetauscht hatte.

»Das hat alle sehr gefreut!«, unterbrach Kai.

»Uns auch!«, lachte Judith, »aber was ist danach auf der Feier noch so gelaufen?«

»Allerhand! Es wurde viel getrunken, getanzt, geflirtet. Man hatte beinahe den Eindruck, ihr hättet gewissermaßen den Startschuss zur Paarbildung abgegeben, um es mal so auszudrücken«, berichtete Kai und Judith und Heise konnten nur staunen, sagten aber nichts, sodass Kai weitersprach.

»Später am Abend saß ich plötzlich, ich weiß gar nicht, wie das kam, wir hatten ja alle schon eine Menge getankt, also ich saß direkt neben Peggy. Plötzlich drehte sie sich zu mir und sah mich an. Ein Wahnsinnsblick mit einem irren Funkeln in den Augen. Auf einmal lag meine Hand auf ihrem nackten Oberschenkel, das Röckchen war so hochgerutscht, schien gar nicht mehr da zu sein. Sie flüsterte mir zu: ›Ich glaube, wir haben noch was nachzuholen von vor 25 Jahren!‹ Da befand sich meine Hand schon unter ihrem Minislip und ich konnte kaum antworten vor Begierde. Wir küssten uns und sie flüsterte: ›Komm´ mit!‹ Ich folgte ihr dann auf das Zimmer im Hotel.«

»Das war aber nicht das einzige Mal?«,

»Nein!«

»Wann und wo habt ihr euch getroffen?«

»Immer spätabends oder nachts. Es war fantastisch, wenn auch ohne Zukunft. ›Ich bin eine Frau fürs Bett, nicht für eine feste Beziehung‹, sagte Peggy noch in der ersten Nacht. Aber das war mir total egal, auch, dass ich im Moment offenbar nicht ihr einziger Liebhaber war. Ich habe es einfach genossen, niemals besseren Sex erlebt als mit Peggy.« Er musste schlucken, konnte die Tränen kaum noch unterdrücken und sagte mit leiser Stimme: »Und jetzt ist sie tot!«

»Deine Frau hat nichts gemerkt?«, fragte Judith.

»Passenderweise hatte sie letzte Woche Nachtschicht.«

Kai machte eine Pause, dann sagte er: »Ich liebe meine Frau, wollte sie nicht hintergehen, habe sie in 16 Ehejahren niemals betrogen, aber . . . «

»Weißt du, Kai«, unterbrach Judith, »das geht uns gar nichts an, ist für die Ermittlungen irrelevant. Das musst du ganz allein mit dir ausmachen!«

Kai nickte nur, schwieg.

»Und wo?«, setzte Judith nach.

»In Peggys Wohnung.«

Der flüchtige Blick, den Judith und Heise nach dieser Antwort austauschten, blieb Kai verborgen.

»Ja, dann kommen wir zu den wichtigsten Fragen«, setzte Judith wieder an. »Du hast ja mit Peggy sicherlich auch geredet. Kannst du dich an irgendetwas erinnern, das einen Hinweis auf das an ihr verübte Verbrechen liefern könnte?«

Schweigen! Kai dachte nach.

»Das habe ich mich natürlich auch schon gefragt«, erklärte er dann.

»Und?«

»Nichts! Ich kann mich an rein gar nichts erinnern, leider!«

»Was hat sie überhaupt über sich erzählt, über ihr Leben?«

»Hm, ich hatte den Eindruck, sie war sehr unzufrieden mit ihrer Lebenssituation.«

»Hat sie etwas von einem Stalker gesagt, der sie seit einiger Zeit bedrängt?«

»Stalker?«, wunderte sich Kai. »Nein, das höre ich zum ersten Mal.«

Am Ende des Gesprächs schien Kai noch ein Anliegen zu haben. Man merkte ihm an, wie er zögerte.

»Was ist los? Können wir etwas für dich tun?«, fragte Judith.

»Hm . . . ja . . . vielleicht«, begann Kai und gab sich endlich einen Ruck. »Nochmal: Vielleicht könntet ihr es so einrichten, dass meine Frau nichts erfährt, von Peggy und mir, meine ich.« Ängstlich sah er zuerst Judith und dann Heise an.

»Wie gesagt, ich bin außen vor bei dem Fall. Was genau meine Kollegen herausfinden und wie sie mit den gewonnenen Informationen umgehen, darauf habe ich deshalb absolut keinen Einfluss«, erklärte Heise.

Wenig später verabschiedet man sich von Kai. Heise blickte Judith ganz direkt an und sagte: »Das hast du echt super gemacht, als ob du über jahrelange Erfahrung in derartigen Befragungen verfügen würdest!«

»Danke sehr!«, erwiderte Judith mit einem strahlenden Lächeln. »Bei meinen sonstigen Interviewpartnern handelt es sich zumeist um Theaterleute, Künstler, Dichter und so weiter. Aber dir ist auch aufgefallen, dass der liebe Kai uns mindestens ein Mal belogen hat, nicht wahr?«

»Klar! Die Treffen mit Peggy fanden garantiert nicht in deren Wohnung statt, das hätte die Nachbarschaft mitbekommen«, führte Heise aus.

»Warum tischt er uns dann diese Lüge auf?«

Heise zuckte mit den Schultern. »Ich muss nochmal zurück nach Kleve zu dieser Tankstelle«, wandte er sich an seine Freundin, der er am Telefon kurz vor dem Gespräch mit Kai den Grund dafür mitgeteilt hatte.

»Möchtest du mit von der Partie sein?«, wollte er wissen und erhielt die erwartete Antwort: »Auf jeden Fall!«

»Dann los! Wir nehmen meinen Wagen, ich setz´ dich nachher hier wieder ab«, sagte Heise. Judith war nämlich zu dem Treffen mit Kai in ihrem Leihwagen gekommen, den sie unbedingt brauchte, um tagsüber mobil zu sein. Heise war ja mit seinem Auto in Kleve.

Unterwegs fragte Heise ganz beiläufig: »Weißt du eigentlich, wie mein Spitzname bei der Kripo Kleve lautet?«

Auf Judiths ratloses Schulterzucken hin sagte er: »Holmes!« und löste damit bei Judith einen Lachanfall aus. »Sherlock Holmes? Die Ähnlichkeit war mir bisher noch gar nicht aufgefallen, schlanke, ja fast hagere Gestalt, kantige Gesichtszüge, Frauenverächter und so weiter! Außerdem habe ich dich noch nie mit karierter Schirmmütze, Stablupe und Pfeife gesehen«, prustete Judith, wurde dann jedoch rasch wieder ernst, als sie hinzufügte: »Aber ansonsten kann ich den Spitznamen sehr wohl nachvollziehen.«

»Natürlich besitze ich sowohl eine karierte Schirmmütze als auch Stablupe und Pfeife. Alles Geschenke der Kollegen zu meinem 40. Geburtstag!«, erwiderte Heise lächelnd.

»Toll! In dieser Aufmachung würde ich dich gerne einmal sehen! Tust du mir den Gefallen?«, bettelte Judith.

»Welchen Gefallen könnte ich dir abschlagen?«

Nach kurzer Pause meinte Heise dann: »Dann machen wir gleich mal weiter, mein lieber Watson. Der Kanistermann bewegte sich so, dass die Kameras ihn nur von hinten oder bestenfalls von der Seite erfassen konnten. Was sagt uns das?«

»Er kannte die Positionen der Kameras sehr genau!«

»Sehr gut, Watson! Und woher kannte er diese?«

Nach kurzer Überlegung antwortete Judith: »Er war vorher schon mal da und hat die Positionen der Kameras ausspioniert!«

»Ausgezeichnet, Watson! Dann können wir nur hoffen, dass die Videos an der Tankstelle über die sieben Tage hinaus gespeichert wurden!«

Kurz nach 21 Uhr erreichten sie die Tankstelle an der Triftstraße. Im Tankshop waren drei Kunden vor ihnen an der Reihe, von denen keiner sein Fahrzeug betankt hatte. Den beiden Männern und der Frau – alle irgendwo in den Dreißigern, so schätzte Heise - sah man deutlich an, dass sie nicht den oberen Gesellschaftsschichten angehörten. Sie kauften kein Benzin, sondern Bier, Schnaps und Zigaretten. Endlich war Heise an der Reihe. Er stellte sich vor und zeigte seinen Dienstausweis, während Judith in einem der Regale etwas zu suchen vorgab. Sie sollte nicht direkt in Erscheinung treten, aber die Befragung mitverfolgen, das war so abgesprochen.

Der junge Mann, Olli, war Anfang zwanzig, hatte lange schwarze Haare, ein freundliches Gesicht mit auffällig nah beieinander liegenden bräunlichen Augen. Er stellte sich als Student vor, Wirtschaftswissenschaften, der mit dem Tankstellenjob sein Studium finanzierte. Seine Kollegin hatte ihn zwar vom Besuch der Polizei berichtet, aber Olli wusste absolut nicht, worum es ging.

»Es handelt sich um den Mittwoch voriger Woche, den 16. April. Gegen halb zehn abends hat hier ein Mann zwei große Kanister gefüllt. Können Sie sich erinnern?«, fragte Heise gespannt.

Der junge Mann überlegte kurz. »Wenn wenig Betrieb herrscht, schaue ich schon mal aus dem Fenster, um zu sehen, was da los ist, um die Langeweile zu vertreiben«, begann er.

Heise nickte und der junge Mann fuhr fort: »Ja, da war jemand mit zwei großen Kanistern, jetzt dämmert es mir wieder. Ich fragte mich noch, was der mit dem ganzen Sprit anfangen wollte.«

»Wissen Sie noch etwas über den Mann? Wie sah er aus?«

Nach kurzer Überlegung schüttelte der Student den Kopf. »Tut mir leid. Da war auch noch ein anderer Kunde, der bezahlen wollte. Ich kann gar nicht sagen, wer derjenige mit den Kanistern war.«

»Kannten Sie vielleicht einen der Männer oder beide?«, wollte Heise wissen.

Es kam keine Antwort, stattdessen hörte der Kommissar hinter sich mürrische Stimmen:

»Wird hier eigentlich noch kassiert?«

»Was soll das blöde Gequatsche?«

Heise hob beschwichtigend die Arme, wandte sich zurück und sagte: »Nur die Ruhe! Kein Grund zur Panik!« Zu dem Kassierer meinte er: »Versorgen Sie erst einmal die Leute da. Wir reden nachher weiter!«

Als wenige Minuten später der Andrang vorüber war, fragte der Kassierer: »Wo waren wir stehengeblieben?«

»Mittwoch voriger Woche, 21.30 Uhr, der Mann mit den zwei Kanistern und der andere Kunde«, wiederholte Heise. »Kannten Sie einen von beiden, ist Ihnen irgendetwas aufgefallen?«

»Es kann schon sein, dass der eine oder auch beide schon mal hier waren, aber genau sagen . . . kann ich das leider nicht. Ich erinnere mich nur: Der eine trug so einen dunklen Hoodie, dabei die Kapuze so weit heruntergezogen, dass vom Gesicht kaum etwas zu sehen war. Um die dreißig schätze ich ihn.«

»Wie weit zurück sind die Überwachungsvideos bei Ihnen gespeichert?«, fragte Heise gespannt.

»Eine Woche«

»Länger nicht?«

»Leider nein.«

»Schade!«

Daraufhin bedankte sich Heise und wandte sich zur Tür, wo Judith die ganze Zeit gewartet und das Gespräch mitverfolgt hatte.

»Kann ich Ihnen helfen?«, rief der Kassierer in Judiths Richtung, bevor Heise sie erreicht hatte, der dann antwortete: »Die Dame gehört zu mir!«

»Die Dame gehört zu mir!«, wiederholte Judith lachend auf dem kurzen Weg zum Wagen. »Das hört sich lustig an.«

»Stimmt aber!«, gab Heise zurück und küsste sie.

»Dann lass uns heimfahren, der Tag war lang genug«, entschied Heise wenig später.


Eine halbe Stunde später saßen Judith Ripkens und Siegfried Heise in dessen Wohnung in Xanten und verspeisten das aus dem Restaurant mitgebrachte Essen.

»Wunderst du dich gar nicht, dass ich immer noch da bin?«, fragte Judith mit gespieltem Ernst.

»Dass du noch da bist?«, wiederholte Heise fragend.

Dann begriff er. »Ich halte es für ebenso schön

wie normal, dich hier bei mir zu haben, da denke ich überhaupt nicht mehr an deine Urlaubstage. Das könnte ruhig für immer so sein!«

»Ach Sigs!«, seufzte Judith und schlang ihre Arme um ihren Freund. »Das will ich ja auch, das weißt du ganz genau, aber da gibt es noch ein paar Probleme zu lösen«, flüsterte sie.

»Ich weiß!«

Durch den Verlauf der Ereignisse hatten beide an den vergangenen Tagen noch keine Zeit gefunden, sich ernsthaft mit den räumlichen Hindernissen ihrer Beziehung zu beschäftigen, Lösungen zu entwickeln. Auch der Rausch der Leidenschaft des Wieder-Verliebtseins hatte alles andere in den Hintergrund verdrängt.

Dann sah sie ihn wieder ganz direkt an und verkündete froh: »Ich habe mir jedenfalls noch drei weitere Tage freigenommen, kann also noch lange bei dir bleiben!«

»Das ist schön«, erwiderte Heise und Judith entging seine fehlende Freude über ihre Neuigkeit nicht.

»Echte Begeisterung sieht anders aus, was ist los?«, fragte sie.

»Natürlich freue ich mich, sehr sogar, ich hätte dich gerne immer hier bei mir!«

»Aber?«, hakte Judith nach.

»Aber wir verbringen kaum Zeit zusammen. Ich bin den ganzen Tag in Kleve beschäftigt, du fährst in der Gegend herum, um Informationen zu beschaffen, wofür ich dir sehr dankbar bin, versteh´ das bitte nicht falsch, und abends befragen wir gemeinsam Zeugen. Wo bleibt die Zeit für uns?«, fragte Heise.

»Ja, das stimmt alles«, bestätigte Judith. »Es handelt sich eben nach Lage der Dinge um eine Ausnahmesitua-

216

tion. Ich bin ganz sicher, bald werden wir auch wieder viel mehr Zeit gemeinsam verbringen. Und außerdem«, lächelte sie ihn an, »finde ich meine Tätigkeit als Hilfspolizistin zurzeit echt spannend!«

»Apropos! Was hat meine Hilfspolizistin heute noch so herausgefunden?«, erkundigte sich Heise.

»Also, das eine oder andere an Information kann ich bieten«, begann Judith. »Einige Mädels aus ihrer Klasse waren gar nicht gut auf Peggy zu sprechen.«

»Den Grund kann ich mir denken«, unterbrach Heise.

»Genau! Peggy hat denen sowohl während der Schulzeit als auch danach den Freund oder Partner kurzzeitig ausgeliehen und bald darauf gebraucht zurückgegeben. Das waren übrigens Finjas Worte.«

»Finja Kneppeck?«

»Finja Kneppeck-Radojewski.«

»Oh, weh! Wie kann man nur so heißen«, entsetzte sich Heise.

Judith zuckte nur kurz mit den Schultern: »Nicht mein Problem!«

»Aber ein Motiv, Peggy umzubringen sehe ich da nicht«, stellte Heise fest.

# SIEBZEHN

Zur Wochenmitte schien der Frühling es endlich geschafft zu haben. Temperaturen jenseits der 20°-Marke und ein trocken-freundlicher Sonne-Wolken-Mix waren vorausgesagt. Nach den etliche Wochen andauernden Niederschlägen bei meist wolkenverhangenem Himmel empfanden die Menschen am Niederrhein den Wetterumschwung als wahre Erlösung.

Sogar die Vögel teilten die Freude über die sonnige, wärmere Witterung. So kam es jedenfalls vielen Menschen vor. Anders als in den Wochen zuvor hörte man jetzt Fitis, Haus- und Gartenrotschwanz, Baumpieper, Mönchsgrasmücke, ja sogar eine frühe Nachtigall. Dieses Empfinden lag jedoch keineswegs in erster Linie im Wetter begründet. Vielmehr war die zweite Aprilhälfte immer schon die Zeit, in der ständig mehr Arten von Zugvögeln aus Afrika und dem Mittelmeerraum zurückkehrten, um sich in unseren Breiten dem Brutgeschäft zu widmen.

Weder die Sonne noch das Vogelgezwitscher vermochten Fritz Alt in eine bessere Laune zu versetzen. Man war bei den Ermittlungen im aktuellen Fall keinen Schritt weitergekommen. Die von den Medien an die Bevölkerung gerichtete Bitte, die Augen aufzuhalten und Verdächtiges der Polizei zu melden, verbunden mit dem Aussetzen einer stattlichen Belohnung hatte bislang höchstens dazu geführt, dass in der Öffentlichkeit weniger geraucht wurde. Jeder, der sich – besonders in den

Abend- und Nachtstunden – im Freien eine Zigarette anzündete, musste nämlich damit rechnen, argwöhnischen Blicken ausgesetzt zu sein und als potentieller Brandstifter angesehen zu werden. Wirklich ernsthafte Hinweise indes hatte es nicht gegeben, obwohl die Stimmung in der Bevölkerung längst umgeschlagen war. Waren anfangs die brennenden Mülltonnen teilweise noch mit leicht amüsiertem Interesse verfolgt worden, so hatte sich inzwischen Panik breitgemacht, da der Pyromane jetzt offensichtlich ein Menschenleben auf dem Gewissen hatte.

Das öffentliche Interesse an der ›Katzenfrage‹ tendierte hingegen zu Null, erst recht, nachdem die beiden Personen ermittelt waren, von denen die Katzenschützer angegriffen und ihrer Fallen beraubt worden waren.

»Was guckst du so mürrisch? War die Nacht etwa nicht angenehm?«, fragte Sabine Eichhorn beim Frühstück mit einem aufreizenden Lächeln.

»Oh doch! Hätte nicht angenehmer sein können«, antwortete Fritz Alt ebenfalls lächelnd. »Aber . . . «

»Du brauchst nichts zu sagen, ich versteh´ schon: Ihr kommt bei dem Brandopfer nicht weiter und das nervt dich«, unterbrach ihn die Frau.

»Genauso ist es«, stimmte Alt zu. »Ich werde heute Nachmittag mal wieder meinen Vor-Vorgänger besuchen und mit ihm den Fall besprechen.«

Gemeint war der inzwischen deutlich über 80-jährige Jörg Schafhauser, ehemaliger Leitender Kriminalhauptkommissar. Alt hatte ihn ein paar Jahre zuvor kennengelernt, als ein weit zurückliegender und ein damit zusammenhängender aktueller Fall durch die Gemeinschaftsarbeit der beiden hatte gelöst werden können. Man hatte sich angefreundet und Alt besuchte den Pensionär seither alle paar Wochen. Man redete über alles Mögliche, natürlich auch über die gerade aktuellen Fälle.

»Ich habe dich noch gar nicht gefragt, worin genau dein Job beim WDR besteht. Bei mir ist die Sache klar. Kriminalbeamte legen den bösen Buben das Handwerk, das weiß jeder. Aber was macht man in der Kulturredaktion des WDR?«, erkundigte sich Heise beim Frühstück.

»Zum Beispiel auch die bösen Buben überprüfen«, lachte Judith.

»Wie bitte?« Heise verstand rein gar nichts.

»Wir arbeiten zurzeit am großen Projekt ›gendergerechte Sprache‹ in unserem Sender und prüfen daraufhin alle Bereiche. Ob zum Beispiel nur von bösen Buben die Rede ist oder auch von bösen Bübinnen, wie es sein sollte. Verstehst du?«

Heise verzog missmutig das Gesicht. »Hauptsache, man übertreibt die Sache nicht und es artet in eine Form von Genderitis aus, wie mein Kollege Hinrichs es bezeichnet. Wenn rauchende Frauen darauf bestehen, ihre Zigarettenasche nicht in einem Aschenbecher, sondern in einer Aschenbecherin abzulegen, hört für mich der Spaß auf. Solche Auswüchse halte ich einfach nur für total bescheuert.«

»Darum geht es auch nicht!«, erwiderte Judith. Aber unsere Sprache ist nach wie vor stark männerlastig. Das soll bei uns im Sender eben nicht so sein!«

»Verstehe. Bist du eigentlich im Bereich Radio oder Fernsehen tätig, falls es diese Unterscheidung bei deiner Arbeit überhaupt gibt?«, erkundigte sich Heise.

»Die existiert, wenngleich nicht in allen Bereichen. Ich zum Beispiel arbeite vorwiegend, aber nicht ausschließlich beim Rundfunk.«

Bald darauf verabschiedete sich Heise zur Fahrt nach Kleve, während Judith überlegte, wen sie an diesem Tag besuchen sollte, um mehr über Peggy zu erfahren. Ihre völlig unerwartet gekommene Tätigkeit als private Ermittlerin machte ihr – trotz des traurigen Anlasses – richtig Freude. Es war mal etwas völlig anderes im Vergleich zu ihren alltäglichen Aufgaben als Kulturjournalistin: Besuch von Theaterstücken, Konzerten und Lesungen sowie Gespräche mit Künstlern, Theaterleuten und so weiter.

Im Präsidium saß Fritz Alt dem – wie so oft in letzter Zeit übelgelaunten – Kriminaldirektor gegenüber.

»Wieso kommen wir nicht voran, trotz des aufgestockten Personals?«, fragte Benjamin Fricke mit spürbarem Ärger in der Stimme.

»Es gestaltet sich unerwartet schwierig, an Informationen über das Opfer zu kommen«, antwortete Alt. »Die Frau lebte offenbar bewusst zurückgezogen. Und auf die Erlaubnis zur Einsichtnahme in ihre Telekommunikationsdaten warten wir bereits seit Tagen vergeblich!« Diesen Seitenhieb konnte sich Alt nicht verkneifen.

»Ja, ich weiß, das hätte schneller gehen müssen. Aber wir kennen Richter van Bühren und dessen bisweilen als grotesk einzuschätzende Ansichten zum Datenschutz. Aber seit wenigen Minuten liegt die Erlaubnis vor«, berichtete der Kriminaldirektor.

»Na endlich! Ich bin mir sicher, jetzt kommt Bewegung in die Angelegenheit!«, erwiderte Alt.

»Hoffentlich!«

Die Besprechung mit seinem Chef hatte die Laune des Hauptkommissars absolut nicht verbessert – im Gegenteil! So musste sich Fritz Alt bei der anschließenden Dienstbesprechung im Großraumbüro mächtig zusammennehmen, um ruhig und konzentriert zu wirken. Er wandte sich zuerst an Oberkommissar Heise: »Heike meinte gestern, du hättest bei den Tankstellenvideos eine mögliche Spur entdeckt?«

Daraufhin berichtete Heise in Kurzform von den diesbezüglichen Ermittlungen des Vortages und schloss mit den Worten: »Ich werde mich gleich weiter darum kümmern! Es könnte sich durchaus um die erste ernstzunehmende Spur zum Feuerteufel handeln.«

»Ja, der Feuerteufel! Unsere Feuerwehrleute befinden sich seit Wochen im Dauerstress«, meldete sich Jan Verheyen zu Wort, ein Oberkommissar, der normalerweise den Bereich Kriminalprävention bearbeitete. »Ich weiß das, weil mein Bruder schon seit Jahren dabei ist, obwohl das auf den ersten Blick nicht zu seinem Beruf zu passen scheint: Banker. Zum Glück für die Bank fanden die letzten Einsätze ja meist nachts statt!«

Heise, der den Kollegen Verheyen zwar nicht näher kannte, wusste aber um dessen Ruf als Quasselstrippe und verließ lieber die Besprechung, um weiter an seiner Spur zu arbeiten.

»Und was erzählt er so? Ich meine, er dürfte sich in letzter Zeit ungewohnt häufig im Einsatz befunden haben«, merkte Marquardt an und bot Verheyen damit die Gelegenheit, weiter draufloszureden, die dieser gerne annahm.

»Oh ja, die Jungs sind alle ganz nervös, auch die Mädels. Davon gibt es mehrere in seinem Löschzug. Das bringt manchmal ein Problem mit sich, wenn man sich schnell umziehen muss. Es gibt noch nicht überall getrennte Kabinen. Aber manche seiner Mitstreiter gehen mit den ständigen Bränden auch ganz entspannt um. Ein Kollege sagte sogar, er fände die Brandstiftungen gar nicht so übel, weil es jetzt endlich mal richtige Einsätze gäbe und nicht nur immer wieder stupide Übungen und Simulationen.«

Die anderen, die bei Verheyens befürchtetem Sermon fast schon abgeschaltet hatten, merkten plötzlich auf.

»Wie bitte? Ein Feuerwehrmann bewertet die Serie der Brandstiftungen positiv? Haben wir das gerade richtig verstanden?«, fragte Alt.

»Ja, das klingt schon irgendwie schräg, besonders, wenn man bedenkt, was am Wochenende passiert ist«, räumte Verheyen ein.

»Mit dem Mann sollten wir uns mal unterhalten!«, schlug Hinrichs vor.

»Und zwar sofort!«, setzte Alt hinzu. »Herr Verheyen, würden Sie bitte bei Ihrem Bruder anrufen und den Namen und die Anschrift des besagten Mannes erfragen.«

»Wie? Jetzt gleich?«

»Selbstverständlich!«

»Aber ich darf ihn nur in Notfällen bei der Arbeit stören!«

»Das ist ein Notfall!«, insistierte Alt.

»Sie glauben doch wohl nicht . . . «, stammelte Verheyen, bis Alt ihn unterbrach: »Wir glauben nichts, wir möchten nur Gewissheit, ob es sich bei den von Ihnen wiedergegebenen Äußerungen nur um dummes Geschwätz handelt. Wir sind verpflichtet, jeder Spur nachzugehen, sei sie auch auf den ersten Blick noch so abwegig.«

»Ja natürlich, ich rufe sofort an.«

Wenige Minuten später teilte Jan Verheyen den anderen mit: »Jonas Flocks, Triftstraße 102, Telefon 0172 7683992.«

»Danke sehr, das ging ja schnell«, sagte Alt.

»Kennst du den Mann?«, wandte sich Marquardt an Verheyen.

»Nicht wirklich, ich weiß eigentlich nur, was Leo, mein Bruder über ihn erzählt: um die dreißig, ewiger Student und Hotel Mama!«

»Herr Verheyen, gehen Sie der Sache bitte einmal nach, nehmen einen uniformierten Kollegen mit, reden mit dem Mann, machen sich ein Bild von ihm, fragen nach seinen Alibis und so weiter!«

Judith Ripkens fuhr durch die niederrheinische Landschaft, erfreute sich an dem vielen Grün, an etlichen zartgelb blühenden Rapsfeldern, an friedlich grasenden Kühen. Sie wusste jedoch auch, dass die Mehrzahl der Rinder in riesigen Stallkomplexen gefangen war und ihnen niemals im ganzen Leben das Glück zuteilwerden würde, auf einer grünen Wiese unter blauem Himmel zu grasen. Gerade passierte sie wieder einen derartigen Viehstall ungeheuren Ausmaßes.

Judith erschauderte immer noch, wenn sie daran dachte, was sie in diesem Zusammenhang kürzlich gelesen hatte und immer noch nicht so wirklich glauben konnte: In manchen EU-Ländern, sogar bei unseren Nachbarn in Österreich und Polen existiert sogar heute noch, 2019, eine Allgemeinverfügung, die es Rinderhaltern erlaubt, den Tieren Hörner, Schwänze und Zähne zu entfernen, sie von der frischen Luft aus-zuschließen und sie stattdessen im Stall anzubinden. Judith hatte seinerzeit nach dem Lesen nach Luft gerungen und spontan ausgerufen: »Mit den Politikern, die diese Dinge erlaubt haben, sollte genau auf diese Weise verfahren werden!« -

Arme Tiere, dachte sie, musste sich dann aber sofort wieder auf das Fahren konzentrieren. Der Leihwagen, ein Mazda 3, den sie tags zuvor gemietet hatte, fuhr sich zwar höchst leicht und angenehm, aber sie hatte nun schon seit mehr als fünf Jahren nicht mehr hinter einem Lenkrad gesessen. Das Fahren hatte sich deshalb anfänglich als etwas ungewohnt erwiesen.

Im Großraum Köln war das Angebot des ÖPNV so gut aufgestellt, dass Judith auf ein eigenes Auto gut verzichten konnte. Mit der U- und S-Bahn sowie mit dem Bus kam man überall hin. Und für besondere Anlässe gab es ja Leihwagenfirmen.

Wie anders stellte sich die Situation am Niederrhein dar! Um dort von A nach B zu gelangen – und auch wieder zurück nach A – war ein Auto inzwischen unverzichtbar, der ÖPNV viel zu wenig ausgebaut. Aber auch das Taxifahren entwickelte sich in dünn besiedelten Gebieten mehr und mehr zum Problem. Einerseits hatten ständig steigende Energie- und Personalkosten in den vergangenen Jahren etliche Taxi-Unternehmen zum Aufgeben gezwungen, andererseits waren viele Menschen nicht bereit oder in der Lage, die vollkommen explodierten Preise für eine Fahrt mit dem Taxi zu bezahlen.

Plötzlich traf Judith eine Entscheidung: Sie fuhr nicht nach Geldern oder Weeze, um ehemalige Klassenkameradinnen von Peggy zu treffen, denen diese am Abend des

Abi-Jubiläums ohnehin mit großer Wahrscheinlichkeit wenig mitgeteilt hatte, was zur Klärung des Falls mithelfen könnte. Nein, nach einer knappen halben Stunde hielt sie in der Klever Straße in Kranenburg an, dort, wo Peggy Strothe zuletzt gewohnt hatte. Heise hatte zusammen mit einem Kollegen die Nachbarn bereits über Peggy befragt, das wusste sie. Aber sie hatte ein unbestimmtes Gefühl, dass sie das Richtige tat. Vielleicht erzählt man mir eher etwas als der Kripo, hoffte sie und näherte sich dem Mehrfamilienhaus, das auf den ersten Blick durch seine hässlichen betongrauen Balkonverkleidungen auffiel.

Judith drückte wahllos auf eine Klingel und nach dem ›Ja, bitte?‹, sagte sie ihren vorbereiteten Satz in die Sprechanlage: »Hallo, ich bin eine Freundin von Peggy Strothe und würde mich gerne einmal mit Ihnen über sie unterhalten, wenn Sie einen Moment Zeit haben.«

Es erfolgte keinerlei Reaktion.

Der zweite Klingelknopf, diesmal kam die unfreundliche, knappe Antwort: »Kein Interesse!«

Beim dritten Versuch hörte sie: »Wir haben der Polizei bereits alles gesagt.« Beim vierten meldete sich erst gar niemand. Judith war kurz davor, die Sache zu beenden. Blöde Idee, warum sollte auch jemand mit mir reden wollen, fragte sie sich und klingelte ein letztes Mal.

Diesmal ertönte auf ihre Anfrage hin der Türöffner verbunden mit der Antwort: »Kommen Sie rauf!«

Judith betrat staunend das kahle, wenig einladend wirkende Treppenhaus und stieg in das erste Obergeschoss hinauf, wo an der Wohnungstür eine ältere Frau, irgendwo in den 70ern, mit kurzen grauen Haaren und einem rundlichen Gesicht auf sie wartete. Sie betrachtete die Besucherin mit einem Blick, der deutliche Missbilligung zum Ausdruck brachte. Die alte Frau starrte ziemlich ungeniert in Judiths tiefes Dekolleté. Jetzt begriff sie: Da ihr Aufenthalt am Niederrhein ursprünglich nur auf das Wochenende hätte beschränkt sein sollen, war sie auch nur mit wenigen Kleidungsstücken angereist. Die dezenteren davon hatte sie während der vergangenen Tage aufgetragen, nun blieb ihr nur noch der ockerfarbige Pulli, den sie beim Abi-Jubiläum getragen hatte. Ich muss mir nachher unbedingt was anderes kaufen, das hätte ich längst tun sollen, dachte sie und wusste sofort, was die alte Frau meinte, als sie deren Frage hörte: »Sind Sie auch so eine?«

Judith lachte nur kurz auf. »Weder noch, also weder Peggy noch ich sind das, wofür Sie uns vielleicht halten. Ich treffe mich nachher mit meinem Freund und will ihm eine Freude machen, diesen Pulli mag er besonders an mir«, erklärte sie. Zu ihrer Verwunderung erwiderte die Ältere lächelnd: »Das kann ich gut verstehen. Kommen Sie bitte rein!«

Als Judith bald darauf den angebotenen Platz einnahm, erlebte sie eine Überraschung: Trotz Traumfigur ohne Übergewicht versank sie in dem altmodischen Plüschsofa so tief, dass sie fürchtete, sich ohne fremde Hilfe niemals wieder daraus erheben zu können.

»Tja, ich hatte Peggy in den letzten Jahren etwas aus den Augen verloren und wollte sie jetzt endlich mal wieder besuchen, den Kontakt auffrischen. Und dann passiert das! Unfassbar!« Nach kurzer Pause fügte sie hinzu: »Peggy kleidete sich übrigens – im Gegensatz zu mir – immer schon sehr auffällig, das war ihr Stil.«

»Nicht wenige hier – und dazu gehöre auch ich – hielten sie für eine . . . «, begann Frau Bensmann, aber Judith ging sofort dazwischen. »Nein, eine Prostituierte war Peggy auf keinen Fall. Sie hatte allerdings schon immer zahlreiche Männerbekanntschaften.«

»Also, ihre Kleidung war schon extrem und außerdem war sie oft nachts unterwegs, in der vergangenen Woche, also kurz bevor, . . . fast jede Nacht«, berichtete Frau Bensmann.

Judith blicke ihr Gegenüber nur fragend an.

»Ich weiß das, weil ich sehr schlecht schlafe und daher so gut wie alle Geräusche hier im Haus nachts mitbekomme, wer wann weggeht, heimkommt und so weiter.«

»Und Peggy war letzte Woche fast jede Nacht weg?«, fragte Judith nach.

»Ich würde sogar sagen jede Nacht, obwohl ich darüber natürlich nicht Buch geführt habe!«

»Auch in der Nacht, als das Unglück geschah?«

»Natürlich, das muss so gegen elf gewesen sein, die übliche Zeit!«

»Wann kam sie normalerweise zurück?«

»Am frühen Morgen, so gegen fünf Uhr, meistens jedenfalls.«

»Tja, das sieht für mich so aus, als ob sie sich da heimlich mit jemandem getroffen hat«, stellte Judith fest, die ja genau wusste, mit wem.

»Das sehe ich auch so«, stimmte Frau Bensmann zu und schien Judiths Gedanken gelesen zu haben, als sie hinzufügte: »Mich würde es nicht wundern, wenn der Treffpunkt genau der Ort war, wo es passierte!«

»Diesen Gedanken hatte ich übrigens auch gerade«, meinte Judith. »Wissen Sie, ob Peggy auch hier jemanden empfangen hat? Männerbesuch, meine ich.«

»Davon weiß ich nichts.«

»In der Nacht des Brandes, war da irgendetwas auffällig, anders als sonst?«, fragte Judith weiter.

Frau Bensmann überlegte kurz, dann sagte sie: »Jetzt, da Sie es erwähnen, fällt es mir wieder ein: Irgendwann gegen Mitternacht oder kurz danach – ganz genau erinnere ich mich nicht mehr – war die Polizei hier.«

»Die Polizei?«, wiederholte Judith.

»Ja, es wurde  mehrfach bei Frau Strothe geklingelt. Ich weiß das genau, es ist die Wohnung direkt gegenüber und ich kann das Klingeln hören. Außerdem waren draußen Stimmen zu vernehmen. Ich bin langsam aus dem Bett aufgestanden und habe den Vorhang ganz leicht zur Seite geschoben. Da sah ich ein Polizeiauto und zwei Beamte, die sich unterhielten«, berichtete die ältere Frau.

»Die wollten sicher überprüfen, ob Frau Strothe sich zu Hause aufhielt. Man konnte die Identität der Toten noch nicht genau feststellen«, erklärte Judith.

»Da lag ich übrigens gerade wieder im Bett, denn kurz vorher hatte es schon mal geklingelt!«, fuhr Frau Bensmann fort und Judith sah sie erneut fragend an.

»Auch mehrfaches Läuten. Auch da stand ich auf und lugte vorsichtig nach draußen.«

»Und?«

»Da war ein Mann, der sehr bald in sein Auto stieg und davonfuhr«, meinte Frau Bensmann.

»Können Sie ihn beschreiben? Wie alt war er?«, fragte Judith aufgeregt.

»Um die vierzig, aber Genaueres kann ich leider nicht sagen. Aber ich habe versucht, mir das Nummernschild zu merken. Ich hatte nämlich das unbestimmte Gefühl, da stimmt irgendetwas nicht.«

»Und?«, fragte Judith erneut und konnte ihre Neugier kaum verbergen.

»Leider war es ja dunkel und meine Augen sind auch nicht mehr die besten. Daher konnte ich von dem wegfahrenden Auto nur noch die beiden letzten Ziffern des Nummernschildes erkennen, eins und sieben!«, erzählte Frau Bensmann, die sogleich verwundert aufsah, als Judith mit lauter Stimme rief: »Siebzehn!«

»Ja, siebzehn«, wiederholte die ältere Frau. »Was ist daran so bemerkenswert?«

»Ein enger Freund von Peggy fährt ein Auto, dessen Nummernschild auf ›siebzehn‹ endet«, antwortete Judith.

Darauf antwortete Frau Bensmann nicht, blickte stattdessen wieder auf Judiths großzügigen Ausschnitt und fragte dann ganz vorsichtig: »Sie sehen zwar nicht so aus, Ihre Fragen wirken aber auf mich so, als wären Sie von der Polizei. Sind Sie?«

Judith lachte kurz auf, überrascht von der Frage der Älteren, dann sagte sie: »Nein, das nicht, aber . . . ich möchte ehrlich zu Ihnen sein. Peggy Strothe war zwar nicht unbedingt meine beste Freundin, aber eine ehemalige Klassenkameradin. Wir haben uns vor anderthalb Wochen bei unserem 25-jährigen Abi-Jubiläum nach längerer Zeit wieder mal getroffen. Jetzt habe ich den Eindruck, die Kripo kommt in dem Fall gar nicht voran, deshalb versuche ich mich zurzeit sozusagen als private Ermittlerin.«

»Verstehe! Das machen Sie richtig gut«, erwiderte Frau Bensmann, die dann die Stirn runzelte. »Wissen Sie, welcher Gedanke mir gerade eben kam?«, fragte sie und redete sogleich weiter, ohne eine Antwort abzuwarten:

»Bei dem Verbrechen ging es vielleicht gar nicht um Frau Strothe. Ich meine, der Brandstifter zündete das Haus an, konnte aber nicht wissen, dass sich jemand darin aufhielt, wer auch immer! Sonst hätte er das Feuer ja gar nicht in Gang gebracht. Verstehen Sie, was ich meine?«

Judith überlegte einen Moment, bevor sie antwortete. Die vor dem Brand erlittene Kopfverletzung bei Peggy durfte sie auf keinen Fall erwähnen, das sollte weiterhin geheim bleiben. »Ein sehr scharfsinniger Gedanke, daran habe ich bisher noch nicht gedacht«, lobte Judith die ältere Frau und setzte mit einem Seufzen hinzu: »Die ganze Sache gestaltet sich verflixt kompliziert!«

Daraufhin bedachte Frau Bensmann Judith mit einem verschwörerischen Lächeln und fragte: »Wussten Sie eigentlich, dass die Polizei sich bei der Lösung des Falles deshalb sogar an Sherlock Holmes gewandt hat?«

Ja, das weiß ich, hätte Judith beinahe geantwortet, konnte sich gerade noch bremsen und brachte mit einer Miene, die größtmögliche Verwunderung zeigen sollte, hervor: »Wie bitte? Was sagen Sie da?«

»Meine Nachbarin von gegenüber, Frau Weyers, erzählte es mir vorhin: Der eine der beiden Polizisten, die gestern hier die Leute befragten, wurde von dem anderen mehrfach mit ›Holmes‹ angeredet. Wie finden Sie das?«

»Lustig! Und hat Holmes den anderen auch mit ›Watson‹ angesprochen?«, fragte Judith lachend.

»Davon hat sie nichts gesagt«, prustete die ältere Frau.

»Haben Sie denn selbst nicht mit der Kripo gesprochen?«, fasste Judith den Gedanken in Worte, der ihr soeben durch den Kopf ging.

»Nein, ich war gestern und vorgestern zu Besuch bei meiner Schwester in Lemgo«, erklärte Frau Bensmann. Bald kehrte ein trauriger Ausdruck in ihr Gesicht zurück. »Wer kümmert sich eigentlich um die ganzen Dinge wie Beerdigung, Ausräumen der Wohnung und so weiter? Wissen Sie das?«, wandte sich die ältere Frau an Judith.

»Hm, so viel ich weiß, hatte Peggy keine näheren Verwandten außer ihrer alten Mutter, zu der kein Kontakt mehr bestand und die damit gewiss auch überfordert wäre.« Judith zuckte hilflos mit den Schultern.

»Könnten Sie das nicht übernehmen?«, fragte Frau Bensmann.

»Ich? Nein, ich fürchte, das lässt sich schon aus rechtlichen Gründen nicht machen«, erwiderte Judith. »Aber da müsste ich mich erkundigen.«

Wenig später verabschiedete sich Judith von Frau Bensmann und überreichte ihr eine Karte mit ihrer Telefonnummer. »Falls Ihnen noch etwas zu Peggy einfällt«, fügte sie hinzu.

»Sie dürfen mich übrigens gerne nochmal besuchen kommen«, sagte die ältere Frau lächelnd.

»Dann werde ich mich auf jeden Fall dezenter gekleidet vorstellen«, erwiderte Judith und beide lachten.

Oberkommissar Heise ließ sich mit Heike Buschkamps Hilfe zwei stark vergrößerte Fotos der Kanister erstellen. Auch das hatte er am Vortag versäumt, wie er sich übelgelaunt zugestehen musste. Seine Stimmung besserte sich schlagartig, als er die Bilder betrachtete. 20 Liter-Kanister der Firma Hünersdorff, die Schrift ist deutlich zu erkennen. »Danke! Das dürfte uns weiterhelfen!«, rief er der Kriminalassistentin zu.

Dann suchte er nach den Kennzeichen der Fahrzeuge, die an besagtem Tag etwa zu der Zeit an der Tankstelle vorfuhren, als der Kanistermann dort zu sehen war, ein paar Minuten vorher und auch nachher. Viel Betrieb hatte zu der fraglichen Zeit an der Tankstelle nicht geherrscht. Immerhin gelang es, vier Kennzeichen festzuhalten. Zwei der Fahrzeuge waren betankt, die beiden anderen nur kurz abgestellt worden, weil die Fahrer etwas im Shop gekauft hatten, vermutlich Alkohol und Tabakwaren.

Anhand der Nummernschilder waren die Fahrzeughalter bald ermittelt. Ob es sich dabei auch um die Fahrer handelte, würde sich zeigen. Auf den Überwachungsvideos hatte Heise drei Männer und eine Frau ausgemacht, alle zwischen 25 und 30 Jahre alt, einer vielleicht auch jünger.

Vier Namen mit den dazugehörigen Adressen, in drei Fällen auch mit Telefonnummer. Da hatte Heike wieder einmal gute und schnelle Arbeit geleistet. Aber die Aufgabe würde sich sehr zeitaufwändig gestalten, dass wusste Heise aus früheren vergleichbaren Aktionen.

Just in dem Moment, als er das Präsidium verließ, kam Verheyen von seiner Befragung zurück. Heise grüßte nur flüchtig, sein Interesse an einem neuerlichen Gequassel des Kollegen hielt sich in engen Grenzen. Außerdem hatte sich seine üble Laune darüber noch nicht gelegt, dass er es am Vortag versäumt hatte, die anderen Kennzeichen aus den Videoaufzeichnungen zu überprüfen.

Im Großraumbüro berichtete Verheyen von seinem Gespräch mit dem ›ewigen‹ Studenten Jonas Focks. »Ich habe wirklich noch nie einen Menschen getroffen, auf den das Adjektiv ›träge‹ dermaßen perfekt passt. Seine Bewegungen, seine Gestik, seine Sprache, alles träge und das in dem Alter! Er ist gerade mal 29. Kein Wunder, dass er sich im 19. Semester befindet. Wie soll das erst werden, wenn er älter wird? Dann bewegt er sich vermutlich nur noch in der Geschwindigkeit eines Dreizehen-Faultiers.«

»Die Feuerwehrtätigkeit passt aber gar nicht dazu, da wäre er doch mit seiner Trägheit völlig fehl am Platze«, stellte Hinrichs fest und nutzte die Atempause des Kollegen.

»Und sonst?«, fragte Alt.

»Auf die Brandstiftungen angesprochen erklärte Focks, damit habe er absolut nichts zu tun, er sei ja schließlich Feuerwehrmann. Er sei auch mehrfach bei den Löscharbeiten der vergangenen Wochen im Einsatz gewesen, auch Samstagnacht. Das könnten die Kollegen bestätigen.«

»Das glaube ich bestimmt!«, konstatierte Alt, »aber der Punkt ist: Wo hielt er sich in den 10 oder 20 Minuten vor dem Löscheinsatz auf, also in der Zeit, als das Feuer gelegt wurde? Was sagt die Mutter dazu?«

»Wie gesagt, Focks lebt im Hotel Mama. Die Mutter tut alles für ihren Sohn, wäscht, bügelt, putzt, kocht, trägt ihm sozusagen den Hintern nach, wie man so schön sagt«, begann Verheyen.

»Das dürfte seine Trägheit nur noch mehr steigern«, meldete sich Marquardt zu Wort.

»Vermutlich, aber das Problem ist ein anderes: Die Mutter leidet unter Schlafstörungen, nimmt Tabletten, mit deren Hilfe sie dann sehr fest schläft. Daher bekommt sie nicht mit, ob und wann ihr Sohn zum Feuerwehreinsatz gerufen wird oder ob er bereits eine halbe Stunde zuvor das Haus verlassen hat, um ein Feuer zu legen«, legte Verheyen dar.

»Also kein belastbares Alibi«, meinte Alt.

»Leider nicht!«, stimme Verheyen zu.

»Aber ist der Typ, so wie du ihn schilderst, überhaupt in der Lage, all diese Brände gelegt zu haben? Trotz seiner Trägheit oder Lahmheit?«, wollte Hinrichs wissen.

»Eher nicht, ich kann ihn mir wirklich nicht als Feuerteufel vorstellen«, antwortete Verheyen.

»Man kann nie wissen, deshalb sollten wir die Fotos von den Schaulustigen bei den Bränden mit seinem Bild vergleichen, auch wenn das eher nicht viele sind. Bei den meisten Löscharbeiten war er ja als Feuerwehrmann dabei«, führte Alt aus.

»Foto?«, fragte Verheyen. »Haben wir nicht!«

»Ist gar kein Problem, du kennst den Typ ja und würdest ihn in den Bildern garantiert wiedererkennen«, wandte sich Hinrichs an den Kollegen.

»Dann auf und wir anderen haben mit den Telefonverbindungen von Peggy Strothe genug zu tun!« Mit diesen Worten schien Alt die Akte Focks zunächst einmal beendet zu haben, da meldete sich plötzlich Nina Schepers zu Wort: »Apropos Telefondaten! Anhand seines Handys müsste sich ja feststellen lassen, wo dieser Focks sich genau zu der Zeit befand, als er den Anruf zum Löscheinsatz erhielt, zu Hause oder in der Nähe des Tatorts«, sagte die Frau und blickte die anderen erwartungsvoll an.

»Gute Idee, aber leider nur theoretisch! Für eine derartige Handy-Ortung ist natürlich eine richterliche Erlaubnis erforderlich«, gab Marquardt zu bedenken.

»Und die kann man bei dem mehr als vagen Verdacht völlig vergessen!«, ergänzte Hinrichs und setzte nach kurzer Pause hinzu: »Inzwischen kann ich voll und ganz nachvollziehen, warum sich Holmes über den maßlos übertriebenen Datenschutz in unserem Land so sehr aufregt. Das geht einfach nicht! Ich meine, wir sind die Guten, darum sollten uns auf jeden Fall alle Instrumente zur Verfügung stehen, die Bösen zu überführen. Wer nichts zu verbergen hat, dem kann es nun wirklich piepegal sein, ob die Polizei seine Telefondaten checkt oder nicht.«

»Genau das sehen manche Politiker leider anders«, lautete die Antwort des Hauptkommissars, der dann hinzufügte: »Und damit müssen wir leben!«

Oberkommissar Heise befand sich auf dem Weg, die Fahrer ausfindig zu machen, deren Autos am Mittwoch der Vorwoche etwa um die Zeit an der Tankstelle zu sehen waren, als der Mann mit den Kanistern sich dort aufhielt. Die vier in Frage kommenden Personen hatte Heise auf den Überwachungsvideos alle auf ein Alter von um die dreißig geschätzt. Daher musste er davon ausgehen, keinen davon an einem Mittwochvormittag zu Hause anzutreffen. Die Leute dürften sich stattdessen an ihren Arbeitsplätzen befinden.

Seine Vorahnungen bestätigten sich bei der ersten Adresse, die er aufsuchte. Bei Peter Hirseland in der Weberstraße reagierte auf das mehrfache Betätigen der Haustürklingel niemand. Heise blickte leicht genervt um sich. Da bemerkte er auf der gegenüberliegenden Straßenseite, ein paar Meter entfernt, einen älteren Mann, der mit seinem Dackel unterwegs war. Das kurzbeinige Hundchen, offensichtlich ein älteres Semester, kämpfte sich mühsam voran und blickte Heise dankbar an, als dieser sein Herrchen ansprach und dem Tier damit eine ebenso unerwartete wie willkommene Verschnaufpause verschaffte.

Heise stellte sich kurz vor, zeigte seinen Dienstausweis und fragte den etwa Siebzigjährigen, der erstaunlich vollem weißes Haar aufwies: »Bei Hirseland ist offenbar niemand zu Hause. Können Sie mir sagen, wo ich einen der Hausbewohner finde?«

Der Mann überlegte kurz. »Die sind auf der Arbeit«, sagte er dann. Heise stöhnte innerlich auf. »Wissen Sie auch, wo?«, fragte er wenig hoffnungsvoll.

»Der Peter arbeitet irgendwo im Rathaus, was genau weiß ich nicht, und die Bettina im Schuhhaus Scholten«, gab der Mann zur Antwort.

Heise notierte die Angaben, bedankte sich und ging zurück zum Wagen, ohne den leicht enttäuschten Blick des Dackels wahrzunehmen, der sich eine längere Pause erhofft hatte.

Beim zweiten Stopp wurde tatsächlich nach dem zweiten Läuten die Tür geöffnet und eine kleine Frau mit struppigen braunen Haaren sah Heise fragend an. Von ihr erfuhr er, dass ihr Mann als Landschaftsarchitekt irgendwo in der Nähe von Goch unterwegs sei, wo genau, wisse sie nicht.

Genau wie erwartet, dachte Heise und stieg missmutig wieder in den Wagen, um zur nächsten Adresse auf der Liste zu fahren. Er wunderte sich, wie nah sich das Haus bei der Tankstelle befand. Da hätte die Frau aus dem Überwachungsvideo besser zu Fuß dorthin gehen können, dachte Heise, denn sie hatte nicht getankt, sondern ›nur‹ etwas gekauft, was auch immer.

Der Kommissar zeigte sich angenehm überrascht, als sein Klingeln auf Anhieb erfolgreich war. Bald darauf saß er Frau Behrens in deren Wohnzimmer gegenüber und trug sein Anliegen vor.

»Am vergangenen Mittwoch haben Sie gegen 21.30 Uhr bei der Aral-Tankstelle ganz hier in der Nähe gehalten, um etwas zu kaufen«, begann Heise und nahm bei der Frau eine deutliche Verwirrung wahr. »Wie? . . . Warum . . . ?«, stammelte sie, sodass Heise schnell hinzufügte: »Die Überwachungskamera.«

»Ja und?«, fragte die Frau, offenbar immer noch nervös.

»Beruhigen Sie sich, es geht nicht um Sie, sondern um einen Mann, der etwa zur gleichen Zeit an der Tankstelle mit zwei großen Benzinkanistern erschien«, erklärte Heise.

»Ach der«, erwiderte die Frau und stürzte Heise damit in große Aufregung. »Kennen Sie ihn?«, brachte er hervor und blickte die Frau erwartungsvoll an.

»Kennen wäre zu viel gesagt, den Namen weiß ich nicht, aber ich sehe ihn hier dann und wann, er wohnt schräg gegenüber, Triftstraße, glaube ich zumindest.«

»Das ist ja super, Sie haben mir sehr geholfen!«, jubilierte Heise in einer für ihn alles andere als typischen Art. Dann bedankte er sich nochmals und verließ die Wohnung. Getreu dem Grundsatz, einen Verdächtigen niemals allein aufzusuchen, forderte Heise einen Streifenbeamten an, der nur wenig später eintraf.

Dann klingelte Heise an der ersten Tür etwa in der Mitte der Straße, stellte sich vor und fragte nach einem etwa 30 Jahre alten Mann, der irgendwo hier ganz in der Nähe wohnen müsse.

Die Frau, die die Tür geöffnet hatte, erschrak zuerst beim Anblick der Polizeiuniform des Kollegen Glaubitz, deutete dann schräg hinüber auf die andere Straßenseite und sagte: »Sie meinen bestimmt den Jonas, Jonas Focks.

Der wohnt da drüben mit seiner Mutter, genau da, wo dieser Rauch aus der Garage kommt!«

Heise und Glaubitz blickten sich entgeistert an, dann stürmten sie gleichzeitig los hinüber zu der Garage, die nur einen Spalt weit geöffnet war und aus der sowohl gräulicher Rauch quoll als auch dumpfe Motorengeräusche zu vernehmen waren.

»Ruf einen Rettungswagen! Schnell! Wir müssen da rein! Mit Taschentuch vor Mund und Nase!«, rief Heise dem Kollegen zu. Während dieser den Notruf absetzte, versuchte Heise vergeblich, das Tor hoch zu stemmen. Sofort warf er sich rücklings auf den Boden, machte sich so dünn wie möglich und quetschte sich mit letzter Kraftanstrengung unter dem Tor hindurch in die von einer wabernden Abgaswolke erfüllte Garage. Mit der Lampenfunktion seines Handys gelang es dem Kommissar, durch die weit geöffnete Tür auf der Beifahrerseite zuerst den Zündschlüssel zu finden und danach den Motor auszuschalten.

Wie von Geisterhand öffnete sich plötzlich das Garagentor. PK Glaubitz hatte den Notruf beendet, dann Uniformjacke und Mütze weggeworfen, war auf demselben Weg in die Garage gelangt wie Heise, hatte dann die Verriegelung gelöst und das Tor weit geöffnet. Sofort machten sich die Beamten daran, den Mann, der sich offenbar besinnungslos auf dem Fahrersitz befand, vorsichtig aus dem Wagen und dann aus der Garage hinaus ins Freie zu ziehen.

Sekunden später lagen alle drei auf dem Boden vor der Garage, Heise und Glaubitz hustend und nach Atem ringend, der junge Mann weiterhin bewusstlos. Man hörte bereits die Sirene des sich nähernden Rettungswagens.

»Uff, das war knapp!«, gab Heise ebenso hustend und schwer atmend wie der Kollege von sich.

»Meinst du, wir waren noch rechtzeitig?«, fragte der Polizeikommissar. Heise zuckte nur mit den Schultern.

»Kohlenmonoxidvergiftung!«, rief er dem Personal der inzwischen angekommenen Ambulanz zu. Die Rettungskräfte reagierten professionell, ohne eine Sekunde zu verlieren, führten dem Mann über eine Atemmaske hochkonzentrierten Sauerstoff zu, legten ihn vorsichtig auf eine Trage, verfrachteten ihn in den Krankenwagen und brausten davon.

Heise hatte sofort zusätzliche Beamte angefordert, um die sekündlich wachsende Zahl von Schaulustigen in Schach zu halten. Etwas zu Kräften gekommen warf er nun einen Blick in die Garage, wo er nach kurzer Suche genau das sah, was er zu finden gehofft hatte: zwei große Benzinkanister der Firma Hünersdorff. Als er einen der dunkelgrünen Behälter anhob, stutzte Heise allerdings: Der Kanister war schwer und demnach nicht, wie erwartet, leer, der andere ebenso.

Merkwürdig, dachte der Kommissar bei sich, dann wurde er aus seinen Gedanken gerissen, draußen schien ein Tumult entstanden zu sein. Aus der Garage heraus sah er, wie eine laut kreischende und wild um sich schlagende Frau von mehreren Streifenbeamten nur mühsam gebändigt werden konnte.

»Jonas! Mein Jonas, was haben die dir angetan?«, hörte Heise die Frau mit sich überschlagender Stimme schreien und wusste nun, um wen es sich handeln musste. Noch ehe der Kommissar antworten konnte, ergriff ein älterer Mann das Wort und sagte zu Jonas Focks′ Mutter: »Gar nichts! Den beiden Polizisten sollten Sie dankbar sein, die haben Ihrem Sohn das Leben gerettet, denn er war gerade dabei, Selbstmord zu begehen.«

Die Frau erwiderte nichts, wurde sogleich von einigen Nachbarn gestützt ins Haus geführt.

»Echt? Wir haben den Feuerteufel geschnappt?«, fragte Glaubitz, seiner Sache offenbar nicht ganz sicher.

»Sieht ganz danach aus«, antwortete Heise, »aber der letzte Beweis fehlt natürlich. Den finden unsere Leute von der Spurensicherung hoffentlich noch. Die muss ich sofort benachrichtigen.«

»Außerdem müssen wir ja abwarten, ob der Mann überlebt. Ich hab′ da kein gutes Gefühl, er hatte bestimmt schon eine ganze Menge von dem Zeug eingeatmet, bevor wir kamen«, stellte Glaubitz fest.

»Da dürftest du recht haben«, stimmte Heise zu und wandte sich an die anderen Uniformträger: »Ihr bleibt bitte hier und bewacht den Tatort, bis die KTU ihre Arbeit hier draußen abgeschlossen hat. Ich muss dringend ins Präsidium.«

Dann stieg er in seinen Wagen, rief die Spurensicherung herbei und fuhr los.


Beim Betreten des Präsidiums und erst recht des K1-Bereichs im Großraumbüro sorgte Oberkommissar Heise für allgemeines Erstaunen. Sowohl das äußerst mühsame Kriechen unter dem Tor hindurch als auch der Aufenthalt in der Garage selbst hatten deutliche Spuren hinterlassen. Hemd und Hose waren an mehreren Stellen eingerissen und die normalerweise pechschwarzen Haare ebenso wie der ganze Körper von einem schmutzig-grauen Schimmer bedeckt, verbunden mit einem höchst unangenehmen Gestank.

»Mit wem hast du dich denn duelliert und bestenfalls an Erfahrung gewonnen?«, witzelte Hinrichs in der für ihn typischen Weise.

»Das war es wert! PK Glaubitz und ich haben höchstwahrscheinlich den Feuerteufel aus dem Verkehr gezogen!« Mit dieser ganz ruhig vorgetragenen Aussage verblüffte Heise die anderen noch mehr als zuvor mit seinem ramponierten Erscheinungsbild.

»Was?«

»Wie bitte?«

»Los erzähl'!«

»Einen Moment noch!«, unterbrach Heike Buschkamp das allgemeine Durcheinander. Sie telefonierte bereits mit Fritz Alt. »Kommst du bitte mal ganz schnell rüber!«, hörte man sie aufgeregt sagen.

»Tja«, begann Heise, als auch der Hauptkommissar anwesend war, »wir konnten den höchstwahrscheinlichen Brandstifter gerade noch aus der Garage ziehen, in der er sich mit Hilfe der Abgase seines Autos umbringen wollte. Seinen Zustand sollten wir später im Antonius-Krankenhaus erfragen. Reden konnten wir natürlich nicht mit dem Mann.«

»Das klingt ja wirklich gut«, jubelte Alt. »Wie sicher bist du dir, dass es sich tatsächlich um unseren Teufel handelt?«

»Ziemlich sicher! In der Garage befanden sich unter anderem die beiden  - allerdings gefüllten - Kanister aus dem Video und Cuypers und seine Leute werden hoffentlich dort und im Haus noch mehr Beweise zutage fördern.«

»Ein Abschiedsbrief mit Schuldeingeständnis wäre super!«, ergänzte Marquardt.

»Hat er euch kommen sehen und deshalb in Panik versucht, sich das Leben zu nehmen?«, erkundigte sich Hinrichs.

»Auf keinen Fall! Der Abgasschwall drang bereits aus der Garage, als wir dort ankamen«, erklärte Heise.

»Wenn du diesen Begriff nicht so sehr verachten würdest, könnte man wirklich von einem sehr merkwürdigen Zufall sprechen«, meinte Hinrichs an Heise gewandt.

Noch ehe dieser darauf antworten konnte, fragte Alt: »Um wen handelt es sich überhaupt? Wie alt ist er und so weiter?«

»Alter etwa 30, er heißt Jonas Focks und . . . « Weiter kam der total verblüffte Heise nicht, denn plötzlich redeten alle anderen erneut wie im Tumult wild durcheinander.

»Was? Wie bitte?«

»Focks? Das gibt's doch nicht!«

»Das darf ja nicht wahr sein!«

»Was ist da schiefgelaufen?«

Heise starrte die anderen nur hilflos an, verstand rein gar nichts, bis Alt ihn erlöste. »Also doch kein Zufall! Jonas Focks wurde – vermutlich ganz kurz vor deinem Eintreffen – vom Kollegen Verheyen zu den Bränden befragt, nachdem Verheyens Bruder von merkwürdigen Aussagen des Feuerwehrmanns Focks berichtet hatte.«

Nun verstand Heise sofort: »Durch die Befragung wusste der Mann, dass wir ihm auf der Spur sind, geriet in Panik und versuchte sich umzubringen.«

»Das klingt zumindest sehr wahrscheinlich«, stimmte Alt zu.

In dem sich daran anschließenden Schweigen brach Verheyen in Schweiß aus, fühlte aller Augen vorwurfsvoll auf sich gerichtet. »Ich hab´ bei dem Typen nichts Verdächtiges feststellen können, verdammt noch mal, sonst hätte ich den sofort einkassiert!«, brach es mit lauter Stimme aus Verheyen heraus.

»Niemand macht Ihnen einen Vorwurf«, beruhigte Fritz Alt den Kollegen, den er wie alle, die nicht zum K1 gehörten, siezte. »Es ist einfach dumm gelaufen.«

»Hauptsache, wir haben endlich den Kerl«, ergänzte Hinrichs.

»In die Garage hätte man aber schon mal schauen können!«, meldete sich mit leiser Stimme die rothaarige Kommissarsanwärterin zu Wort und alle starrten sie an.

»Was soll das jetzt? Will die mich fertigmachen?«, schnaubte Verheyen wütend, sodass Fritz Alt eingreifen und die Wogen glätten musste.


Judith Ripkens befand sich auf dem Weg in die Klever Innenstadt, wo sie ein paar Kleidungsstücke kaufen wollte. Sie hatte ihr leichtes Lederblouson über den ockerfarbenen Pulli angezogen. Dennoch entgingen ihr die zahlreichen Männerblicke nicht, die alle eine bestimmte Stelle ihres Körpers anstarrten. Nein, dieses sehr tief ausgeschnittene Pullöverchen würde sie nicht mehr in der Öffentlichkeit tragen, man sieht einfach zu viel. Das Kleidungsstück hatte sie eigens für das Abi-Jubiläum erstanden, um bei diesem Anlass besonders attraktiv auszusehen. Das hatte ja auch perfekt funktioniert, wie sie sich innerlich schmunzelnd erinnerte.

Inzwischen war sie im Kaufhof angekommen, wo sie sich nach ein paar schicken Shirts umsah. Plötzlich merkte sie auf. Die ständig zur Anregung der Kauflust gespielte Hintergrundmusik stoppte, eine Nachricht der Antenne Niederrhein wurde verlesen:

»Der Brandstifter, der die Stadt in den vergangenen Wochen und Monaten in Angst und Schrecken versetzte, ist offenbar endlich gefasst. Am Morgen gelang es zwei Polizeibeamten, den Mann gerade noch daran zu hindern, mit Hilfe der Abgase seines Autos Selbstmord zu begehen. Die Beamten erlitten leichte Rauchvergiftungen.«

Dann ertönte wieder Musik. Judith war total aufgewühlt. Sigs hatte heute Vormittag geplant, dem Feuerteufel endlich auf die Spur zu kommen. War er einer der beiden Beamten? Hastig wählte sie seine Nummer, erreichte aber nur seine Mailbox. Sie versuchte sich zu beruhigen. In seinem Beruf gibt es garantiert etliche Situationen, in denen er nicht ans Telefon gehen kann, sagte sie sich, doch das vermochte ihre Nervosität und Besorgnis kaum zu mindern.


»Huh, mir wird auf einmal ganz schummerig, ich hab´ mich schon besser gefühlt«, sagte Oberkommissar Heise und ließ sich in einen Stuhl fallen.

Fritz Alt reagierte sofort: »Du und der Kollege Glaubitz werden auf der Stelle zum Antonius gebracht und dort untersucht. Mit Kohlenmonoxid ist nicht zu spaßen, da kann es zu höchst unschönen Spätfolgen kommen!« An Heike Buschkamp gewandt setzte er hinzu: »Heike, ruf bitte die Fahrbereitschaft an!«

Heise versuchte zwar zu protestieren, sagte, er sei nur

etwas müde, ansonsten völlig O.K., aber Alt ließ nicht mit sich reden: »Ab ins Krankenhaus!«

Auf dem Weg dorthin rief Heise seine Freundin an, deren Anruf er wenige Minuten zuvor nicht hatte annehmen können.

»Na endlich!«, rief Judith erleichtert, als sie seine Stimme hörte. »Bis du O.K.? Warst du einer von den beiden Beamten, die den Feuerteufel zur Strecke gebracht haben? Wo steckst du?«

»Erst mal runterkommen«, versuchte Heise sie zu beruhigen, ihre Aufregung spürte er mehr als deutlich.

»Die Antworten auf deine Fragen lauten ›ja‹, ›ja‹ und ›auf dem Weg ins Krankenhaus zur vorsorglichen Untersuchung‹.«

»Was heißt ›ja‹ und ›ja‹?«, fragte Judith verwirrt.

»Ganz einfach die Antworten auf deine beiden ersten Fragen. Aber weißt du was? Komm einfach zum Antonius-Krankenhaus. Mir wird da wahrscheinlich eine Sauerstoffdusche verabreicht und danach darf ich heim. Du kannst mich fahren, ich weiß nicht, ob man mich schon wieder ans Steuer lässt.«

»Ich komme sofort, bin ja schon in Kleve! Bis gleich.«


Im Präsidium diskutierten die anderen darüber, wie und vor allem wodurch die Vergiftung ausgelöst worden sei.

»Auf jeden Fall nicht mit Autoabgasen, das war einmal. Mit den heutigen modernen Motoren und vor allem der Abgasentgiftung durch Katalysatoren ist das gar nicht mehr möglich. Es sei denn, man hält sich mindestens zehn Stunden bei laufendem Motor in einer hermetisch abgeschlossenen Garage auf«, erklärte Marquardt.

»Daran hatte ich gar nicht gedacht«, räumte Hinrichs ein, »aber vielleicht hat im hinteren Teil der Garage ein Holzkohlengrill vor sich hin gequalmt. Der funktioniert bei geplantem Suizid besser und schneller.«

»Hm«, machte Alt, »das wäre Holmes bestimmt nicht entgangen. Demnach bleibt für mich nur eine einzige halbwegs plausible Erklärung.« Er hielt inne, blickte in die Runde, wartete ab. Als keiner antwortete, redete Alt weiter: »Heike, findest du bitte heraus, welches Fahrzeug auf Jonas Focks, Triftstraße, zugelassen ist.«

»Jetzt kapiere ich. Wenn es sich um ein altes Hündchen - deshalb der Buchstabe ›H‹ am Ende des Nummernschildes - handelt, also eine alte Dreckschleuder ohne Kat, dann würde es passen«, erklärte Hinrichs.

Nina Schepers, noch nicht vertraut mit den Witzchen des Kollegen, wandte ein: »Aber steht der Buchstabe ›H‹ nicht für ›historical‹?« Sie erntete ein mitleidiges Lächeln der anderen, bevor Marquardt erwiderte: »Na klar, was sonst?«

»Mercedes 190, Kennzeichen endet auf ›H‹«, rief Heike Buschkamp den anderen zu, die sie erstaunt ansahen.

»Donnerwetter, das ging aber schnell!«, staunte Hinrichs.

»Schnell ist sie ja immer, aber das hier kommt mir regelrecht verdächtig vor«, ergänzte Marquardt und Fritz Alt fragte: »Wie hast du das so schnell herausgefunden?«

Die Kriminalassistentin antwortete mit einem breiten Grinsen. »Ein einziger kurzer Anruf«, sagte sie nur und versetzte die anderen in erneutes Erstaunen. »Cuypers«, fügte sie dann hinzu.

Judith Ripkens musste im Antonius-Krankenhaus noch über eine Stunde warten, bevor sie ihren Freund endlich in die Arme schließen konnte und mit tränenunterdrückter Stimme sagte: »Da bist du ja endlich! Sag, wie geht es dir?« Dann erst richteten sich ihre Augen auf sein Äußeres. Ihrem fragenden Blick folgend erklärte Heise: »Das mit der Kleidung darfst du nicht so eng sehen, ist eine Folge meines Einsatzes in der Garage. Ich werde dir gleich auf der Fahrt alles erklären.«

»Heißt das, du darfst nach Hause?«, fragte Judith hocherfreut.

»Na klar, ich bin schließlich frisch geduscht – mit Sauerstoff natürlich! Die wollten mich zwar noch eine Nacht zur Beobachtung hierbehalten, aber das habe ich dankend abgelehnt.«

Zu Beginn der Fahrt vom Klever Krankenhaus nach Xanten berichtete Heise zusammenfassend von seinem abenteuerlichen Einsatz und schloss mit den Worten: »Der Beruf des Kriminalbeamten birgt eben allerlei Gefahren, daran wirst du dich leider gewöhnen müssen!«

»Schon geschehen!, entgegnete Judith lächelnd.

»Aber woher wusstest du schon von der Verhaftung des mutmaßlichen Feuerteufels, bevor wir telefonierten?« Die Frage hatte Heise eigentlich schon viel früher stellen wollen.

»Die Lokalnachrichten der Antenne Niederrhein im Kaufhof«, erklärte Judith.

»Und woher wussten die davon?«

»Hm, vielleicht hielt sich bei der Aktion zufällig ein Mitarbeiter der Antenne in der Nähe auf oder einer der Schaulustigen hat sie informiert«, versuchte Judith zu erklären, setzte dann hinzu: »Ist ja auch egal! Hauptsache, der Typ ist gefasst und sieht seiner gerechten Strafe entgegen für das, was er Peggy angetan hat!«

Als Heise nicht sofort antwortete, sah ihn Judith erstaunt an und fragte: »Was ist? Siehst du das etwa anders?«

»Wir wissen zum jetzigen Zeitpunkt noch nicht einmal mit absoluter Sicherheit, ob Focks das Feuer Samstagnacht gelegt hat«, erklärte Heise und verblüffte Judith damit noch mehr.

»Aber der versuchte Selbstmord, müssen wir den nicht als Schuldeingeständnis werten?«, fragte sie.

»Kann sein, muss aber nicht«, lautete Heises Antwort. »Ich hoffe wirklich, unsere Spurensicherung findet im Haus oder in der Garage irgendeinen Beweis, am besten natürlich einen Abschiedsbrief mit Schuldgeständnis. Vielleicht ist der Mann aber auch nur für zwei oder drei kleinere Brände der letzten Zeit verantwortlich und nach der Befragung durch den Kollegen so sehr in Panik geraten, auch für die nicht vom ihm gelegten Feuer angeklagt zu werden, dass es zu einer absoluten Kurzschluss-Reaktion kam«, führte Heise aus.

»Dann muss also abgewartet werden, bis der Mann zu sich kommt und von deinen Kollegen befragt werden kann«, fasste Judith zusammen und Heise stimmte zu: »So sieht es aus!«

Bald darauf erreichte man Heises Wohnung am Stadtrand von Xanten. »Ich brauche jetzt zuallererst eine Dusche, raus aus den verstunkenen Klamotten und so weiter«, rief Heise schon in der Eingangstür.

Judith blickte ihn mit einem aufreizenden Lächeln an. »Dabei würde ich dir gerne Gesellschaft leisten. Paarduschen fand ich immer schon höchst erregend!«

»Dann los!«

Im Präsidium war die Freude über die Entlarvung des mutmaßlichen Feuerteufels im Laufe des Nachmittags immer weiter in Ernüchterung umgeschlagen. Jonas Focks befand sich im Koma, sein Überleben hing an einem seidenen Faden, wie es Dr. Singer ausdrückte, als er Fritz Alt informierte. Die Spurensicherung hatte bei Focks weder im Haus noch in der Garage einen Abschiedsbrief oder etwas Vergleichbares finden können. Auch im Zimmer des Studenten war auf den ersten Blick nichts als verdächtig Einzustufendes festgestellt worden. Die Überprüfung des von dort mitgenommenen Computers würde erst nach dem Einsatz der Spezialisten erfolgen, vermutlich am folgenden Tag.-

Im hintersten Teil der Garage hatte man außer den Kanistern einen mit einer Plane bedeckten Motorroller entdeckt, dessen fast staubfreier Zustand darauf hindeutete, dass das Gefährt noch vor ganz kurzer Zeit gefahren worden war.

Beim Vergleich der Fotos der Schaulustigen bei den Bränden war ebenso wenig eine Übereinstimmung mit Jonas Focks festgestellt worden wie zwischen den abfotografierten Kennzeichen und dem Motorroller und dem alten Mercedes in der Garage.

Der nächste Rückschlag erfolgte bei der Überprüfung der so lange erwarteten Telefondaten der Toten. Die damit befassten Beamten trauten ihren Augen nicht: Von den zahlreichen Anrufen, die Peggy Strothe in den zurückliegenden Wochen sowohl empfangen als auch selbst getätigt hatte, konnten nur ganz wenige nachverfolgt werden, alle anderen waren gesperrt worden. Gleiches galt für den Email-Verkehr. Hier waren die IP-Adressen mittels VPN verborgen, also nicht feststellbar.

»Laut Holmes verfügte die Frau über unzählige Männerbekanntschaften. Wieso kommen wir da selbst über die Telefondaten nicht weiter? Das gibt's doch nicht!«, polterte ein sichtlich unzufriedener Klaas Hinrichs.

»Genau aus diesem Grunde«, antwortete Alt, »die größtenteils verheirateten Männer wollten auf Nummer sicher gehen und ihre Identität verborgen halten!«

Eine interessante Entdeckung lieferte dann Martin Hallbach, der neben Verheyen und der Kommissarsanwärterin dritte zusätzliche Beamte im Team. Sein Arbeitsbereich war normalerweise das Drogendezernat.

»Auf dem Computer war auf den ersten Blick nichts Auffälliges zu entdecken, Kleidung, Kosmetik, Suchanfragen zur Datenverschlüsselung und so weiter«, begann Hallbach und den anderen merkte man wieder einmal die Enttäuschung an, bis Nina Schepers fragte: »Und der zweite Blick?«

»Ebenfalls Fehlanzeige! Aber wozu verfügen wir über ausgesprochene Spezialisten? Nach weiteren diffizilen Untersuchungen offenbarte sich tatsächlich etwas Unerwartetes: Peggy Strothe arbeitete an einem Roman, hatte bereits an die 150 Seiten geschrieben. Der Arbeitstitel lautete ›Die Männerfresserin‹«, berichtete Hallbach.

»Die Männerfresserin?«, wiederholte Hinrichs, »der Titel passt haargenau zu dem, was Holmes uns über die Frau erzählte. Falls es sich um eine Art Autobiografie handelt, finden wir dort vielleicht Anhaltspunkte, Namen ihrer Geliebten oder Ähnliches.«

»Da muss ich euch leider enttäuschen. Ich kam zwar noch nicht dazu, das Manuskript genau zu lesen, aber beim groben Überfliegen des Textes fielen mir keine konkreten Namen auf, höchstens ein paar Vornamen, glaube ich. Stattdessen geht es ganz schön deftig zu, Übergangsbereich zwischen Erotik und Pornografie würde ich meinen«, führte Hallbach aus.

»Das klingt höchst lesenswert!«, kommentierte Klaas Hinrichs mit seinem typischen breiten Grinsen. Den zutiefst indignierten Blick, mit dem ihn Nina Schepers bedachte, nahm er nicht wahr.

»Schreibt sie in der ersten Person? Das könnte ja einen Hinweis auf autobiografische Inhalte darstellen«, gab Marquardt zu bedenken.

»Nein, alles in der dritten Person, wobei die Titelheldin, wenn ich das so sagen darf, nie mit einem Namen benannt wird, immer nur ›sie‹, vorausgesetzt, mir ist beim schnellen Querlesen nichts entgangen«, erklärte Hallbach.

»Damit werden wir uns morgen näher beschäftigen, ebenso mit den wenigen echten Telefonnummern. Ich muss noch mit der Fliege unsere Pressemitteilung besprechen«, erläuterte Fritz Alt und beendete damit die Teamsitzung.

Den Kriminaldirektor hatte er bereits Stunden zuvor in helle Freude versetzt, als er über die Ergreifung des mutmaßlichen Feuerteufels berichtete.

»Wesentlich lieber wäre es mir allerdings gewesen, wir hätten den Delinquenten noch vor seinem Selbstmordversuch zu fassen bekommen und ihn bei voller Gesundheit intensiv befragen können«, hatte Benjamin Fricke nachdenklich angemerkt.

Später am Nachmittag erkundigte sich Heise bei seiner Freundin: »Was hast du eigentlich am Vormittag bei den Mädels erfahren?«

»Oh«, machte Judith, »der Lauf der Ereignisse hat es verhindert. Ich war gar nicht bei den Mädels, sondern in Kranenburg!«

Dann berichtete Judith von ihrem Besuch bei Frau Bensmann. Heise verfolgte gebannt Judiths Schilderung und sagte dann nach kurzer Überlegung: »Da gibt es einiges zu klären!«

»Ja, besonders die Sache mit dem verdammten Autokennzeichen. Zu dumm, dass ich Kai gestern nicht danach gefragt habe«, stellte Judith fest.

»Das holen wir heute nach!«, entgegnete Heise.

»Du meinst, wir befragen Kai heute erneut?«, wunderte sich Judith.

»Ja! Noch verfügen wir über einen winzigen Vorsprung gegenüber meinen Kollegen. Aber wenn die über Peggys Telefondaten verfügen, werden sie bestimmt auf Kai stoßen und ihn befragen, das steht fest!«, meinte Heise.

»Höchstwahrscheinlich läutete Kai in der fraglichen Nacht an Peggys Wohnung, jedenfalls spricht das Nummernschild dafür«, erklärte Judith und fügte hinzu: »Aber warum?«

»Das soll er uns erklären. Meine Theorie wäre: Kai sah am heimlichen Treffpunkt mit Peggy das Feuer, bekam es mit der Angst und wollte sehen, ob sie sich zu Hause aufhält!«, legte Heise dar.

Das ehemalige Fischerdörfchen Griethausen am gleichnamigen Altrhein kam Fritz Alt auch dieses Mal wieder vor wie aus der Zeit gefallen. Sowohl der in den Ort hineinführende Postdeich als auch die Straße, wo Jörg Schafhauser wohnte, waren größtenteils von Gebäuden gesäumt, denen man ihr hohes Alter und eine daraus resultierende Notwendigkeit zur Sanierung deutlich anmerken konnte. Wohnt hier überhaupt jemand?, hatte Alt sich bei einem seiner ersten Besuche in dem Dörfchen gefragt, denn auf den Straßen begegnete ihm niemand.

Nun saß er im Haus des ehemaligen Leitenden Hauptkommissars Jörg Schafhauser. »Kaffee und Kuchen statt Abendbrot«, hatte Alt angekündigt, weil er den durchaus rüstigen, wenn auch unter Schwerhörigkeit leidenden Pensionär in der Regel nachmittags am Wochenende besuchte.

Nach dem üblichen allgemeinen Geplauder kam Schafhauser direkt zur Sache: »Großer Erfolg heute, Feuerteufel gefasst, Glückwunsch!«

»Danke sehr! Aber der Fall ist damit keineswegs restlos aufgeklärt. Wir bezweifeln, ob der verhinderte Selbstmörder den Brand am vergangenen Wochenende wirklich gelegt hat. Festzustehen scheint allerdings, dass er für die allermeisten Brandstiftungen der letzten Zeit die Verantwortung trägt«, berichtete Alt.

Er schätzte es sehr, mit dem Pensionär aktuelle Fälle zu besprechen. Schon mehrfach hatten sich dessen Einschätzungen und auch Ratschläge als hilfreich erwiesen, weil Schafhauser die Dinge aus einem völlig anderen, unvoreingenommenen Blickwinkel heraus betrachten konnte. Der überaus scharfe Verstand des 82-Jährigen verblüffte Alt ein ums andere Mal, so auch jetzt, als der alte Herr nach kurzem Überlegen feststellte: »Wenn der Brand Samstagnacht nicht das Werk des heute gefassten Feuerteufels war, dann wollte jemand diesem die Tat unterschieben und so sein eigenes Verbrechen kaschieren. Was ist in dem Haus sonst noch geschehen?«

»Volltreffer!«, lobte Alt. »Die bei dem Brand umge-kommene Frau wies eine Verletzung am Hinterkopf auf, die laut Aussage der Gerichtsmediziner keinesfalls zum Tode geführt hätte. Dies haben wir übrigens bislang ge-heim gehalten, um den wahren Täter in Sicherheit zu wiegen! Er soll glauben, wir suchen ›nur‹ nach dem Brandstifter.«

»Verstehe«, erwiderte der Pensionär und nahm ein zweites Stück Käsekuchen in Angriff, »also ein ziemlich perfider Mordplan!«

»Kann man wohl sagen!«, stimmte Alt zu.

»Die uralte Regel ›über das Motiv zum Täter‹, wie sieht es damit aus?«

»Absolute Fehlanzeige! Ich glaube, ich habe noch kei-nen Fall erlebt, bei dem wir so wenig über das Opfer wussten!«, sagte Alt und bemerkte den verwunderten Gesichtsausdruck des alten Herrn.

»Also, ich fasse mal kurz zusammen: Die Frau lebte rund vier Monate in Kranenburg. Wir wissen nichts über einen Arbeitsplatz, über Freunde, Verwandte – außer der Mutter, zu der kein Kontakt mehr besteht – einfach gar nichts. Keine Website, keine sozialen Medien, noch nicht einmal ein halbwegs aktuelles Foto. Keine Vorstrafen oder dergleichen, auch in diversen Suchmaschinen fast nichts. Wo sie sich in den letzten Jahren, bevor sie an den Niederrhein zurückkehrte, aufhielt, absolute Fehlanzei-ge! Das einzige: Sie war keineswegs als arm zu bezeich-nen, erhielt zudem eine monatliche Zahlung von 1000€, Absender unbekannt. Die allermeisten ihrer Anrufe und Mails sind höchst fachmännisch verschlüsselt, nicht zu-rückzuverfolgen.«

»Oder fachfraulich in gendergerechter Sprache«, bemerkte der alte Herr mit todernstem Gesicht, sah Alt an und beide mussten herzhaft lachen. »Man kann wirklich alles übertreiben. Aber im Ernst: Wie kann es sein, dass heutzutage in unserer hypermedialen Welt jemand so komplett unter dem Radar lebt?«, wunderte sich Alt.

»Weil man genau so leben will!«

»Und warum?«

Der Pensionär zuckte nur mit den Schultern. Dann fragte er: »Ist auch wirklich alles ausgeschöpft worden, um etwas über die Frau herauszufinden?«

Alt zögerte kurz, dann sagte er: »Einer meiner Mitarbeiter, Oberkommissar Heise, kannte sie flüchtig, war ein ehemaliger Klassenkamerad. Sie hatte sich ein paar Tage vor ihrem Tod an ihn gewandt, weil ein Stalker sie bedrängte. Ich musste den Kollegen natürlich von dem Fall abziehen.«

Der Pensionär wiegte den Kopf hin und her. »Ich würde den Kollegen noch einmal gezielt befragen, insbesondere nach anderen ehemaligen Mitschülern«, schlug er dann vor und Alt nickte zustimmend.

Für 19 Uhr war das erneute Treffen von Judith Ripkens und Siegfried Heise mit ihrem ehemaligen Klassenkameraden Kai Gehrke vereinbart worden, wieder im Restaurant Balkan in Geldern, wie bereits am Vortag. Im Vorhinein hatten sich Judith und Heise darauf verständigt, dieses Mal mit Kai Klartext zu reden, keine Ausflüchte oder offenkundige Lügen mehr zuzulassen.

Kai tauchte wenige Minuten nach sieben auf und setzte sich zu den ehemaligen Mitschülern.

»Das ist ja super, dass ihr den Brandstifter gefasst habt, das Schwein, das für Peggys Tod verantwortlich ist«, begann Kai und fügte hinzu, indem er die beiden anderen direkt anblickte: »Ich frage mich nur, was ihr da von mir noch wissen wollt.«

»Ob der gefasste Brandstifter wirklich die Verantwortung für Peggys Tod trägt, steht noch gar nicht fest. Deshalb müssen wir natürlich weiter ermitteln«, erklärte Judith.

Kai blickte mit erstaunter Miene von Heise zu Judith und wieder zurück. »Das verstehe ich nicht«, sprach er dann mit leiser Stimme.

Plötzlich erscholl von einem der anderen Tische ein durch und durch merkwürdiges Gelächter. Eine Frau begann, Sekunden später lachte die nächste, dann die dritte, alle in exakt derselben Tonlage. Heise und Judith sahen sich belustigt an, Kai kommentierte das Spektakel mit den Worten: »Haben die das etwa einstudiert?« Dann fragte er: »Wo waren wir stehengeblieben? Ach ja, warum soll der heute gefasste Brandstifter nicht für Peggys Tod verantwortlich sein?«

»Bestimmte Fakten dürfen wir noch nicht kommunizieren, damit hängt es zusammen«, erklärte Judith, merkte, dass Kai nicht verstand, was sie meinte und wandte sich dann direkt an ihn: »Die Kripo, also Sigs´ Kollegen, wird durch Befragung von Personen aus Peggys Umfeld und vermutlich auch durch die Auswertung ihrer Telefondaten sehr bald auf dich stoßen, auf dich als Peggys letzten Liebhaber. Du musst mit ein paar unangenehmen Fragen rechnen.«

Noch ehe Kai darauf etwas sagen konnte, setzte der Lach-Kanon erneut ein. Kai beantwortete die Töne mit einem lauten, täuschend echten Gackern, als ob mehrere Hühner loslegten. Prompt verstummte das Gelächter.

»Deshalb«, nahm Judith den Faden wieder auf, »deshalb musst du uns jetzt die volle Wahrheit erzählen!«

»Aber ich . . . «, doch Judith ließ ihn nicht zu Wort kommen. »Gestern hast du uns zum Beispiel angelogen. Ihr habt euch nicht in Peggys Wohnung getroffen!«

Kai wirkte betroffen. »Stimmt!«, meinte er kleinlaut.

»Bei der Befragung durch die Kripo darfst du dir auf keinen Fall eine Lüge leisten. Wenn das nämlich herauskommt, giltst du sofort als verdächtig, verstehst du?«, setzte Judith nach, wartete keine Antwort ab und fragte dann: »Ihr habt euch in dem abgebrannten Haus getroffen, nicht wahr?«

»Stimmt auch!«

»Auch in der Nacht von Samstag auf Sonntag?«

»Dazu kam es nicht!«

»Dann erzähl' uns bitte ganz genau, was in jener Nacht geschah!«, forderte Judith.

»Also, in der Woche haben wir uns jede Nacht dort getroffen, es war der Wahnsinn! Immer gegen 23 Uhr. Meine Frau hatte Nachtdienst, aber das wisst ihr ja schon. Am Samstag gegen 21 Uhr erhielt ich eine Nachricht, in der Peggy mir mitteilte, sie könne in der Nacht leider nicht kommen. Anfangs fühlte ich mich wie vor den Kopf geschlagen, war nicht nur überrascht, sondern regelrecht verärgert. Dann trifft sie sich wahrscheinlich mit jemand anderem, dachte ich. Mir war ja vorher schon klar, auch wenn ich mir diesen Gedanken verbot, dass ich nicht der Einzige war, mit dem Peggy . . . «

Er machte eine Pause, blickte Judith und Heise an, dann redete er weiter: »Nach einiger Zeit hatte ich mich beruhigt und mir fiel etwas auf, genauer gesagt waren es zwei Dinge, die mich stutzen ließen.«

»Ja?«, fragte Judith.

»Peggy hatte die Nachricht mit ihrem vollen Vornamen unterschrieben, nicht nur einfach ›P‹, und zweitens war es eindeutig ihre Nummer.«

»Ja und?«

»Sie war immer so vorsichtig, verschlüsselte alle Nachrichten, Anrufe und so weiter, wollte so wenig wie möglich von sich preisgeben«, erklärte Kai.

»Hm, das klingt schon irgendwie merkwürdig«, stellte Judith fest.

»Mir gingen wirre Gedanken durch den Kopf, ich geriet sogar in Panik, jemand könnte sie zu der Nachricht gezwungen haben. Daher rief ich Peggy an, aber es ging niemand ran. Also fuhr ich zu ihrer Wohnung, aber auf mein Läuten hin antwortete niemand. Da fasste ich den spontanen Entschluss, zu unserem Treffpunkt zu fahren, ich kann nicht mehr sagen warum. Wollte ich meinen Nebenbuhler vertreiben oder hatte ich ganz einfach ein mulmiges Gefühl?«

Er schwieg eine Weile, bevor er fortfuhr: »Ich kam kurz nach Mitternacht da an und traute meinen Augen nicht. Ich sah Feuerwehrfahrzeuge, Absperrungen, es herrschte Tumult, es brannte. Und am Straßenrand parkte Peggys Auto.«

»Und dann?«

»Habe ich sofort wieder Peggys Nummer gewählt, von meinem Handy aus und wegen der Aufregung diesmal natürlich ohne die übliche Verschlüsselung.«

»Und weiter?«

»Wieder ging niemand ran, also fuhr ich völlig aufgewühlt heim!«

»Tja«, meinte Judith nachdenklich, »im Rahmen der

Handy-Ortung wird die Kripo also sehr bald wissen, wer in besagter Nacht von welchem Ort aus Peggys Nummer wählte.«

»Mist, dabei waren wir mit Mails und so immer super vorsichtig, haben alles verschlüsselt. Meine Frau, ihr versteht!«, fluchte Kai.

»Dann kommen wir zu dem Wagen«, setzte Judith wieder an und Kai blickte überrascht drein. »Welcher Wagen?«, fragte er.

»Der Wagen von Auto Burak mit der 17 am Ende, du verstehst? Am Morgen nach unserer Feier bist du mit Peggy darin unterwegs gewesen und in der Brandnacht in Kranenburg ebenfalls!«, erklärte Judith.

Kai starrte sie an. »Woher weißt . . . «

»Ermittlungsarbeit«, unterbrach Judith. »Aber was wir herausgefunden haben, wird bald auch die Kripo wissen. Also, das Auto?«

»Ganz einfach! Unsere Büroräume befinden sich in dem Gebäude direkt neben Auto Burak. Unser Chef und Ilyaz Burak sind wohl alte Freunde, deshalb stehen für unsere Firma ständig zwei Fahrzeuge bereit, die wir nutzen können so oft wir wollen, AB 17 und 19. In den Leihwagen-Abrechnungen tauchen diese Fahrzeuge natürlich nicht auf«, erläuterte Kai.

Während Judith noch über diese Information nachzudenken schien, ergriff Heise erstmals das Wort: »Entschuldigt, wenn ich mich einmische. Ich weiß überhaupt nicht, was und wo du arbeitest.«

»Immobilienmakler bei Immo-Consult.«

»Das ist doch die Firma, die für das Grundstück Tannenweg zuständig ist, da, wo der Brand geschah!«, stellte Heise fest.

»Ja und deshalb bekam ich gleich am Montag Besuch von einem deiner Kollegen, Alt oder so ähnlich. Der befragte mich zu dem Grundstück, für das ich zurzeit zuständig bin. Ich erzählte ihm, dass ich alle paar Wochen das alte Holzhaus aufsuchte und nachsah, ob alles in Ordnung war«, sagte Kai.

»Und weiter?«, wollte Judith wissen.

»Wie? Weiter?«

»Was hast du von Peggy und dir erzählt?«

»Nichts!«

»Das war ehrlich gesagt dumm!«, entgegnete Judith spontan. »Die Kripo wird sehr bald von deiner Beziehung zu Peggy wissen und auch von deiner Anwesenheit in der Nähe des Tatorts. Das lässt dich in den Augen von Sigs´ Kollegen als verdächtig erscheinen!«

»Aber ich habe nichts Böses getan!«, rief Kai erregt und in einer Lautstärke, die etliche andere Gäste des Restaurants dazu veranlasste, zu ihnen herüberzublicken.

»Was gibt es da so blöd zu gaffen?«, schleuderte Kai ihnen entgegen.

»Das wissen wir, Kai! Mach´ dir keine Sorgen«, redete Judith beschwichtigend auf ihn ein. »Du musst aber damit rechnen, dass die Kripo dich für verdächtig hält, weil du deine Beziehung zu Peggy geheim halten wolltest!«

»Ja, das war blöd von mir!«, gab Kai zu.

»Die Nachricht, in der Peggy ankündigte, nicht zu kommen, hast du sie noch?«, erkundigte sich Judith.

«Die habe ich natürlich umgehend gelöscht. Ich wollte schließlich verhindern, dass meine Frau durch einen blöden Zufall darauf stößt«, antwortete Kai.

»Denk auf jeden Fall daran: Sag den Kollegen von Sigs alles und nur die Wahrheit! Und dass unsere Gespräche hier gestern und heute Abend nicht stattgefunden haben, brauche ich ja nicht zu erwähnen.« Mit diesen Worten verabschiedete sich Heise vom ehemaligen Klassenkameraden, der nur kurz erwiderte: »Welche Gespräche?«, bevor er das Restaurant verließ.

»Was denkst du?«, fragte Heise.

»Der arme Kai sitzt ganz schön in der Sch . . . , also in der Tinte wollte ich sagen«, antwortete Judith.

»Sehe ich auch so! Meine Kollegen werden ihn voll in die Mangel nehmen, da bin ich sicher!«, sagte Heise.

»Umso wichtiger, dass wir den wahren Täter herausfinden!«

»Oder die Täterin, man weiß ja nie!«, merkte Heise an.

# ACHTZEHN

Auch für die zweite Wochenhälfte war frühlingshaftes Wetter vorhergesagt worden mit Sonnenschein und Temperaturwerten um die 20°. Dies spiegelte sich auch in den Gesichtern vieler Menschen wider, die sich im Gegensatz zu den trüben und verregneten Vorwochen mit einem Lächeln im Gesicht zu ihren Arbeitsstellen begaben statt mit grimmigen Mienen.

Ebenso schienen sich die jeden Tag zahlreicher zurückkehrenden Zugvögel zu freuen. Man hatte den Eindruck, ihr Reviergesang würde bei Sonnenschein früher beginnen und melodischer klingen.

Oberkommissar Heise war für einen Tag dienstunfähig geschrieben worden, was Judith Ripkens mit der Äußerung kommentiert hatte: »Dann können wir ja intensiv ermitteln!«

Daher hatte man den Wecker ausgeschaltet und schreckte auf, als gegen acht Uhr das Telefon läutete. Es war Klaas Hinrichs.

»Gestern Abend habe ich euch nicht erreicht und so ganz spät wollte ich dann auch nicht mehr stören«, begann er. »Ich hatte ja versprochen, dich mit ein paar Informationen auf dem neuesten Stand zu halten.«

Heise schaltete auf ›laut‹, damit Judith mithören konnte.

»Ja, danke! Dann schieß′ los!«, sagte er gespannt.

»Inzwischen liegen uns endlich die Teledaten vor. Die

überwiegende Mehrzahl aller Gespräche ist leider verschlüsselt, vom einfachen prepaid Handy mit nicht registrierter SIM-Karte bis zum Call-ID-Spoofing und was es da sonst noch alles gibt. Jens kennt sich da ja besonders gut aus. Die Verschlüsselung betrifft sowohl die an Peggy Strothe gesandten Nachrichten als auch die von ihr selbst auf den Weg gebrachten«, berichtete Hinrichs.

»Das war zu befürchten«, kommentierte Heise.

»Aber ein paar zurückverfolgbare Nachrichten gibt es schon und dabei sind zwei höchst interessant. In der betreffenden Nacht ungefähr zur Tatzeit oder kurz danach wurde zweimal Peggy Strothes Nummer gewählt. Einmal von dir natürlich. Und jetzt darfst du raten: Von woher stammte der andere Anruf?«

»Auch vom Tatort und der Anrufer hieß Kai Gehrke«, sagte Heise trocken.

Selten zuvor hatte man Klaas Hinrichs so sprachlos erlebt wie in diesem Moment.

»Bist du noch dran?«, erkundigte sich Heise.

»Ja, aber wie? Woher . . . ?«, stammelte Hinrichs.

»Judith hat herausgefunden, dass Kai Gehrke und Peggy Strothe seit unserem Jubiläumsabend ein Verhältnis hatten«, begann Heise.

»Wow, an diesem Abend muss es ja gewaltig zur Sache gegangen sein!«, meinte Hinrichs, der sich wieder beru-higt zu haben schien.

»Kai Gehrke ist bei Immo-Consult für das Gelände mit dem abgebrannten Haus zuständig, dort traf er sich mehrfach mit Peggy Strothe. An besagtem Abend erhielt er eine Nachricht von ihr, sie käme nicht zum geheimen Treffpunkt, eben diesem Holzhaus. Aus einem spontanen Entschluss heraus fuhr Gehrke dennoch dorthin, nachdem er zuvor bei ihrer Wohnung in Kranenburg erfolglos geklingelt hatte. Als er in Tatortnähe eintraf, sah er das brennende Haus, den Feuerwehreinsatz und so weiter. In heller Panik wählte er Peggy Strothes Nummer, erfolglos. Das hat Kai uns, das heißt Judith, freiwillig erzählt.«

»Das macht ihn trotzdem ganz schön verdächtig!«, stellte Hinrichs fest.

»Mag sein. Aber kannst du bitte mal checken, ob Peggy Strothe an jenem Abend gegen 21 Uhr eine Nachricht abgeschickt hat.«

»Das weiß ich auch so«, erwiderte Hinrichs ganz spontan. »Von ihren Gerätschaften aus wurde nichts gesendet.«

»Das habe ich mir gedacht«, rief Heise, »dann hat jemand Kai von dort fernhalten wollen, nur warum?«

Nach kurzer Pause sagte Hinrichs in einem für ihn ungewohnt ernsten Ton: »Dir ist schon klar, dass du all diese Ergebnisse sofort an den Alten Fritz hättest weiterleiten müssen. Wenn er davon Wind bekäme, würdest du mit einem Riesenärger rechnen müssen!«

»Ist mir vollkommen klar. Ich kann mich doch auf dich verlassen?«

»Hundertpro!«

»Und der andere interessante Anruf? Meiner war ja bestimmt nicht gemeint«, erkundigte sich Heise.

»Wenn ich mir das so überlege: Du und Judith, Peggy Strothe und Kai Gehrke, dann war vermutlich auch Bodo Brockmeyer bei eurem Treffen dabei«, sagte Hinrichs.

Jetzt reagierte Heise völlig sprachlos und auch Judith glaubte sich verhört zu haben. »Sagtest du Brockmeyer, Bodo Brockmeyer?«, brachte Heise schließlich ganz langsam hervor.

»Genau der! Aus deiner Reaktion zu schließen war er also auch anwesend.«

»War er! Wann rief er Peggy an?«

»Genau drei Mal, am Montag und Dienstag der Vorwoche. Es kam allerdings kein Gespräch zustande. Offenbar wollte Peggy Strothe nicht rangehen«, erläuterte Hinrichs.

»Das durftest du mir aber auch nicht sagen«, stellte Heise fest.

»Dann sind wir quitt! Unser Gespräch gerade hat ohnehin niemals stattgefunden!«

»Niemals!«, bekräftigte Heise und war bereits im Begriff, sich vom Kollegen zu verabschieden, da sagte dieser: »Ach, das hätte ich beinahe vergessen: Auf dem Rechner von Peggy Strothe konnten unsere Techniker mit großer Mühe das nahezu perfekt gesicherte Manuskript eines Romans entdecken, jedenfalls die ersten etwa 150 Seiten. Ich bin noch nicht dazu gekommen, es zu lesen, aber Kollege Hallbach ist der Auffassung, für Personen unter 18 Jahren sei es nicht geeignet!«

»Ist das jetzt wieder einer deiner berühmt-berüchtigten Scherze?«, fragte Heise.

»Keineswegs! Ich maile euch gleich mal den Text zu, vielleicht könnt ihr ja noch was daraus lernen!« Mit diesen Worten verabschiedete sich Klaas Hinrichs und Judith Ripkens, die alles mitgehört hatte, sagte mit einem spitzbübischen Lächeln: »Ist ja echt ein Scherzkeks, dein Kollege! Als ob wir in dieser Beziehung noch etwas lernen könnten!« Sie schüttelte belustigt den Kopf, setzte dann jedoch rasch wieder eine ernste Miene auf und fragte: »Was fangen wir jetzt mit all diesen Informationen an?«

»Kurzfrühstück und dann los!«, rief Heise, sprang aus dem Bett und stürmte in die Küche, um die Kaffeemaschine in Gang zu setzen.

»Um neun beginnt normalerweise unsere Teamsitzung. Dort findet bestimmt zuerst die Auswertung der Teledaten statt und umgehend wird sich mein Chef auf den Weg zu Kai machen. Zwei andere Kollegen werden Bodo befragen. Das heißt: Du hast keine Zeit zu verlieren«, wandte sich Heise wenig später an Judith, die erstaunt nachfragte: »Und du?«

»Ich darf doch nicht! Außerdem wäre es nicht gut für mich, falls ein Kollege mich – zusammen mit dir – bei Bodo Brockmeyer antrifft. Deshalb machst du dich allein auf den Weg. Ich halte es für wichtig, ihn zuerst zu interviewen, bevor meine Kollegen eintreffen.« Er sah Judith an, dann fügte er hinzu: »Lass´ bitte dein Handy an, auf Gespräch meine ich, damit ich eure Unterredung mithören kann, auch wenn solche Dinge im Falle des Falles nichts gerichtsverwertbar wären.«

»Das mit dem Handy klingt echt nach Sherlock Holmes, obwohl der noch kein Telefon kannte«, erwiderte Judith.

»Vor allem kein Handy!«

Im Klever Kommissariat hatte sich die Stimmung nach der Festnahme des vermutlichen Feuerteufels zwar grundlegend gebessert, der Tod von Peggy Strothe jedoch war damit alles andere als aufgeklärt.

Noch bevor Fritz Alt die morgendliche Teamsitzung eröffnen konnte, ergriff Nina Schepers das Wort. »Also, wenn ich das richtig sehe, liegt uns immer noch kein endgültiger Beweis für die Identität des Brandopfers vor«, verblüffte die Kommissarsanwärterin die anderen. »Die Frau, die in der Wohnung in Kranenburg lebte und den grünen Kleinwagen fuhr, ist die Tote, das steht fest. Aber handelt es sich dabei tatsächlich im Peggy Strothe? Niemand hat die Leiche identifiziert, falls das überhaupt möglich ist. Kennen wir ihren Zahnarzt, um einen Gebissvergleich durchführen zu können?«

Nina Schepers blickte fragend in die Runde, während die anderen sich zum wiederholten Male über die nassforsche Art der jungen Frau wunderten.

»Ich danke Ihnen für die Anmerkung«, ergriff Fritz Alt das Wort. »Die Mutter von Peggy Strothe erklärte sich außerstande, die schwer zu ertragenden sterblichen Überreste des Brandopfers zu betrachten. Einen in Frage kommenden Zahnarzt kennen wir auch nicht. Aber ein DNA-Vergleich zwischen der alten Frau Strothe und der Toten wurde auf den Weg gebracht. Auf das Ergebnis warten wir.«

Da niemand darauf etwas erwiderte, fuhr Alt fort: »Wenden wir uns hoffentlich erfolgsversprechenderen Dingen zu.« Er sah Heike Buschkamp an.

»Wir konnten aus den Teledaten insgesamt nur sehr wenige Personen herausfiltern, die überwiegende Mehrheit hat mit allen möglichen Tricks eine Rückverfolgung der jeweiligen Nummer verhindert. Das gilt auch für die von Frau Strothe auf den Weg gebrachten Anrufe und Mails«, fasste die Kriminalassistentin zusammen.

»Die häufigsten Anrufe – in beiden Richtungen – erfolgten mit einer gewissen Pia Groothus«, berichtete Hinrichs.

»Moment mal, Pia? Der Name kommt mir bekannt vor!«, überlegte Alt kurz, dann rief er: »Ich hab's, das ist eine der beiden Frauen, die Peggy Strothes Mutter über den wahrscheinlichen Tod ihrer Tochter informierten. Eine alte Freundin des Opfers, wenn ich mich recht erinnere.«

»Dann waren da noch drei weitere weibliche Anrufer, die Sparkasse und vier männliche Anrufer, von denen zwei ganz interessant sein könnten«, führte Hinrichs weiter aus.

»Ja?«, fragte Alt gespannt.

»Der eine Anrufer, ein Bodo Brockmeyer, hat am Montag und Dienstag drei Mal versucht, Peggy Strothe zu erreichen, erfolglos«, sagte Hinrichs.

»Und der andere?«

»Das war ein Anruf in der Brandnacht, und zwar vom Tatort aus, ein gewisser Kai Gehrke.«

Kaum hatte der Kommissar den Namen ausgesprochen, da sprang Alt plötzlich wie vom Blitz getroffen auf.

»Sagtest du Gehrke?«, rief er so laut, dass alle zusammenzuckten und sich fragend ansahen.

»Ja, Kai Gehrke, kennst du ihn etwa?«, erkundigte sich Hinrichs.

»Der Mann ist bei Immo-Consult zuständig für das Projekt Tannenweg, also dort, wo der Brand geschah. Ich war am Montag bei ihm!«, erklärte Alt, sah sich kurz um und wandte sich dann an Marquardt: »Los komm! Den werden wir uns mal vorknöpfen!«

Dann blickte er in die Runde. »Klaas und Frau Schepers übernehmen die anderen Männer, Herr Verheyen bearbeitet die Sparkasse und Jens und ich werden nach dem Besuch bei Herrn Gehrke die weiblichen Anrufer abarbeiten. Herr Hallbach ist ja noch mit dem Roman-Manuskript beschäftigt!«

»Und wie! Da muss es tatsächlich ganz schön heiß zugehen, der Kollege hatte bereits mehrfach einen knallroten Kopf«, lautete wieder einmal der Kommentar des feixenden Klaas Hinrichs.

»Quatsch!«, war alles, was Hallbach darauf erwiderte.

»Dann an die Arbeit!«, forderte Fritz Alt.

Judith Ripkens befand sich wie so oft an den vergangenen Tagen unterwegs am nördlichen Niederrhein, der einmal ihre Heimat gewesen war, den sie dann aber bis auf ein paar Kurzbesuche bei ihrer Mutter fast völlig vergessen hatte.

Der weite Blick, die flache, nur von einigen Moränenzügen etwas aufgelockerte Landschaft, das viele Grün, die dünne Besiedlung – irgendwie schön, dachte sie zum wiederholten Mal in den vergangenen Tagen. Bei dem Gedanken an ihre Mutter regte sich plötzlich ein schlechtes Gewissen. Seit ihrem Aufenthalt, also jetzt bereits am sechsten Tag, hatte sie sich nicht bei ihr gemeldet, geschweige denn sie besucht. Das muss ich ganz bald nachholen, sagte sie sich, wurde dann aber höchst unsanft aus ihren Gedanken gerissen, als hinter ihr eine Hupe ertönte, laut, langanhaltend, aggressiv. Um sie auf die grüne Ampel hinzuweisen, die sie nicht wahrgenommen hatte, wäre auch ein kurzer, sanfter Hupton ausreichend gewesen. Blödmann, dachte sie, so nicht!

Sie wartete kurz, bis die Ampel von grün auf gelb umschlug, dann fuhr sie ganz langsam an, beschleunigte erst ein paar Sekunden später und zwang damit die Hupe, auf die nächste Grünphase zu warten.

Dann stiegen sehr bald andere Gedanken auf. Seit dem Abi-Jubiläum hatte sich ihr Leben – völlig unvorhergesehen - komplett gewandelt. Anstatt an ihrem PC jetzt einen Bericht über die weiter verzögerte Sanierung des Kölner Schauspielhauses und die Probleme der Ausweichstätte Mülheimer Carlswerk zu erstellen, spiele ich Kriminalpolizistin und jage den Mörder einer ehemaligen Mitschülerin, werde in wenigen Minuten erneut einen früheren Klassenkameraden befragen. Welch ein Wahnsinn!

Auf der weiteren Fahrt passierte sie im Abstand von wenigen Minuten die beiden meistbesuchten touristischen Attraktionen des Niederrheins, zunächst den schon vor etlichen Jahren auf dem Gelände des ehemaligen Schnellen Brüters nahe Kalkar entstandenen Vergnügungspark Kernwasser Wunderland, bald darauf das für seine umfangreiche Sammlung moderner Kunst berühmte Schloss Moyland. Welcher Gegensatz, dachte Judith und rief sich in Erinnerung, wie sie vor sechs oder sieben Jahren im Rahmen eines Betriebsausflugs ihrer WDR-Kulturredaktion hier einen höchst interessanten Tag verbracht und viel Neues über den nicht nur am Niederrhein bekannten Josef Beuys erfahren hatte.

Sie seufzte und erreichte bald Bedburg-Hau, wo sich im Ortsteil Hasselt die Firma von Bodo Brockmeyer befand. Er hatte sich vor ein paar Jahren mit einem Betrieb für Solartechnik selbständig gemacht.

Der ehemalige Klassenkamerad hatte auf Judiths Anruf zunächst vollkommen abweisend reagiert. Erst ihre deutliche Ansage, er würde ganz bestimmt im Laufe des Vormittags Besuch von der Kripo erhalten und es wäre besser, bestimmte Dinge zuvor mit ihr zu besprechen, stimmte ihn um.

Nun saß man in Brockmeyers Büro zusammen.

»Ich befrage dich, weil Sigs in dem Fall nicht ermitteln darf, da er das Opfer kannte«, verkündete Judith.

Der Mann wirkte auf sie nervös, mit hochrotem Kopf und ständigem Fingergeklappere. Etliche Pfunde zu viel schleppst du auch mit dir herum, dachte sie.

»Eine dringende Bitte«, begann Judith das Gespräch, »sag mir die Wahrheit, alles andere würde dich nur verdächtig machen, wenn es herauskommt!«

»Klar!«

»Also, du hast Peggy in den Tagen nach unserem Treffen mehrfach anzurufen versucht. Warum?«

Oberkommissar Heise, der – wie mit Judith vereinbart – das Gespräch von seiner Wohnung aus mitverfolgte, befürchtete bereits, ihr Handy habe den Geist aufgegeben, er hörte nichts.

Bodo Brockmeyer hatte auf Judiths Frage nicht reagiert, schwieg, dachte offenbar intensiv nach.

»Denk daran, du musst mir nicht antworten, aber der Polizei schon, die dich garantiert heute noch aufsuchen wird!«, setzte Judith nach. »Sigs und ich können dir eher helfen, wenn wir Bescheid wissen, verstehst du?«

»Ja, aber . . . «, zögerte er weiterhin.

»Los, gib dir einen Ruck!«, ermunterte ihn Judith.

»Also, wenn ich das erzähle, sitze ich ganz tief in der Scheiße!«, begann Bodo Brockmeyer schließlich und blickte Judith hilfesuchend an.

»Und noch viel tiefer, wenn du es nicht sagst!«, entgegnete sie. Dermaßen zerknirscht und wehrlos hatte sie den ehemaligen Klassenkameraden früher nie erlebt. Zu Schulzeiten war er mehr durch sein selbstsicheres, bisweilen auch arrogantes Verhalten aufgefallen. Danach hatte sie nie wieder mit ihm zu tun gehabt.

»Also gut«, begann er endlich, »vor ungefähr zehn Jahren hatte ich eine kurze, aber heftige Affäre mit Peggy. Ich denke, kein Mann wäre imstande gewesen, zu ihr ›Nein‹ zu sagen. Dabei war sie nur ein mieses billiges Flittchen!«

Judith war über diese Äußerung ebenso geschockt wie der mithörende Heise.

»Über Tote redet man aber nicht so!«, tadelte sie.

»Ist aber die Wahrheit, du wirst schon sehen, was ich meine!«

Was Judith und Heise in den folgenden Minuten von Bodo Brockmeyer erfuhren, hätten sie sich niemals vorstellen können. Beide mussten sich davon erst einmal erholen.

»Und jetzt weißt du, warum ich so tief in der Sch . . . stecke!« Mit diesen Worten beschloss Brockmeyer seinen Bericht und sah Judith an.

Diese wusste nicht, was sie darauf antworten sollte. Da läutete es auf dem Schreibtisch des Firmenchefs. Er hörte kurz hin, sagte dann: »Die sollen noch warten, ich bin in einer wichtigen geschäftlichen Besprechung!«

Er wandte sich an Judith. »Da ist die Kripo schon! Was soll ich nur tun?«

»Es hilft nichts, du musst denen die Wahrheit sagen, hörst du?«, redete Judith auf ihn ein. »Ich werde mit Sigs besprechen, wie wir dir helfen können! Eine Frage habe ich noch: Besitzt du ein Alibi für die Tatzeit Samstagnacht?«

»Ich fürchte nein. Ich war zu Hause im Bett!«

»Und deine Frau?«

»Wir schlafen getrennt, sogar auf unterschiedlichen Stockwerken wegen meines Schnarchens!«, erklärte er und setzte dann hinzu: »Meine Frau darf auf keinen Fall davon erfahren!«

»Sigs und ich werden es bestimmt nicht erzählen, aber was seine Kollegen für richtig halten, darauf haben wir keinerlei Einfluss.«

Beim Verlassen des Raumes erblickte Judith eine auffallend rothaarige junge Frau und einen Mann mittleren Alters mit glatzenartig kurzen Haaren und einem Kinn- und Oberlippenbart. Der Mann zwinkerte ihr deutlich zu. Dann bat Bodo Brockmeyer die beiden in sein Büro.

Fritz Alt und Jens Marquardt saßen in einem der unpersönlich-kalten Büroräume von Immo-Consult Kai Gehrke gegenüber. Dieser hatte sich entschieden, den am Abend zuvor von Heise und Judith erteilten Rat zu befolgen und die Wahrheit zu sagen. Das ging er nun offensiv an. Daher legte er nach Alts einleitender Bemerkung ›Sie können sich wahrscheinlich denken, warum Sie erneut Besuch von der Kripo bekommen‹ direkt los: »Ja, es war dumm von mir, bei Ihrem Besuch vor ein paar Tagen wichtige Informationen zurückzuhalten. Deshalb rede ich jetzt ganz offen!«

»Das wollen wir hoffen!«, erwiderte Alt.

»Also: Ich hatte seit etwa einer Woche ein Verhältnis mit Peggy Strothe, die ich . . . « Er erzählte nahezu wortwörtlich, was er den Klassenkameraden am Abend zuvor im Restaurant Balkan auch berichtet hatte.

»Die Nachricht, von der Sie sprachen, haben Sie die noch?«, erkundigte sich Alt.

»Die habe ich gelöscht, damit meine Frau nicht durch einen dummen Zufall darauf stößt«, antwortete Kai Gehrke.

Alt überlegte kurz, dann sagte er: »Sie haben bestimmt nichts dagegen, wenn sich meine Leute bei Ihnen zuhause umsehen und bei der Gelegenheit auch versuchen, den von Ihnen gelöschten Text wiederherzustellen.«

Gehrke wirkte zunächst leicht verwirrt. »Wie? . . .Warum?«, stammelte er, fasste sich dann aber recht schnell wieder und sagte: »Selbstverständlich! Ich habe nichts zu verbergen, aber . . . «

»Ja?«

»Nun ja, ich würde vorziehen, dass meine Frau nichts davon erfährt, ich meine von Peggy und mir, verstehen Sie?«, antwortete Gehrke. »In dieser Woche dauert ihr Dienst im Krankenhaus bis 22 Uhr. Wenn Sie also . . . «

»Unsere Spurensucher haben dann schon längst Feierabend, da brauchen Sie sich keine Sorgen zu machen. Sie werden vermutlich irgendwann im Verlauf des Nachmittags Besuch von ihnen bekommen«, beruhigte Alt den wieder nervös wirkenden Mann.

»Danke sehr!«, erwiderte dieser.

»Eine Frage noch: Haben Sie irgendeine Idee, was an jenem Abend mit Peggy Strothe passiert sein könnte?«

Der Mann sah den Beamten daraufhin noch verstörter an. »Ist das nicht klar?«, entgegnete er, »der Feuerteufel hat das Haus angezündet, ohne zu wissen, dass sich jemand darin aufhielt. Ein Glück, dass Sie das Schwein geschnappt haben! Aber ich verstehe immer noch nicht, was Sie da von mir wollen!«


»Das war ja der Hammer! Den hätten wir schon direkt mitnehmen können, oder?«, zeigte sich Nina Schepers ganz aufgeregt, nachdem sie und Klaas Hinrichs sich von Bodo Brockmeyer verabschiedet hatten.

Hinrichs reagierte gelassen. Die muss noch eine Menge lernen, dachte er bei sich. Laut sagte er: »Eins nach dem anderen! Die überaus delikate Geschichte, von der er uns berichtete, dürfte bestimmt nur ihm selbst und Peggy Strothe bekannt gewesen sein, wem sollte man auch solche Dinge erzählen? Da die Frau jetzt tot ist, weiß also nur noch Bodo Brockmeyer davon. Er hätte uns gar nicht darüber in Kenntnis setzen brauchen, uns irgendeinen unverfänglichen Grund für die Telefonate nennen können. Dennoch gibt er das Geheimnis preis, macht sich dadurch sogar höchst verdächtig. Verstehst du, was ich meine?«

»Ja, also ist er unschuldig!«, antwortete die Rothaarige.

»Auch das ist zu kurz gedacht«, stellte Hinrichs klar. »Das ist die Sache mit der Henne und dem Ei!«

Nina Schepers blickte ihn völlig ratlos an. »Jetzt kapiere ich rein gar nichts mehr!«, jammerte sie.

»Es ist so: Ebenso gut könnte er uns die Geschichte – die vielleicht sogar erfunden ist – genau deshalb erzählt haben, damit wir ihn aufgrund seiner Ehrlichkeit für unschuldig halten«, erklärte Hinrichs.

»Mein Gott, ist das kompliziert!«, befand die Kommissarsanwärterin.

»Auf jeden Fall bedeutet es für uns mühsame Kleinarbeit. Wir müssen beispielsweise herausbekommen, ob der Mann tatsächlich diese monatlichen Zahlungen geleistet hat. Wenn ja, würde das seine Geschichte natürlich glaubhaft erscheinen lassen«, führte Hinrichs aus.

»Das hat mich wirklich umgehauen!«, sagte Heise, als er mit Judith über deren Besuch bei Bodo Brockmeyer telefonierte. »Eine derartige Schweinerei hätte ich Peggy -

auch wenn ich sie kaum kannte – auf keinen Fall zugetraut!«

»Ich auch nicht, aber die Frage lautet jetzt: »Wie können wir Bodo helfen?«, fragte Judith besorgt.

»Erstmal hoffe ich, er erzählt meinen Kollegen die ganze Wahrheit, auch wenn ihn das natürlich höchst verdächtig erscheinen lässt. Tja, und für uns sehe ich nur einen Weg: Wir müssen den wahren Täter finden!«, erklärte Heise. Nach kurzer Pause fuhr der Kommissar fort: »Ist dir auch aufgefallen, wonach Bodo überhaupt nicht gefragt hat?«

Judith überlegte kurz, dann antwortete sie: »Was man überhaupt von ihm wolle, der gestern erwischte Feuerteufel habe doch Peggy auf dem Gewissen.«

»Genau das meine ich.«

»Und was hat das deiner Ansicht nach zu bedeuten?«

»Ich weiß nicht, ob es überhaupt etwas zu bedeuten hat«, gab Heise einigermaßen ratlos zurück.

»Wie gehen wir jetzt weiter vor? Ich bin immer noch überzeugt, an unserem Jubiläumsabend muss irgendetwas vorgefallen sein. Ich meine, Peggy ist genau eine Woche danach umgebracht worden. Der Täter oder die Täterin hätte das Verbrechen lange vorher verüben können!«, führte Judith aus.

»Hm, vielleicht denken wir zu sehr an die Mädels aus Peggys Klasse«, überlegte Heise.

»Was meinst du?«

»Im späteren Verlauf des Abends haben die Leute bestimmt nicht mehr getrennt nach den ehemaligen Klassen zusammengesessen und geredet, siehe Peggy und Kai. Was ich damit sagen will: Wir sollten mal bei den Leuten aus unserer Klasse nachfragen, also Gerda, Hannah,

Paul und so weiter, ob ihnen irgendetwas aufgefallen ist«, erklärte Heise.

»Klingt logisch! Wir verfügen ja dank Kai über eine Liste mit den Anschriften und Telefondaten. Möchtest du wieder mithören?«, fragte Judith.

»Such dir einfach aus, wen du anrufen möchtest, ich werde mich wieder mit Peggys Roman-Manuskript beschäftigen.«

»Die Teledaten haben uns tatsächlich ganz schön weitergeholfen!«, begann Fritz Alt am späten Nachmittag die Teamsitzung, auf der die Ergebnisse der vergangenen Stunden ausgetauscht wurden.

»Beginnen wir mit den männlichen Anrufern«, schlug der Hauptkommissar vor und fasste die Befragung von Kai Gehrke zusammen.

Klaas Hinrichs versetzte sodann die anderen in großes Erstaunen, als er Bodo Brockmeyers Aussage wiedergab.

»Wie kann man sich nur auf so was einlassen?«, kommentierte Marquardt. »Der hätte doch merken müssen, dass er nach Strich und Faden verarscht wird!«

»Anscheinend nicht«, gab Hinrichs zurück, der nach kurzer Pause weitersprach: »Wir können noch eine zweite merkwürdige Geschichte bieten: In den vergangenen Wochen erhielt Peggy Strothe mehrfach Anrufe von einer bestimmten Nummer, manchmal sogar nachts.«

»Ja und?«, fragte Alt.

»Die betreffende Nummer gehört einem Oberstudienrat vom Adenauer-Gymnasium, der Stein und Bein schwört, er könne auf keinen Fall der Anrufer sein, er kenne keine Peggy Strothe. Er hätte auch niemals mitten in der Nacht unbemerkt telefonieren können, seine Frau

278

verfüge über einen sehr leichten Schlaf. Er bot uns an, sofort seine Telekommunikationsdaten zu checken, da würde man schon sehen.«

»Den können wir abhaken. Peggy Strothe hatte garantiert andere Lover als einen übergewichtigen 60-Jährigen«, ergänzte Nina Schepers belustigt.

»Vermutlich!«, kommentierte Alt.

»Danach suchten wir Andreas Pasch auf. Der hatte vor ein paar Wochen eine Affäre mit Peggy Strothe, konnte oder wollte nicht akzeptieren, dass die Frau nach relativ kurzer Zeit das Interesse an ihm verloren hatte. Daher rief er sie mehrfach an, ohne Erfolg natürlich«, berichtete Hinrichs.

Dann wandte sich Alt an Verheyen: »O.K., weiter!«

»Bei der Sparkasse erfuhr ich nichts Bedeutsames, so sehe ich es jedenfalls. Der Filialleiter rief Peggy Strothe an, weil ein verhältnismäßig hoher Betrag auf ihrem Girokonto lag. Er wollte einen Beratungstermin mit ihr vereinbaren, um eine lukrativere Anlageform zu besprechen«, erklärte Verheyen.

»Bei dem zurzeit herrschenden Nullzinsniveau? Wie soll das gehen?«, fragte Marquardt.

»Keine Ahnung, ich bin kein Banker«, gab Verheyen zurück.

»Könnte der wahre Grund für den Anruf auch ein ganz anderer gewesen sein, kein monetärer, sondern ein privater?«, fragte Nina Schepers.

Verheyen zuckte nur mit den Schultern. »Ich konnte ihn ja schlecht fragen, ob er ein Verhältnis mit Peggy Strothe hatte.«

»Warum nicht?«, setzte die rothaarige Frau in ihrer kessen Art nach.

»Wie dem auch sei, kommen wir zu den weiblichen Anrufern«, leitete Alt zum nächsten Teil der Ergebnisse über. »Pia Groothus konnte uns ebenfalls nicht weiterhelfen. Sie hatte sich in letzter Zeit mehrfach mit Peggy Strothe getroffen und dabei den Eindruck gewonnen, der Freundin gehe es überhaupt nicht gut, sie habe einen regelrecht depressiven Eindruck vermittelt, sei mit ihrem Leben total unzufrieden.«

»Auch bei den anderen Frauen konnten wir nichts in Erfahrung bringen, was uns weiterhelfen würde«, fasste Marquardt zusammen.

»Ist ja nach Lage der Dinge auch nicht mehr nötig«, konstatierte Hinrichs. »Schließlich befinden sich zwei Personen auf unserer Verdächtigenliste ganz weit oben, an erster Stelle dieser Brockmeyer. Ein klareres Motiv kann es kaum geben. Was mich dabei allerdings stört: Warum erzählte er uns freiwillig, was ihn verdächtig macht?«

»Aber leider liegt uns bislang absolut kein Beweis vor, weder für Brockmeyers noch für Gehrkes Verwicklung in die Tat«, legte Alt dar.

Dann blickte er zu Martin Hallbach hinüber. »Und der Roman?«, fragte er. Eine Antwort erhielt er nicht, weil das Telefon läutete und Klaus Cuypers, der Chef der Spurensicherung sich meldete und von den neuesten Untersuchungen berichtete.

Nachdem er das Gespräch beendet hatte, verkündete Alt: »Wenigstens diese Sache dürfte jetzt endgültig geklärt sein: Jonas Focks ist der gesuchte Feuerteufel. Auf seinem Rechner wurden Sucheingaben zu Schlagworten wie ›Brandbeschleuniger‹ und ›Brandstiftung‹ - natürlich von ihm gelöscht – gefunden. Die Spusi hat noch einen weiteren Beweis geliefert: In einer Gepäcktasche des in der Garage entdeckten Motorrollers konnten Benzinspuren nachgewiesen werden. Das macht auch Sinn, mit dem Gefährt war es ihm möglich, überall in der Stadt schnell mobil zu sein, auch solche Wege zu benutzen, die für ein Auto nicht passierbar sind. Außerdem befanden sich auf dem PC zahlreiche Bilder. Focks fotografiert anscheinend gerne: Landschaften, Frauen, Lokomotiven, alles Mögliche. Na ja, das dürfte für unsere Arbeit von eher untergeordneter Bedeutung sein!«

»Focks steht als Feuerteufel fest, das ist schön, aber es bringt uns keinen Schritt weiter im Hinblick auf Peggy Strothes Tod«, stellte Hinrichs klar und erntete allgemeines Kopfnicken.

Martin Hallbach räusperte sich kurz. »Ach ja, der Roman!«, sagte Alt.

»Im Prinzip ist es die Geschichte einer aufregenden Frau, die in ihrer Firma durch Bettgeschichten schnell in höhere Positionen gelangt«, fasste Hallbach zusammen.

»So was soll es ja geben«, kommentierte Hinrichs.

»Ich wollte auch eher wissen, ob der Text uns irgendwie weiterhilft«, meinte Alt, woraufhin Hallbach ratlos den Kopf schüttelte. »Sieht nicht so aus!«

»Wie geht es eigentlich dem Mann, Focks? Davon war noch gar nicht die Rede?«, schaltete sich Nina Schepers wieder ein.

»Keine Veränderungen, er liegt immer noch im Koma«, antwortete Heike Buschkamp.

»O.K., ich denke, wir machen Schluss für heute«, entschied Fritz Alt. »Ich werde der Fliege noch die frohe Botschaft überbringen.«

»Du hattest recht«, begann Judith Ripkens, als sie wieder in Xanten eintraf und Heise sie neugierig ansah. »Ich habe mit Gerda telefoniert, jetzt übrigens Gerda Yilderim.«

»Dann ist mir auch klar, warum ihre Figur . . . «

»Keine Vorurteile!«, schnitt Judith ihm das Wort ab. »Es gibt bestimmt auch türkische Männer, die auf schlanke Frauen stehen!«

»Schon gut! Was sagte Gerda?«

»Sie nannte zwei interessante Vorfälle an unserem Jubiläumsabend, an die sie sich noch erinnerte. Sie sagte Bodo, also unser Bodo Brockmeyer, nicht derjenige aus der C, sei urplötzlich kreideweiß im Gesicht geworden und habe sein Bierglas auf den Boden fallen lassen, wo es in tausend Scherben zerbarst. In dem anschließenden Gelächter und Gejohle habe Kai dann gerufen: ›Mensch Bodo, ab jetzt nur noch Wasser, kein Alk mehr‹ oder so ähnlich.«

»Inzwischen wissen wir, warum Bodo diese Reaktion zeigte, nämlich, als er von Peggys nicht existierender Schwester erfuhr«, stellte Heise fest, dann fragte er: »Und die andere Sache?«

»Die ist mysteriös, könnte sich aber als sehr interessant herausstellen«, begann Judith. »Gerda ist sich sicher, im Laufe des Abends folgenden Satz vernommen zu haben: ›Wenn die sich nochmal an meinen Mann heranmacht, bringe ich sie eigenhändig um!‹ Na, was sagst du?«

Heise reagierte mit nur einem einzigen Wort: »Wer?«

»Tja, das konnte Gerda leider nicht sagen, es sei ja zunehmend lauter geworden in dem Saal, die Musik, die Gespräche in alle Richtungen, der Alkohol. Sie habe die Stimme keiner Person zuordnen können«, berichtete Judith.

»Verdammt!«, fluchte Heise. »Das könnte endlich die Spur sein, nach der wir suchen. Es muss mit Sicherheit auch andere gegeben haben, die diesen von Gerda aufgeschnappten Satz mitbekamen. Da müssen wir dranbleiben! Versuche bitte, morgen so viele Leute wie möglich – egal aus welchen Klassen – nach genau diesem Satz zu fragen!«

»Wird gemacht!«

»Noch was?«

»Ja, Gerda hatte da eine super Idee. Sie erzählte mir, die Franzi aus der C habe an besagtem Abend andauernd fotografiert«, sagte Judith.

»Ach ja? Ist mir gar nicht aufgefallen!«

»Du weißt auch, warum!«, entgegnete Judith lächelnd. »Ich habe die Franzi noch nicht erreicht, werde sie dann direkt bitten, uns die Fotos auf den PC zu schicken. Vielleicht entdecken wir dabei etwas.«

»Gute Idee!«, lobte Heise.

»Ach, das habe ich komplett vergessen. Hast du das Roman-Manuskript zu Ende gelesen?«, erkundigte sich Judith.

»Habe ich, aber leider nichts gefunden, was uns weiterhelfen könnte. Zahlreiche Sexszenen, eine Frau arbeitet sich durch die Betten in ihrer Firma stetig weiter nach oben und so weiter«, berichtete Heise.

»Also keine Spur von autobiografischen Einlassungen?«

Heise zuckte mit den Schultern. »Dazu kann ich nichts sagen, ich weiß einfach zu wenig über Peggys Leben!«

»Ja stimmt, geht mir genauso!«

»Mir brummt der Schädel! Ich denke, wir machen Schluss für heute!«, verkündete Heise.

»Du Ärmster bist ja krankgeschrieben und solltest dich schonen. Aber du hast recht, ich fühle mich auch ziemlich schlapp«, erwiderte Judith. »Wir sollten den Tag geruhsam ausklingen lassen.«

Spät am Abend sagte Klaas Hinrichs zu seiner Frau: »Ich muss dir unbedingt noch berichten, was ich heute zu hören bekam. Das war echt krass!«

»Oh ja, eine Gutenachtgeschichte habe ich schon so lange nicht mehr erzählt bekommen«, freute sich Petra Hinrichs.

»Na ja, Gutenachtgeschichte passt nicht so wirklich.«

»Egal, schieß los!«

»Also gut! Ein verheirateter Mann hat eine kurze leidenschaftliche Affäre mit einer früheren Schulfreundin.«

»So was soll ja vorkommen«, unterbrach Petra Hinrichs lächelnd.

»Monate später meldet sich die Frau wieder und . . . «

Hinrichs wiederholte, was ihm am Morgen von Bodo Brockmeyer berichtet wurde, endete dann: »Bei einem Ehemaligentreffen der Schule vernimmt der Mann kürzlich eine ihm sehr bekannte Stimme. Sie erzählt, wie froh sie sei, als Einzelkind aufgewachsen zu sein, vor allem niemals eine blöde Schwester gehabt zu haben. Eine Woche später ist die Frau tot, ermordet!«

»Uih«, machte Petra Hinrichs, »die Geschichte hat es aber in sich. Keine Spur von ›Gutenacht‹!«

»Habe ich auch nicht behauptet«, erwiderte der Kommissar.

»Sag bloß, das hat mit deinem aktuellen Fall zu tun, mit der verbrannten Frau?«, wollte Petra Hinrichs wissen, die auf das bestätigende Nicken ihres Mannes hin fortfuhr: »Dann ist ja alles klar: Der Mann war´s und ich kann ihn ehrlich gesagt ein Stück weit verstehen!«

Hinrichs blickte seine Frau mit ungewohnt ernster Miene an und sagte: »Wir reden hier über einen kaltblütigen Mord! Der Mann verfügt zwar über ein ganz starkes Motiv, ohne Zweifel, aber ein wirklicher Beweis für seine Täterschaft existiert nicht!«

»Und jetzt?«, zeigte sich Petra Hinrichs ratlos.

»Ermitteln wir weiter, und zwar in alle Richtungen!« Dann setzte er sein spitzbübisches Lächeln auf und fügte hinzu: »Aber nicht ›jetzt‹!, denn jetzt steht etwas ganz anderes auf dem Programm!«

»Ach ja?«

# NEUNZEHN

Die Sonne hatte sich schon früh durch die Wolken gekämpft und diese inzwischen vollständig verdrängt. Zahlreiche Singvögel verschiedenster Arten zwitscherten und trällerten um die Wette, nur der gerade erst von seiner ebenso weiten wie gefährlichen Reise aus dem tropischen Afrika zurückgekehrte Kuckuck begnügte sich damit, dann und wann müde seinen Namen zu intonieren. Es schien ein schöner Frühlingstag bevorzustehen.

»Du weißt ja: Ich muss heute wieder zum Dienst«, begann Heise beim Frühstück.

»Leider!«, erwiderte Judith mit traurigem Blick. »Die hätten dich ruhig einen Tag länger krankschreiben können!«

»Tja, ich fürchte, meine Kollegen werden sich inzwischen auf unseren Bodo eingeschossen haben oder vielleicht auch auf Kai«, erklärte Heise.

»Umso wichtiger, dass wir den wahren Täter finden«, rief Judith entschlossen. Darauf erwiderte Heise nichts, saß einfach nur da mit einem sehr nachdenklichen Blick.

»Was ist? Stimmt was nicht?«, erkundigte sich die Freundin vorsichtig.

»Hm, sind wir uns wirklich sicher, dass weder Bodo noch Kai. . . ?« Weiter kam Heise nicht, denn Judith ging mit erregter Stimme dazwischen: »Spinnst du jetzt total?«

»Beruhige dich! Ich meine nur: Wir kannten die beiden als Schüler mit ihren typischen Verhaltensweisen, Sprüchen, Schwächen und so weiter. Das ist 25 Jahre her, in denen wir mit beiden nie wirklich etwas zu tun hatten. Siehst du, was ich meine? Was wissen wir schon über ihre heutige Situation, ihren Charakter?«

»Ich kann dir nicht ganz folgen, fürchte ich!«

»Versteh´ mich nicht falsch, ich gehe natürlich ebenso wie du davon aus, dass weder Kai noch Bodo etwas mit Peggys Tod zu tun hat, aber in meinem Beruf bin ich schon oft genug auf Personen getroffen, denen ich ein bestimmtes Verbrechen zunächst auf keinen Fall zugetraut hätte«, erläuterte Heise.

»Das mag ja alles sein, aber ich bleibe dabei: Kai und Bodo sind für mich keine Mörder! Da verlasse ich mich voll und ganz auf mein persönliches Empfinden, mein Bauchgefühl, meine Menschenkenntnis oder wie auch immer du es nennen magst!«, erklärte Judith mit Bestimmtheit.

»Gut, aber eine Sache muss ich dir für heute noch mit auf den Weg geben: Wenn du erfahren hast, von wem dieser Satz stammt, fahre bitte auf keinen Fall allein dort hin, um die Person zu befragen. Das könnte gefährlich werden! Versprich mir das!«, forderte Heise.

»O.K., ist versprochen!«

Beim Eintreffen im Großraumbüro reagierte Heise verwundert: Außer ihm war lediglich Heike Buschkamp zugegen, die er fragend anblickte.

»Die Teamsitzung findet ab sofort wieder beim Alten Fritz statt, die drei zusätzlichen Kollegen werden offenbar nicht mehr benötigt«, informierte ihn die Kriminalassistentin und Heise staunte noch mehr.

»O.K.«, sagte er nur und begab sich zum Chefbüro.

»Wie ihr seht sind die drei zusätzlichen Kollegen wieder an ihre angestammten Einsatzorte zurückgekehrt, da wir den Fall Peggy Strothe als aufgeklärt betrachten dürfen«, begann Fritz Alt und erntete überraschte Blicke, nicht nur von Heise.

»Die Fliege weiß bereits Bescheid. Punkt eins, der DNA-Vergleich mit der Mutter bestätigt die Identität der Toten: Peggy Strothe! Punkt zwei, als Täter wird in diesen Minuten Kai Gehrke verhaftet und uns in Kürze zur Vernehmung vorgeführt werden«, erläuterte Alt.

Fassungslos starrte Heise seinen Chef an. »Aber. . . aber . . . «, begann er und geriet vor lauter Aufregung ins Stottern. »Aber . . . wieso?«

Auch die anderen wussten nicht so recht, was sie davon halten sollten und sahen Alt fragend an.

»Die Sache ist die«, fuhr dieser fort, »die Spurensicherung entdeckte in Gehrkes Garten, gut getarnt unter dichtem Buschwerk, zwei Benzinkanister, in denen sich jeweils noch ein geringer Rest an Flüssigkeit befand. Zusammen mit seiner Beziehung zum Opfer sowie der Anwesenheit am Tatort stand einem Haftbefehl nichts im Weg!«

»Aber das sind alles keine eindeutigen Beweise«, gab Heise zu bedenken.

»Die Indizienlage spricht eine eindeutige Sprache«, erwiderte Alt. Er soll uns mal erklären, wie die Benzinkanister in seinen Garten gelangt sind. Vielleicht ringt er sich ja auch zu einem Geständnis durch.«

»Und das Motiv?«, wollte Heise wissen.

»Auch das hoffe ich von ihm zu erfahren«, antwortete Alt.

Heise konnte und wollte es nicht glauben, ein ehemaliger Mitschüler als Mörder? Kurz kam ihm der Gedanke, er sei im Begriff, seine professionelle Sicht der Dinge außer Acht zu lassen, weil er sowohl das Opfer als auch den potentiellen Täter persönlich kannte. Er musste aber in seinem Beruf eher an das Schlechte in den Menschen glauben als an das Gute! Dann wurde er aus seinen Gedanken gerissen, als Heike Buschkamp verkündete: »Er ist da! Vernehmungsraum 2!«

Bald darauf saß Kai Gehrke im kahlen Vernehmungsraum und wurde von Fritz Alt befragt, Klaas Hinrichs protokollierte.

Jens Marquardt und Siegfried Heise betrachteten zusammen mit Benjamin Fricke vom Nebenraum aus das Verhör durch den Venezianischen Spiegel. Der Kriminaldirektor hatte – wie üblich – darauf bestanden, das höchstwahrscheinlich finale Vernehmungsgespräch persönlich mitzuverfolgen.

»Herr Gehrke, Sie stehen im dringenden Verdacht, in der Nacht von Samstag auf Sonntag der vorigen Woche Ihre Geliebte Peggy Strothe zuerst niedergeschlagen, dann ermordet zu haben, indem Sie das Holzhaus, in dem die Verletzte lag, in Brand setzten«, begann Alt ohne große Einleitung das Verhör.

»Niedergeschlagen? Wieso niedergeschlagen? Ich denke, der Feuerteufel hat Peggy auf dem Gewissen! Was wollen Sie überhaupt von mir?«, reagierte Kai Gehrke ebenso überrascht wie empört.

»Wie erklären Sie sich die beiden fast leeren Benzinkanister, die wir gut getarnt in Ihrem Garten fanden?«, fragte Alt mit schneidender Schärfe in der Stimme.

Plötzlich brauste der Beschuldigte auf: »Was soll der Mist? Ich habe nichts Böses getan! Statt mich zu verdächtigen, sollten Sie besser herausfinden, wer mir diese fingierte Nachricht schickte! Peggy jedenfalls nicht, da bin ich mir inzwischen sicher«, fluchte er lauthals.

Völlig unbeeindruckt erwiderte Alt: »Ich wiederhole meine Frage: Wie erklären Sie sich die Benzinkanister in Ihrem Garten?«

Kai Gehrke hatte sich wieder gefangen, denn er antwortete völlig ruhig: »Das müssen Sie denjenigen fragen, der die Kanister da abgestellt hat!«

Oberkommissar Heise verfolgte das Verhör in heller Aufregung. Er hatte das unbestimmte Gefühl, der ehemalige Klassenkamerad würde ihn ganz direkt anstarren. Aber das war absolut unmöglich, vom Vernehmungsraum aus konnte man nur in den Spiegel blicken, nicht hindurch.

Heise betrachtete Kai Gehrke genauer und stutzte. Dieser ganz spezielle Gesichtsausdruck, das kaum wahrnehmbare spöttische Lächeln in den Mundwinkeln! Das hatte er bei Kai während der Schulzeit nicht nur ein Mal erlebt, und zwar meistens, bevor er einen seiner Streiche losließ. Oft auch, wenn er vom Lehrer aufgefordert wurde, das Gesagte zu wiederholen, da er gerade mit anderen Dingen beschäftigt zu sein schien. Dann hatte Kai wortwörtlich die letzten Sätze des Lehrers heruntergerasselt und gefragt: »Noch mehr?«

Heise fühlte sich 25 Jahre zurückversetzt und dachte: Was heckt Kai jetzt wieder aus?

Judith Ripkens hatte unterdessen zahlreiche Telefonate mit ehemaligen Mitschülern aus allen drei Klassen geführt und fluchte vor sich hin. Wieso erinnerte sich niemand an den von Gerda gehörten Satz? Vielleicht blocken da einige und manch andere waren bestimmt schon so hackevoll, dass sie die Drohung nicht mitbekommen haben, dachte sie.

Inzwischen hatte Franzi die Fotos geschickt. Judith kam eine Idee: Ich muss mir ansehen, wer sich in Gerdas Nähe aufgehalten hat und diejenigen dann gezielt fragen, überlegte sie. Dies jedoch erwies sich als schwierig. Wer war zum Beispiel die rotblonde Frau mit der türkisfarbenen Bluse oder der korpulente Mann mit der sich deutlich ankündigenden Halbglatze? Viele der Gesichter auf den Fotos konnte sie nicht zuordnen. Sie seufzte. Ist ja nicht verwunderlich. Die allermeisten habe ich 25 Jahre lang nicht gesehen. Ich erkenne ja nicht einmal alle aus meiner Klasse wieder und zu den Leuten aus den beiden Parallelklassen bestanden seinerzeit ohnehin kaum Kontakte. Aber es hilft nichts, es muss weitergehen!

Also rief sie Gerda und Jutta an und beschrieb ihnen die in Frage kommenden Personen. Nach etlichen weiteren Anrufen ergab sich ein klareres Bild: Mehrere Ehemalige waren sich ziemlich einig, von wem der Satz stammte.

Wie von Heise vorausgeahnt, waren alle von Kai Gehrke überrascht worden. Genau wie damals, hatte der Kommissar unwillkürlich geschmunzelt, als der Verdächtige völlig unaufgeregt berichtete, nach einem gescheiterten Einbruchsversuch einige Jahre zuvor habe er das gesamte Grundstück mit Überwachungskameras ausgestattet, außer dem Haus natürlich auch den Garten. Daher sei es durchaus denkbar, seiner Ansicht nach sogar sehr wahrscheinlich, dass eine der Kameras die Person erfasst hatte, die die Kanister im Garten abstellte.

Ein sichtlich genervter Fritz Alt hatte daraufhin sofort das Verhör abgebrochen und Hinrichs und Marquardt mitsamt dem verdächtigen Kai Gehrke zu dessen Haus beordert, um die Überwachungsvideos zu überprüfen.

Jetzt beugten sich die Beamten in Gehrkes Arbeitszimmer hinab zum Bildschirm.

»Wann?«, fragte Marquardt.

»Am wahrscheinlichsten direkt in der Nacht des Brandes, würde ich sagen«, antwortete Hinrichs und gab Gehrke, der vor dem Monitor saß, ein Zeichen, die Aufnahmen zu starten.

»Hoffentlich haben Sie die Aufzeichnungen jener Nacht nicht gelöscht!«, meinte Marquardt.

»Zum Glück nicht, ich warte damit meistens zwei Wochen«, gab Gehrke zurück.

Alle drei starrten gebannt auf den Bildschirm, als die Videos derjenigen Kamera im Schnellgang durchliefen, die auf den Garten gerichtet war.

»Stopp!«, riefen Marquardt und Hinrichs gleichzeitig und auch Kai Gehrke hatte es gesehen und das Video angehalten. Er spulte ein Stück zurück, dann wieder vor.

»Da ist er!«, schrie er, die Erleichterung war ihm deutlich anzumerken. »Das muss er sein!«

»Bitte ganz langsam vorspielen! Uhrzeit 3.36«, wandte sich Hinrichs an den Hausherrn. Sekunden später sah man eine Person, die sich in gebückter Haltung mit zwei Kanistern in den Garten bewegte. Das Abstellen der Gefäße am Boden selbst war nicht mehr zu erkennen, da sich der betreffende Bereich außerhalb des Aufnahmewinkels der Kamera befand.

»Stopp und jetzt bitte vergrößern!«, lautete Hinrichs′ nächste Ansage. Nach mehreren Versuchen gelang dies

Kai Gehrke und die drei Männer betrachteten intensiv das Bild auf dem Monitor.

»So richtig gut ist der leider nicht zu erkennen«, schimpfte Marquardt mit Recht, die Person trug nämlich einen dunklen Kapuzenpullover, sodass von Haaren und Gesicht kaum etwas zu sehen war. Außerdem blickte die Figur in gebückter Haltung ständig auf den Boden. Es war nicht einmal zweifelsfrei auszumachen, ob es sich um einen Mann oder eine Frau handelte.

»Hm«, machte Hinrichs, dem die Enttäuschung deutlich anzumerken war, »am besten, wir spulen ein Stück vor. Vielleicht können wir mehr sehen, wenn er wieder zurückkommt!«

Diese Hoffnung bewahrheitete sich leider nicht. Zu sehen war etwas später die Person ohne Kanister auf dem Rückweg, aber weiterhin in gebückter Haltung, sodass vom Gesicht unter der tief heruntergezogenen Kapuze wieder nichts zu erkennen war.

»Mist«, fluchte Marquardt. »Da ist so gut wie nichts zu sehen. Das kann ja jeder sein!«

In diesem Moment klopfte es an der Tür und eine etwa 40-jährige Frau mit blonder Lockenmähne betrat den Raum. Sie betrachtete argwöhnisch die drei um den Bildschirm versammelten Männer. »Du bist nicht bei der Arbeit?«, fragte sie erstaunt.

»Nein, die Herren sind von der Polizei. In der Nachbarschaft gab es vorige Woche wieder Einbruchsversuche. Möglicherweise ist auf unseren Überwachungskameras etwas zu erkennen, was da weiterhilft«, erklärte er.

»Ach so, ja dann viel Glück!«, erwiderte die Frau und verließ den Raum.

»Alle Achtung, das haben Sie wirklich clever gelöst!«, wandte sich Hinrichs an den Hausherrn, in Richtung seines Kollegen sagte der Kommissar dann: »Ich denke, mehr geben die Videos nicht her, wir fahren zurück zum Präsidium.«

»Nehmen Sie mich wieder mit?«, lautete Gehrkes bange Frage.

»Nein«, antwortete Marquardt, »aber ein Gedanke drängt sich immer wieder auf: Wer könnte ein solches Interesse daran haben, Sie als verdächtig erscheinen zu lassen?«

Kai Gehrke zuckte hilflos mit den Schultern. »Darüber zerbreche ich mir natürlich auch den Kopf, leider ohne jedes Ergebnis!«

Judith Ripkens grübelte darüber nach, wie sie weiter verfahren sollte. Es reizte sie schon, die betreffende Person sofort aufzusuchen und zu befragen, auch wenn sie dazu nach Emmerich fahren müsste. Aber sie hatte ja versprochen, sich nicht unnötig einer möglichen Gefahr auszusetzen. Sie seufzte. Da klingelte ihr Handy.

»Judith Ripkens, hallo!«

»Hallo, hier ist Frau Bensmann.«

»Guten Tag, Frau Bensmann!«

»Erinnern Sie sich an mich?«

»Ja natürlich! Peggy Strothes Nachbarin.«

»Stimmt! Sie äußerten neulich, falls mir noch etwas einfiele . . . «

»Ja?«, unterbrach Judith.

»Mir ist da tatsächlich noch etwas aufgefallen. Würde es Ihnen etwas ausmachen, nochmal bei mir vorbeizuschauen?«, fragte die alte Frau.

»Kein Problem, ich bin schon unterwegs!«

Schnell zog sie sich das hochgeschlossene beigefarbene Sweatshirt an, das sie tags zuvor erstanden hatte und machte sich auf den Weg.

Sie wurde von Frau Bensmann wieder in das kleine Wohnzimmer geführt, das mit altmodischen, aber charmanten Möbeln eingerichtet war. Die alte Frau bat Judith Platz zu nehmen, die bald erneut in dem Plüschsofa versank.

»Kaffee kommt gleich, beim Gebäck dürfen Sie sich gerne schon bedienen«, sagte sie.

Wenig später genoss Judith den ersten Schluck. Die kleine Stärkung ist genau das Richtige, dachte sie, dann fragte sie: »Wissen Sie eigentlich, wie ich heiße?«

Die alte Frau wunderte sich über diese Frage. »Judith Ripkens, das steht zumindest auf der Karte, die Sie mir letzthin überreichten.«

»Ja klar, das ist mein richtiger Name, aber zurzeit heiße ich eher ›Watson‹.«

Den ratlosen Blick der anderen nahm Judith schmunzelnd zur Kenntnis, bevor sie weitersprach: »Sie erinnern sich, dass einer der Kriminalbeamten, die Anfang der Woche die Nachbarn befragten, von seinem Kollegen ›Holmes‹ genannt wurde?«

»Ja, schon.«

»Oberkommissar Heise, Spitzname Holmes, das ist mein Freund, übrigens derjenige, der – zusammen mit einem Kollegen – vorgestern den Feuerteufel zur Strecke brachte. Und ich fungiere im Moment als eine Art Assistentin für ihn – deshalb Watson!«, erläuterte Judith lächelnd.

Frau Bensmann lächelte ebenfalls. »Na, dann Glückwunsch an Ihren Holmes! Ich bin mir übrigens gar nicht mehr sicher, ob ich Sie nicht grundlos zu mir gebeten habe. Mit der Festnahme des Brandstifters ist ja auch Frau Strothes Tod aufgeklärt, nicht wahr?«

»Das steht leider noch keineswegs fest«, entgegnete Judith und  verwirrte die alte Frau damit ganz offensichtlich.

»Ist ja auch egal! Damit hat das, was ich Ihnen berichten wollte, ohnehin nichts zu tun«, meinte sie dann.

»Erzählen Sie ruhig!«

»Nun ja, mir war aufgefallen, dass seit ein paar Wochen immer wieder eine Person auf einem Motorroller hier herumfuhr, ob Mann oder Frau war nicht zu erkennen, dunkle Kleidung, dunkler Helm, dunkle Brille. Der Roller selbst war grau mit hellen Streifen und einer großen Gepäckbox.«

Nach kurzer Pause redete sie weiter: »Mehrfach fuhr die Person auf dem Roller hier ganz langsam vorbei, blickte gezielt auf unser Haus, da bin ich mir sicher. Zweimal bekam ich auch mit, wie der Roller etwa hundert Meter weiter anhielt und die Fahrerin oder der Fahrer genau auf unser Haus zurückblickte.«

»Donnerwetter! Da haben Sie aber ganz genau beobachtet!«, lobte Judith die alte Frau, wusste im Moment aber nicht, was sie mit deren Bericht anfangen sollte.

»Was mir allerdings dann merkwürdig vorkam«, fuhr Frau Bensmann fort, »seit der Brandnacht hat niemand mehr den Motorroller hier gesehen!«

»Hm«, machte Judith, »das klingt tatsächlich eigenartig!« Nach kurzem Nachdenken rief sie dann so plötzlich, dass Frau Bensmann erschrak und sie verständnislos ansah: »Der Stalker!«

»Stalker?«, wiederholte die alte Frau unsicher.

»Peggy hatte meinen Freund um Hilfe gebeten, weil jemand ihr seit Wochen nachstellte, sie heimlich fotografierte, zu allen möglichen und unmöglichen Zeiten anrief, sie mit anzüglichen Redensarten belästigte und so weiter«, erklärte Judith.

»Ach so!«

»Demnach spricht einiges dafür, dass die von Ihnen auf dem Roller beobachtete Person, wohl ein Mann, der Stalker war, der Peggy so zusetzte. Nach ihrem Tod tauchte er nicht mehr auf, das würde passen!«, folgerte Judith.

»Aber damit wissen wir leider immer noch nicht, wer das war, ein Nummernschild konnte ich nicht erkennen«, sagte Frau Bensmann, in deren Stimme ein Hauch von Enttäuschung mitschwang.

Hinrichs und Marquardt berichteten nach ihrer Rückkehr von den Video-Aufnahmen aus Kai Gehrkes Garten.

»Sieh´ es dir selbst an!«, wandte sich Marquardt an Fritz Alt. Der Jungkommissar hatte die betreffenden Sequenzen inzwischen auf den PC an seinem Arbeitsplatz geleitet.

Alt betrachtete die Videos vom Hin- und Rückweg der Person im Garten der Gehrkes intensiv, dann fluchte er. »Verdammter Mist! Darauf ist so gut wie nichts zu erkennen, was uns bei der Identifizierung helfen könnte.«

»Da Gehrke dadurch erst mal aus dem Schneider ist, sollten wir uns den Brockmeyer wieder genauer vornehmen«, schlug Marquardt vor und Hinrichs ergänzte: »Einen anderen Verdächtigen sehe ich weit und breit nicht!«

Eine Stunde später saß Bodo Brockmeyer im unpersönlich-kalten Vernehmungsraum Fritz Alt und Jens Marquardt gegenüber und polterte direkt los: »Ich verstehe überhaupt nicht, was das zu bedeuten hat! Gestern habe ich Ihren Kollegen bereits alles erzählt, was ich weiß. Außerdem ist der Fall ja mit der Verhaftung des Feuerteufels geklärt. Was wollen Sie da noch von mir?«

»Immer mit der Ruhe!«, versuchte Alt den sichtlich aufgebrachten Mann erst einmal zu beschwichtigen. »Ich habe natürlich das Vernehmungsprotokoll meiner Kollegen gelesen und möchte von Ihnen nur noch ein paar ergänzende Fragen beantwortet bekommen.«

»Deshalb lassen Sie mich wie einen Verbrecher abführen? Wie soll ich das den Mitarbeitern meiner Firma erklären?«, fragte Bodo Brockmeyer immer noch höchst ungehalten.

Ohne darauf einzugehen fragte Alt: »Herr Brockmeyer! Als Ihnen durch Peggy Strothes Bemerkung während des Abi-Jubiläums klar wurde, dass die Frau Sie jahrelang um eine Menge Geld betrogen hatte, was war da Ihr erster Gedanke?«

»Ich fühlte mich wie vom Blitz getroffen, das dürfen Sie mir glauben. Keine Schwester, also auch kein Kind, alles Lug und Trug. Ich ließ vor Schreck mein Bierglas fallen!«, antwortete Brockmeyer.

»Kam Ihnen nicht sofort das Wort ›Rache‹ in den Sinn?«

»Nein, das nicht. Eher die Frage nach dem ›Warum‹.«

»Aber Sie sprachen die Frau nicht direkt darauf an.«

»Nein, ich wollte natürlich vermeiden, dass jede Menge Leute davon erfuhren. Das wäre mir in dem Moment peinlich gewesen. Außerdem sah ich die Gefahr, dass die Geschichte sich schnell weiter herumspricht, bis zu meiner Frau zum Beispiel!«, erklärte Brockmeyer, zögerte kurz und redete dann weiter: »Aber ich hätte es tun sollen! Dann hätten alle erfahren, was für ein mieses Schwein Peggy Strothe ist . . . oder war!«

»Stattdessen versuchten Sie mehrfach erfolglos, sie telefonisch zu erreichen und lauerten ihr schließlich in der Nähe ihrer Wohnung auf, um sie zur Rede zu stellen.«

»Ganz genau!«

»Und?«

»Sie verblüffte mich auf zweierlei Weise: Erstens wusste sie auf meine Frage nach dem Warum keine Antwort, es hätte sich einfach so ergeben, meinte sie«, antwortete Brockmeyer.

»Und zweitens?«

»Als ich von Anzeige wegen Betrugs sprach, erklärte sie sich sofort bereit, die gesamte Summe – immerhin mehr als 100.000 Euro – zurückzuzahlen. Das Geld könnte sie aber erst in circa einer Woche beisammen haben.«

»Darauf ließen Sie sich ein?«, wunderte sich Alt.

»Notgedrungen! Bei einer Anzeige wären naturgemäß mehr Personen in die Sache eingeweiht worden, vielleicht hätte man auch meine Frau befragt. Das wollte ich aus naheliegenden Gründen unbedingt vermeiden«, führte Brockmeyer aus.

»Diesen Vaterschaftstest, haben Sie den noch und woher stammte er?«, wollte Alt dann wissen.

»Vom DNA-Labor der Uni Innsbruck! Dort lebte angeblich Peggys Schwester. Ich sah keinen Grund, das Ergebnis anzuzweifeln. Briefkopf der Uni, Stempel und so weiter, das wirkte alles total echt! Den Bescheid habe ich natürlich umgehend vernichtet, meine Frau durfte ja auf keinen Fall davon erfahren, durch einen blöden Zufall oder so«, antwortete Brockmeyer.

»Wie lief das eigentlich praktisch ab, den Test meine ich«, fragte Alt nach.

»Ganz einfach, ich schickte ein paar Haare von mir und eine Speichelprobe an das Institut, Peggy wollte sich um alles Weitere kümmern.«

»Kam Ihnen das nicht merkwürdig vor?«

»Nein, wie gesagt der Briefkopf des DNA-Labors, der Stempel, die Unterschrift des Leiters, Professor Vilsbrugger und so weiter! Alles wirkte 100%ig echt! Außerdem habe ich natürlich recherchiert. Der Leiter des Labors heißt wirklich Professor Vilsbrugger.«

»Wie gelang es Ihnen, monatlich 1000 Euro zu zahlen, ohne dass Ihre Frau das merkte?«, fragte Alt dann.

»Die finanzielle Seite der Firma wird nur von mir bearbeitet, obwohl der Großteil des Kapitals von ihr stammte«, erwiderte der Verdächtige und setzte mit dem Hauch eines Lächelns hinzu: »Außerdem bin ich auf einen Trick aufmerksam geworden, mit dessen Hilfe ich die Zahlungen zu einem beträchtlichen Teil steuerlich geltend machen, also absetzen konnte!«

»Was es nicht alles gibt!«, staunte Alt. Dann blickte er dem Mann direkt in die Augen und fragte: »Warum erzählen Sie uns das alles überhaupt? Höchstwahrscheinlich war die Sache nur Ihnen und Frau Strothe bekannt. Die ist jetzt tot. Warum machen Sie sich dennoch ohne Grund verdächtig?«

»Durch die Anrufe war mir klar, sie würden früher oder später zu mir kommen. Was sollte ich da sagen? Ich entschied mich für die Wahrheit, ich konnte ja nicht ausschließen, dass doch noch andere Personen die Geschichte kannten, der Testfälscher zum Beispiel. Wie verdächtig hätte ich dagestanden, falls ich Ihnen irgendein

Märchen aufgetischt hätte und Sie später auf die Wahrheit gestoßen wären?«, erklärte Bodo Brockmeyer.

Dann schwieg er kurz und sah den Hauptkommissar direkt an. »Haben Sie schon mal darüber nachgedacht, wie idiotisch es für mich gewesen wäre, Peggy Strothe umzubringen? Jetzt, wo sie tot ist, komme ich nämlich nie mehr an das Geld, das sie mir zurückzahlen wollte«, sagte er.

»Für diese angebliche Bereitschaft zur Rückzahlung existiert kein Beweis, einzig und allein Ihre Aussage!«, entgegnete Alt.

»Was soll das heißen? Glauben Sie mir etwa nicht?«, fauchte Bodo Brockmeyer.

»In unserem Beruf geht es nicht um ›glauben‹, was wir benötigen sind Beweise, Fakten!«, erwiderte Alt, der gleich darauf die nächste Frage stellte: » Wann sollte die Rückzahlung erfolgen?«

»Ausgemacht war, dass ich mich am Montag, also am vergangenen Montag, wieder bei ihr melde und sie mir dann den Termin nennt!«

Nach dem Gespräch mit Bodo Brockmeyer waren Alt und Marquardt zu Hinrichs und Heise in den Nebenraum gekommen, von wo aus die beiden durch den Venezianischen Spiegel alles mitverfolgt hatten. Fritz Alt, dem die Unzufriedenheit sehr deutlich im Gesicht stand, wandte sich zunächst an Heise: »Du kennst den Mann, was denkst du?«

»Kennen?«, gab Heise zurück. »Hast du vergessen, dass ich 25 Jahre lang kaum mit ihm zu tun hatte? Aber er verhielt sich genauso, wie ich ihn in Erinnerung hatte: selbstsicheres Auftreten, redefreudig, etwas großspurig, cool! Und was er sagte, klang durchaus plausibel!«

Marquardt runzelte die Stirn. »Auf mich wirkte das alles wie vorher einstudiert. Er konnte ja in etwa erwarten, was wir ihn fragen würden und genau darauf hatte er stets – ohne großes Nachdenken – die passende Antwort parat!«

»Genau!«, stimmte Alt zu. »Das fiel mir auch auf. Und ich frage mich ganz ernsthaft, ob er uns diese merkwürdige Geschichte – selbst wenn sie wahr sein sollte – nur aus einem einzigen Grund auftischte, nämlich . . . «

» . . . um uns durch seine Ehrlichkeit davon abzubringen, er könnte irgendetwas mit der Tat zu tun haben!«, führte Marquardt den Satz zu Ende.

»Auf jeden Fall müssen wir uns den Mann vornehmen, so viel wie möglich über ihn in Erfahrung bringen, unter anderem die monatlichen Zahlungen an Peggy Strothe verifizieren«, entschied Alt.

»Dazu benötigen wir aber zunächst die Erlaubnis, die finanziellen Abläufe seiner Firma, Buchführung, Kontenübersicht und dergleichen zu durchforsten«, merkte Heise an. »Jetzt haben wir Freitagnachmittag. Mit dieser Aktion können wir – den richterlichen Durchsuchungsbeschluss vorausgesetzt – ohnehin erst zu Beginn der neuen Woche starten.«

»Er verfügt zwar über ein starkes Motiv und kein Alibi, aber niemand hat ihn in Tatortnähe gesehen. Ich denke, unserem Richter wird das zu wenig sein für einen Haftbefehl«, fasste Alt missmutig zusammen.

»Sehe ich genauso!«, stimmte Hinrichs zu. »Vor allem, wenn man bedenkt: Der Haftbefehl von heute Morgen gegen Kai Gehrke stellte sich als voreilig heraus!«

»Es bleibt uns also nichts weiter übrig, wir müssen mehr Informationen über Brockmeyer einholen. Ganz besonders wichtig wäre es zu erfahren, wie es um die finanzielle Lage des Mannes und seiner Firma steht. Würden die 100.000 Euro da eine Rolle spielen oder eher nicht? Er stellt sich zurzeit jedenfalls als unser weit und breit einziger Verdächtiger dar!« Mit diesen wenig Zuversicht ausstrahlenden Worten beschloss Fritz Alt den Arbeitstag.

»Was gibt es Neues?«, erkundigte sich Judith, als sie am Nachmittag mit Heise telefonisch Kontakt aufnahm. Man hatte ausgemacht, sich nur kurz auszutauschen und am Abend in die Details zu gehen, es sei denn, es hätten sich umwerfende Neuigkeiten ergeben. Daher antwortete Heise auch nur knapp: »Kai scheint aus dem Schneider, die Kollegen haben sich offensichtlich auf Bodo eingeschossen! Und bei dir?«

»Bodo? Nein, wir müssen den wahren Täter finden – oder die Täterin! Aus diesem Grund fahren wir heute Abend nach Emmerich. Dort befragen wir die Person, die Peggy umzubringen drohte, falls . . .«

»Wer?«, unterbrach Heise.

»Du kommst nicht drauf, wetten?«

»Los, sag schon!«

»Finja!«

»Finja Kneppeck-Soundso?«

»Genau! Kneppeck-Radojewski.«

»Hattest du nicht schon gestern oder vorgestern mit ihr gesprochen?«, wunderte sich Heise.

»Habe ich.«

»Und?«

»Da hat sie mir nichts über diese Drohung erzählt!«, antwortete Judith.

»Na, da kann man gespannt sein!«

Heise hatte sich mit Judith darauf verständigt, bald nach Dienstschluss nach Emmerich zu fahren, um Finja Kneppeck-Radojewski zu befragen. Damit der Kommissar seine Freundin nicht erst in Xanten abzuholen brauchte, hatte sich Judith mit ihrem Leihwagen auf den Weg nach Kleve gemacht, von wo aus man gemeinsam losfuhr.

Die Fahrt gestaltete sich nervenaufreibend, denn auf der ›Golden Gate vom Niederrhein‹, wie die Emmericher Rheinbrücke wegen ihrer orangeroten Pfeiler oft bezeichnet wird, staute sich der Verkehr aufgrund einer Baustelle und sorgte für erhebliche Verzögerung.

Unterwegs berichtete Judith von Frau Bensmanns Beobachtungen über den mutmaßlichen Stalker auf dem Motorroller, aber Heise schien das nicht sonderlich zu interessieren, Judith hatte sogar den Eindruck, er höre gar nicht richtig hin.

Endlich erreichte man das Ziel. Nach mehrfachem Läuten ohne Ergebnis blickten sich Judith und der Kommissar frustriert an.

»Und jetzt?«, fragte Judith.

»Jetzt rufen wir sie an, wir haben ja die Handynummer«, antwortete Heise. Aber auch das brachte keinen Erfolg, es meldete sich nur die Mailbox.

Als schließlich auch die Nachbarn, bei denen man geklingelt hatte, nicht weiterhelfen konnten, stand fest: Der abendliche Ausflug auf die andere Rheinseite musste als vertane Zeit abgehakt werden.

Wenigstens die Verkehrssituation vor und auf der Brücke hatte sich bei der Rückfahrt entspannt, Heise allerdings wirkte auf Judith immer noch seltsam abwesend.

Sie konnte sich das nicht erklären und fragte schließlich: »Warum bist du so schweigsam? Was beschäftigt dich?«

»Hm, ich weiß nicht, wie ich es erklären soll.«

»Versuch es!«

»Seit Stunden beschäftigt mich  irgendetwas, will mir nicht mehr aus dem Kopf gehen. Aber ich weiß nicht, was es ist. Ich spüre ganz deutlich: Es handelt sich um etwas entscheidend Wichtiges. Aber was?«, erklärte Heise ratlos.

»Das passt ja gar nicht zu dir, dem nüchternen Faktenmensch!«, merkte Judith an.

»Stimmt! An ein derartiges Gefühl kann ich mich überhaupt nicht erinnern. Manchmal flammt ganz kurz ein Gedanke auf, es hätte etwas mit Peggys Manuskript zu tun«, sagte Heise.

»Wie das?«

»Ich kann es nicht sagen, es ist für mich irgendwie nicht greifbar!«

»Da kann ich dir leider nicht helfen!«, entgegnete Judith und wechselte das Thema: »Was ich dir  vorhin über Frau Bensmanns Beobachtung des mutmaßlichen Stalkers erzählte, ich hatte den Eindruck, das hat dich nicht sonderlich interessiert!«

»Doch, schon«, antwortete Heise ausweichend.

»Aber?«, setzte Judith nach.

»Die Sache ist die: Erstens steht gar nicht fest, ob es sich bei der Person auf dem Roller tatsächlich um den Stalker  handelt. Zweitens wäre, so wie du es geschildert hast, dessen Identität kaum festzustellen und drittens wäre es, selbst wenn wir diese kennen würden, nahezu ausgeschlossen, ihm etwas Konkretes nachzuweisen, geschweige denn ihn strafrechtlich zu  belangen. Glaube mir, ich kenne eine ganze Reihe derartiger Fälle, wo die gestalkte Person am Ende fassungslos erlebt, dass man ihrem Peiniger nichts anhaben kann. Außerdem muss die Betroffene selbst Anzeige erstatten, was in diesem Fall leider nicht mehr möglich ist«, erläuterte Heise.

Judith reagierte überrascht und enttäuscht zugleich. »Ja, wenn das so ist! Aber ich kapiere es nicht!«

»Wenigstens gilt Stalking seit zwei Jahren gemäß §238 StGB als Straftat, als Antragsdelikt, aber entscheidend ist nach wie vor die Beweislage«, ergänzte Heise.

»Steht eigentlich fest, dass Peggy keine Anzeige erstattet hat?«, wollte Judith wissen.

»Das müsste ich nachprüfen, kann ich so nicht sagen!«

Später bei einem abendlichen Kurzimbiss zu Hause in Heises Wohnung fragte Judith: »Fahren wir morgen nochmal nach Emmerich?«

»Eher nicht«, antwortete der Kommissar, »das sollen die Kollegen übernehmen.« Dann blickte er Judith direkt an und setzte hinzu: »Uns bleiben leider nur noch die beiden Tage, bevor du wieder nach Köln zurückmusst. Deshalb sollten wir versuchen, endlich mal Zeit für uns zu haben. In den vergangenen Tagen kam das völlig zu kurz.«

»Aber zum Glück nicht in den Nächten!« erwiderte Judith lachend, sprach dann aber mit ernster Miene weiter: »Weißt du, meine Tätigkeit als Aushilfs-Kriminalpolizistin – das stellte für mich eine vollkommen neue Erfahrung dar, die ich echt aufregend empfand, auch wenn der Anlass natürlich ein trauriger war.«

»Ja, ich muss sagen: Das hast du richtig gut gemacht!«, lobte Heise, der dann fragte: »Wäre das nichts für im-

mer? Ich kenne zwar nicht das Limit für das Einstiegs-
alter bei der Kripo, aber . . . «

»Das ist jetzt nicht dein Ernst!«, lachte Judith. »Nein,
das hier stellt eine Ausnahmesituation dar: Ich kannte
das Opfer, ich kenne sozusagen alle Verdächtigen – Kai,
Bodo, auch Finja zähle ich dazu – und ich arbeite nur mit
dir zusammen, mit niemandem sonst. Das alles wäre bei
anderen Fällen nicht wiederholbar! Außerdem arbeite ich
sehr gerne in meinem jetzigen Beruf, selbst wenn der mir
eine Woche lang kaum gefehlt hat!«

»Jedenfalls hast du mir wirklich geholfen. Zusammen
haben wir so manches herausbekommen, wenngleich es
uns leider nicht gelang, Peggys Tod aufzuklären«, resü-
mierte Heise.

»Wer sagt so was? Uns bleiben noch zwei volle Tage!
Willst du etwa aufgeben?«, rief Judith und Heise registrierte, dass sie es vollkommen ernst meinte.

Mitten in der Nacht erwachte Heise aus einer Art Halb-
schlaf und rief mit lauter Stimme: »Das ist es! Ich hab´s!«

Judith hingegen war aus dem Tiefschlaf gerissen worden und wusste zunächst nicht, wie ihr geschah. Schlaftrunken murmelte sie vor sich hin: »Wo bin ich? Was ist
los?«

»Wach auf Judith! Ich weiß jetzt, welcher Gedanke mir
seit gestern Nachmittag im Kopf herumspukte!«

»Gedanke? Spukte? Wieso?« Sie benötigte ganz offensichtlich noch ein paar Augenblicke. Dann jedoch fuhr sie
plötzlich hoch und forderte Heise lautstark auf: »Los! Er-
zähl´!«

»Es war tatsächlich eine Passage aus Peggys Manuskript. ›Sie fotografierte sich selbst so gut verkleidet,

dass niemand sie erkannte.‹«, zitierte Heise, bemerkte aber sofort, dass Judith ihn nur verständnislos ansah. »Ich bin anscheinend noch nicht ganz wach«, grummelte sie.

»Verstehst du nicht? Verkleidung, Kamera, nicht zu erkennen?«, versuchte Heise ihr auf die Sprünge zu helfen.

»Aber du meinst nicht . . . ?«

»Genau den meine ich: unseren Kai!«

»Wie kommst du nur auf so was?«

»Ich kann es natürlich nicht beweisen, bin mir aber ziemlich sicher. Die Figur in dem Video war zwar nicht besonders gut zu erkennen, aber die Größe würde passen. Außerdem blickte der Typ kein einziges Mal hoch in Richtung Kamera, weil er deren Position genau kannte. Er schlich nur gebückt mit den Augen nach unten nachts umher, weil er auch den Weg kannte. Und am Morgen, als er uns alle mit den Überwachungskameras überraschte, da bemerkte ich ganz kurz diesen typischen Gesichtsausdruck, du erinnerst dich, Sekunden, bevor er seinen neuesten Streich losließ!«, legte Heise dar.

»Na, ich weiß nicht!« Judith klang keineswegs überzeugt, fragte dann: »Und was machen wir jetzt?«

»Am liebsten würde ich sofort zu ihm fahren. Aber damit können wir ebenso gut bis morgen früh warten. Er wird sich kaum ausgerechnet heute Nacht ins Ausland absetzen«, antwortete Heise.

»Musst du diesen Verdacht nicht umgehend deinen Kollegen melden?«, wollte Judith wissen.

»Auch das hat Zeit bis morgen früh, eigentlich schon längst heute früh. Mein Plan ist: Ich nehme Kai direkt mit ins Präsidium und überrede ihn, dort ein Geständnis abzulegen.«

Judith starrte vor sich hin. »Ich kann es immer noch nicht glauben! An Schlaf ist jetzt überhaupt nicht zu denken, so aufgewühlt wie ich mich gerade fühle!«, erklärte sie.

Heise nahm sie in den Arm und sagte: »Meinst du, mir geht es anders?«

Am Abend zuvor hatte der Kommissar seiner Freundin die Einzelheiten von Kais Auftritt am Vormittag erzählt und Judiths spontane Antwort erhalten: »Da bin ich aber froh, dass bei Kai dadurch kein Verdacht mehr besteht. Jetzt müssen wir unbedingt Bodos Unschuld beweisen. Von den beiden hat garantiert keiner Peggy auf dem Gewissen!«

Jetzt hatte sich eine komplett neue Situation ergeben.

# ZWANZIG

Das Wochenende begann wieder einmal mit leichtem Nieselregen, die Sonne gönnte sich offenbar eine Pause.

Um 8 Uhr fuhren zwei Autos beim Haus der Gehrkes vor. Judith hatte ihren Wagen genommen, weil sie beim Gespräch mit Kai unbedingt anwesend sein wollte, dann aber zurückfahren musste, da sie beim sich anschließenden Verhör im Präsidium natürlich nicht dabei sein durfte.

Kai Gehrke reagierte total überrascht, als er auf das Läuten hin die Tür öffnete und die beiden Besucher sah.

»Was wollt ihr denn so früh?«, fragte er unsicher.

»Wir müssen unbedingt mit dir reden, allein! Dürfen wir reinkommen?«, fragte Heise.

Aus dem Haus hörte man die Stimme von Frau Gehrke: »Wer ist da so früh?«

»Das sind Judith und Siggi aus meiner Klasse. Wir müssen noch etwas besprechen, das wir gestern vergessen haben«, rief Kai nach oben, dann bat er seine ehemaligen Mitschüler herein.

Wenig später hatte man im geräumigen, aber vergleichsweise spärlich möblierten Wohnzimmer Platz genommen und Heise kam sofort zur Sache. »Da hättest du uns beinahe alle mit der Überwachungskamera hereingelegt, Kai.«

Dieser zuckte merklich zusammen, sagte aber nichts.

»Warum Kai? Was hat Peggy dir getan?«, setzte Heise nach, wurde dann von Kais Reaktion komplett überrascht. Er sprang auf, schien auf Heise losgehen zu wollen und schrie: »Drehst du jetzt komplett am Rad?«

»Beruhige dich erst einmal!«, schaltete sich Judith ein. »Erzähl uns einfach, warum du diesen Quatsch mit der Kamera angestellt hast.«

»Kai Gehrkes Antwort kam nach kurzer Überlegung: »Ich wollte ein für alle Mal aus der Sache raus sein! Wegen meines unverschlüsselten Anrufs vom Tatort würden mich Siggis Kollegen für verdächtig halten, obwohl ich absolut nichts verbrochen habe! Ich hielt die Sache mit der Überwachungskamera für todsicher. Jemand wollte mich als verdächtig erscheinen lassen, wodurch ich endgültig als unverdächtig dastehen würde. So einfach war das gedacht. Das müsst ihr mir glauben!«

»Wir glauben dir«, antwortete Judith spontan, war sich jedoch keinesfalls sicher, für ihren Freund mitzusprechen, der auch leicht irritiert dreinblickte, aber nichts sagte. »Aber nach dieser blöden Aktion giltst du natürlich für Sigs' Kollegen als Verdächtiger Nummer eins.«

»Die müssen vielleicht gar nichts davon erfahren, wenn sie nicht von selbst draufkommen«, meinte Kai und blickte Heise hoffnungsvoll an.

»Tut mir leid, Kai«, antwortete dieser, »das kann ich nicht, das darf ich nicht. Ich bekäme Riesenschwierigkeiten, wenn bekannt würde, dass ich bewusst Informationen zurückgehalten habe. Das geht einfach nicht!«

»Und was geschieht jetzt?«, wollte Kai wissen.

»Wir beide fahren jetzt zum Präsidium. Dann erzählst du meinen Kollegen ganz genau, was du uns eben erklärt hast. Ich warne dich allerdings schon mal vor: Ich halte es für mehr als wahrscheinlich, dass man dich sofort in U-

Haft steckt. Das hast du dir durch diese Schwachsinnsidee selbst eingebrockt!«, erläuterte Heise.

»Schöne Scheiße!«, entfuhr es Kai und Judith erwiderte zustimmend: »Kann man so sagen.«

Die erneute Vernehmung Kai Gehrkes nach dessen Eingeständnis, die Video-Aufnahmen, auch das Datum betreffend, in der bestimmten Weise manipuliert zu haben, war abgeschlossen. Fritz Alt hatte einen erneuten Haftbefehl gegen den Mann beantragt, der zwar zugab, sich saudumm verhalten zu haben, aber weiterhin jede Schuld an Peggy Strothes Tod kategorisch von sich wies.

»Trotz allem verfügen wir nach wie vor über keinen ernsthaften Beweis gegen Kai Gehrke. Vor Gericht würden die Indizien von einem routinierten Verteidiger in der Luft zerpflückt«, gab Heise zu bedenken.

»Die Beweise müssen wir eben finden!«, insistierte Alt, »und zwar ab Montag! Euch allen – außer Klaas – ein schönes Restwochenende!«

Hinrichs, der säuerlich lächelte, würde turnusgemäß am Sonntag die sogenannte Stallwache übernehmen.

Beim Verlassen des Chefbüros meinte Hinrichs in Richtung Heises: »Bei deiner Freundin hast du übrigens deinen exzellenten Geschmack unter Beweis gestellt. Glückwunsch!«

Der Angesprochene reagierte irritiert: »Wieso? . . . «

»Hat sie dir das nicht berichtet? Als ich mit der Rothaarigen bei Brockmeyer ankam, verließ gerade eine höchst attraktive Person dessen Büro. Das kann niemand anders als deine Judith gewesen sein. Ich habe ihr noch zugezwinkert und glaube, sie weiß, wen sie da getroffen hat«, erläuterte Hinrichs.

»Apropos Judith, sie hat übrigens bei einem erneuten Gespräch mit Peggys Nachbarin etwas Interessantes erfahren, was auf den Stalker hindeuten könnte«, sagte Heise.

»Stalker?« Hinrichs benötigte einen Moment, um sich zu erinnern. »Ja und?«, fragte er dann.

»Die Nachbarin berichtete, in den vergangenen Wochen sei immer wieder eine Person auf einem Motorroller in auffälliger Weise an dem Haus . . . «

Weiter kam er nicht, Hinrichs ging aufgeregt dazwischen: »Motorroller? Sagtest du Motorroller?«

»Ja, was ist damit?«

»Der Motorroller von Focks!«

»Wie?«

»Ach ja, du warst nicht dabei.«

»Wobei?«

»Also, die Spusi hat in der Garage, du weißt schon, ganz hinten unter einer Plane einen Roller entdeckt. Er wies kaum Staub auf, ist demnach noch vor kurzer Zeit gefahren worden. Wir vermuten, Focks hat mit diesem Gefährt seine nächtlichen Touren unternommen, weil er damit besonders mobil unterwegs sein konnte. In einer Gepäcktasche des Rollers wurden Benzinspuren nachgewiesen. Demnach scheint jetzt festzustehen, dass Focks nicht nur als Feuerteufel, sondern auch als Peggy Strothes Stalker aktiv war«, führte Hinrichs aus.

»Und was bringt uns das?«, sprach Heise mehr zu sich selbst als zum Kollegen, woraufhin dieser nur ratlos den Kopf schüttelte. »Keine Ahnung!«

»Man kann nie wissen!«, meldete sich plötzlich Jens Marquardt zu Wort, der das Gespräch der anderen zuvor schweigend mitverfolgt hatte.

Später am Nachmittag wurde Oberkommissar Heise vom Kollegen Marquardt informiert, man habe inzwischen Finja Kneppeck-Radojewski in Emmerich befragt. Die Frau habe sich an den Satz mit der Drohung an Peggy Strothe nicht erinnert, vielleicht sei sie ja auch zu beschwipst gewesen, da rede man bekanntlich viel Unsinn. Die Frau habe den gesamten Samstagabend sowie die Nacht mit ihrem Gatten zu Hause verbracht, was dieser auch bestätigte.

»Mist! Eine Hoffnung weniger für Kai und Bodo!«, lautete Judiths Kommentar.


»Der Feuerteufel ist also auch der Stalker von Peggy Strothe, ist das kein merkwürdiger Zufall?«, fragte Sabine Eichhorn, als Fritz Alt ihr am Abend berichtete, was ihm eine halbe Stunde zuvor von Klaas Hinrichs mitgeteilt worden war.

»Ein Glück, dass unser Holmes dich nicht gehört hat«, erwiderte Alt. »Das Wort ›Zufall‹ ist ihm höchst zuwider. Es gibt nur einen Begriff, der ihn noch mehr nervt, ihn jedes Mal an die Decke gehen lässt.«

»Ja, ich weiß: Datenschutz!«

»Genau!«

»Ist ja auch egal, Hauptsache ihr habt den Täter und den Fall abgeschlossen«, erklärte Alts Lebensgefährtin und fügte lächelnd hinzu: »Die Festnahme des Feuerteufels freut mich wirklich unheimlich!«

Alt wirkte nur ganz kurz verblüfft, dann hatte er verstanden. »Weil ich jetzt nachts nicht mehr so oft gerufen werde!«, sagte er.

»Nicht mehr so oft? Ich höre wohl nicht richtig! Vorerst lasse ich dich nachts überhaupt nicht mehr weg!«

»Jetzt schalte endlich mal ab«, forderte Petra Hinrichs ihren Ehemann auf, als man am Samstagabend endlich einmal wieder beim Lieblingschinesen saß. »Du kommst überhaupt nicht mehr los von dem Fall!«

»Zwei Fälle! Und beide scheinen gelöst«, entgegnete Hinrichs. Seine Frau befand sich ausnahmsweise auf dem Laufenden, weil der Kommissar erstmals seit längerer Zeit wieder einmal gegen das 11. Kripo-Gebot verstoßen hatte, das da heißt: Du sollst keine Fälle mit nach Hause nehmen!

»Also, der Typ, der neun Jahre lang Unterhalts- oder Schweigegeld für ein nicht existierendes Kind seiner ehemaligen Geliebten gezahlt hat, das angeblich von deren Schwester großgezogen wurde, die selbst keine Kinder bekommen kann. Dämlicher kann man sich einfach nicht anstellen! Da sage ich nur eins: Ein klareres Motiv kann es gar nicht geben, der war's, ihr werdet sehen!«, regte sich Petra Hinrichs mächtig auf.

Ihr Gatte zuckte nur mit den Schultern. »Dennoch sitzt der andere Typ in U-Haft. Bei ihm erkennen wir zwar kein Motiv, aber er hielt sich zu der betreffenden Zeit am Tatort auf und macht sich durch Falschaussagen sehr verdächtig. Beide streiten vehement ab, mit dem Tod der Frau etwas zu tun zu haben«, erläuterte der Kommissar »Aber mich beschäftigt mehr der Feuerteufel, obwohl da alles klar ist: Der war's, daran besteht kein Zweifel, aber wie hat er das gemacht? Er legt das Feuer zum Beispiel in Rindern in der Grundschule. Dann muss er so schnell wie möglich nach Hause, um dort den Einsatzruf der Feuerwehr entgegenzunehmen. Zeitlich ist das allerdings unmöglich!«

»Dann hat ihn der Alarm eben unterwegs erreicht!«

»Eben nicht! Laut Handyortung befand er sich beim Alarm zu Hause, das gilt übrigens für alle Brände«, erklär-te der Kommissar.

»Na, ist ja auch egal. Und jetzt Schluss damit, hier kommt unsere Reistafel«, entschied Petra Hinrichs mit Blick auf die vielfältigen Köstlichkeiten, die ein sanft lächelnder chinesischer Kellner gerade auf einem riesigen Tablett auf ihrem Tisch absetzte.

Jens Marquardt verbrachte den Abend allein zu Hause. Seine Partnerin Doris hatte Dienst im Antonius-Hospital. Der Kommissar verspürte keinerlei Lust auf irgendwelche nervenden Fernsehshows oder den 100sten TV-Krimi.

Dann doch lieber die Realität, sagte er sich und fuhr noch einmal den Rechner hoch, auf dem er Zugriff auf sämtliche Untersuchungsergebnisse und Daten des K1 hatte. Ihn interessierten insbesondere die Telefondaten, vor allem natürlich die von Peggy Strothe. Als ehemaliger Student der Wirtschaftsinformatik kannte sich Marquardt in dem Metier gut aus, wusste von den diversen Möglichkeiten, einen Telefonanruf, eine SMS oder eine Mail so zu verschlüsseln, dass der Urheber unmöglich herauszufinden war.

Nach mehreren Stunden intensiver Bildschirmarbeit merkte er plötzlich auf. Das hätte ich mir sparen können, dachte er, denn ihm war etwas eingefallen, das mit dem Stunden zuvor Gehörten zusammenhing. Zuerst wollte er den Kollegen Heise anrufen, um seine Vermutung zu überprüfen, ein Blick auf die Uhr – kurz nach halb drei – hielt ihn jedoch davon ab. Morgen ist ja auch noch ein Tag, dachte er und nickte vor dem Bildschirm ein.

# EINUNDZWANZIG

Judith Ripkens und Siegfried Heise hatten beschlossen, ihren vorerst letzten gemeinsamen Tag ruhig angehen zu lassen. Die sich überstürzenden Ereignisse der abgelaufenen Woche hatten zum einen Kräfte gefordert, zum anderen dafür gesorgt, dass man sehr wenig hatte zusammen unternehmen können. Beiden war eine gedrückte Stimmung deutlich anzumerken.

Ausschlafen, opulentes Frühstück, Spaziergang durch den Uedemer Hochwald – wie ein altes Ehepaar, so hatte Heise wieder einmal gescherzt.

Zwischenzeitlich hatte ein Anruf von Jens Marquardt Erstaunen hervorgerufen. Er erkundigte sich nach Einzelheiten, was Peggy Strothe über ihren Stalker berichtet hatte, und über das genaue Aussehen des Rollers. Auf Heises Frage nach dem Grund des Interesses gab Marquardt nur eine ausweichende Antwort, es sei noch nicht spruchreif, am Montag würde man mehr wissen.

Bei Kaffee und Kuchen in der Villa Reichswald am Rande des Forstes läutete Heises Handy erneut. Der Kommissar bemerkte Judiths genervten Blick, der ein ›Nein!‹ auszudrücken schien und fluchte leise, als er sah, wer da anrief.

»Der Alte Fritz! Da muss ich rangehen!«, raunte er Judith zu, bevor er das Gespräch annahm.

»Hallo Fritz, was gibt es . . . tatsächlich . . . das ist ja . . . ja klar, ich komme sofort!«, hörte Judith ihn sagen und blickte ihn fragend an.

»Ich muss dringend zum Antonius. Der Feuerteufel ist offenbar aus dem Koma erwacht und wünscht mich zu sprechen!«, erklärte der Kommissar.

»Dich? Wieso dich?«

»Keine Ahnung!«

»Vielleicht möchte er sich bedanken.«

»Das glaube ich eher nicht!«

»Kann ich mitkommen?«, fragte Judith dann.

»Natürlich, aber nicht bis ins Krankenzimmer.«

»Logisch!«

»Woher weiß er überhaupt, dass ich es war, der ihn aus der Garage gezogen hat?«, wunderte sich Heise.

»Im Krankenhaus wird man ihm das erzählt haben!«

Fritz Alt und Judith Ripkens blieben auf dem Krankenhausflur, von wo aus sie durch ein großes Fenster in das Zimmer sehen konnten, welches Oberkommissar Heise soeben betreten hatte. Vom behandelnden Arzt war ihm aufgetragen worden, nur ganz kurz bei dem Patienten zu bleiben, da dieser weiterhin – trotz des Erwachens aus dem Koma – in großer Gefahr schwebe.

Auf den ersten Blick vermochte Heise dies nicht nachzuvollziehen. Jonas Focks war zwar an einen Tropf angeschlossen – vermutlich für eine Nährlösung – und in seiner Nase befand sich ein Schlauch, aber das bleiche Gesicht wies keinerlei Verletzungen auf, keine Bandagen waren zu sehen. Das überraschte Heise natürlich gar nicht.

Er stellte sich direkt neben das Bett und begann vorsichtig zu sprechen: »Hallo, mein Name ist Heise, ich habe Sie zusammen mit einem Kollegen aus der Garage gezogen.«

Der Kommissar war sich nicht sicher, ob der Patient ihn verstanden hatte. Dann vernahm er ein leises ›Ja‹ und bald darauf ›Peggy‹.

»Ja, ich weiß, Sie haben sie gestalkt, aber das wird für Sie kaum Folgen haben«, versuchte Heise den Mann aufzumuntern.

»Peggy . . . wollte . . . nicht«, sprach Focks, der die Lippen kaum voneinander bewegte und Heise das Verstehen außerordentlich erschwerte.

»Peggy wollte nicht?«, wiederholte er ratlos, beugte sich zu dem Mann hinunter, der offenbar noch einmal letzte Kräfte mobilisierte und wieder zum Sprechen ansetzte: »Ich . . . musste . . . sie . . . «

»Ja?«, fragte Heise aufgeregt. »Sie mussten sie . . . ?«

»Töten!«, hauchte Jonas Focks mehr als dass er sprach, blickte Heise an und schloss die Augen – für immer!

# ZWEIUNDZWANZIG

Oberkommissar Heise hatte seine Freundin Judith natürlich nicht zum Bahnhof nach Geldern gebracht, damit sie auf demselben Weg nach Köln zurückkehrte wie sie zehn Tage zuvor angereist war. Man wollte jede Minute auskosten. Deshalb hatte Heise Judith nach Hause gefahren und erst um vier Uhr in der Nacht die eine Domstadt verlassen, um in die andere zurückzukehren. Das folgende Wochenende wollte man selbstverständlich wieder zusammen verbringen.

Bei den Gesprächen am Abend zuvor und in der Nacht war natürlich das Ereignis des Vortags Gesprächsthema Nummer eins gewesen. So hatte Judith mehrfach darauf hingewiesen, sie habe einen wichtigen Beitrag zur Lösung des Falles geleistet, indem sie Frau Bensmanns Beobachtung des Rollerfahrers an Heise weitergegeben hatte. Auf diese Weise hatte sich schließlich die mutmaßliche Identität des Stalkers herausgestellt: Jonas Focks.

Nach einer Stunde Schlaf und etlichen Tassen starken Kaffees fuhr Heise zum Präsidium, wo die Ereignisse des Vortags aufzuarbeiten waren.

Im Chefbüro tobte bereits eine lebhafte Diskussion, als Heise eintrat. »Du siehst ganz schön mitgenommen aus, die Sache mit Focks hat dir sicherlich den Schlaf geraubt«, begrüßte die Kriminalassistentin den Kommissar, dessen dunkle Ringe unter den gar nicht so weit geöffneten Augen nicht zu übersehen waren.

»Da sind garantiert auch andere Gründe im Spiel!«, meinte Hinrichs mit seinem typischen Grinsen.

»Wie dem auch sei, lasst uns anfangen«, setzte Fritz Alt dem Gefrotzel ein Ende. »Ich habe natürlich gleich gestern Nachmittag die Entlassung Kai Gehrkes aus der U-Haft auf den Weg gebracht. Wisst ihr, wie der Mann reagierte?«

»Hocherfreut und erleichtert«, meinte Heike Buschkamp.

»Vielleicht auch verärgert über uns«, merkte Marquardt an.

»Er sagte: ›Das ist ja super! Jetzt kann ich anstellen, was ich will. Ein drittes Mal werden Sie sich ganz bestimmt nicht trauen, mich zu verhaften.‹ Was sagt ihr dazu?«

»Typisch Kai, er hat also schnell seinen Humor wiedergefunden«, antwortete Heise erleichtert.

»Zurück zum Ernst der Dinge!«, mahnte Alt. »Die Fliege habe ich selbstverständlich gleich gestern Nachmittag informiert, im Laufe des Tages wird eine Pressemitteilung die Öffentlichkeit über den Abschluss des Falles unterrichten.«

Nach kurzer Pause sprach der Hauptkommissar weiter: »Bevor wir uns nochmals sehr intensiv dem Fall Reubling zuwenden, sollten wir abschließend über Jonas Focks reden!«

»Genau! Da legt jemand etliche Brände, von der Mülltonne über eine Gartenlaube bis hin zu einer Grundschule und sieht die Gefahr, entlarvt zu werden oder es schon zu sein. Was hat er zu befürchten? Wenn es hoch kommt, zwei oder drei Jahre wegen vorsätzlicher Brandstiftung. Es kamen ja keine Personen zu Schaden. Sich dafür das Leben zu nehmen? Das ergibt wirklich keinen Sinn!«, erklärte Heike Buschkamp und fragte dann: »Warum haben wir diesen Gedanken vollkommen außer Acht gelassen?«

Darauf antwortete zunächst niemand.

Dann redete Fritz Alt weiter: »Mit dem Geständnis und dem kurz danach eingetretenen Tod des Täters gilt der Fall Peggy Strothe offiziell als abgeschlossen. Und das ausgerechnet zu einem Zeitpunkt, als wir Focks endlich auf der Spur waren. Jens!«

»Focks war nicht nur der Feuerteufel, sondern auch Peggy Strothes Stalker. Davon war ja durch die Beobachtung von der Nachbarin auszugehen. Da kam mir am Samstagabend die Idee. Ich rief Holmes Sonntagmorgen an und fragte, ob Frau Strothe bei dem Gespräch mit ihm zufälligerweise einen konkreten Zeitpunkt für einen der Stalker-Anrufe genannt hatte. Sie hatte, und zwar am 11.April, kurz vor Mitternacht. Genau zu dieser Zeit erhielt Peggy Strothe einen Anruf unter der gefälschten Nummer des Lehrers vom Adenauer-Gymnasium.

Der Stalker verschleierte seine Rufnummer also nicht irgendwie, er war in der Lage, mittels Call-ID-Spoofing eine beliebige Nummer – egal ob frei erfunden oder tatsächlich existent – vorzutäuschen und wählte diejenige des Lehrers. Vielleicht eine Art späte Rache für Probleme, die er einmal mit dem Mann hatte.«

Die anderen sagten nichts, blickten Marquardt weiterhin eher verständnislos an, sodass dieser weiterredete: »Jonas Focks, der Stalker, kannte sich demnach mit dieser rechtlich unzulässigen Methode, Anrufe von einer vorgetäuschten Nummer aus durchzuführen, bestens aus. Da liegt die Vermutung sehr nahe, dass er es war, der die

Nachricht an Gehrke schickte, unter Peggy Strothes Nummer, was Gehrke ja gleich merkwürdig erschien.«

»Jetzt verstehe ich«, rief Hinrichs aus, »er wollte Gehrke nicht in der Nähe haben, weil er an besagtem Abend selbst einmal mit Peggy Strothe . . . «

»Genau!«, sprach Marquardt weiter. »Meiner Ansicht nach ist er bei der Beobachtung der Frau auf das Liebesnest aufmerksam geworden, in dem sie sich mit Gehrke traf. Diesen verfolgte er und fand rasch dessen Namen, Anschrift und somit auch Telefonnummer heraus.«

»Aber was sich dann an jenem Abend tatsächlich zugetragen hat, darüber können wir nur spekulieren«, wandte Alt ein.

»Auf jeden Fall wollte Peggy nicht, das teilte mir Focks ja noch mit«, meldete sich Heise zu Wort.

»Also steht zu vermuten: Sie hat sich gewehrt, es kam zu einer Art Handgemenge oder Kampf, bei dem ihr entweder Focks mit einem harten Gegenstand auf den Kopf schlug oder sie gegen eine Tischkante oder etwas Ähnliches stieß und bewusstlos zu Boden sank. Focks hielt sie für tot, geriet in Panik und setzte alles in Brand, um seine Tat zu vertuschen«, führte Marquardt weiter aus.

»Schön und gut, aber woher kommt er so plötzlich an das Benzin?«, wollte Hinrichs wissen.

»Entweder hatte er in der Gepäcktasche seines Rollers ständig einen gefüllten Kanister dabei oder er fuhr ganz schnell nach Hause und holte sich einen. Zeitlich würde das passen«, antwortete Marquardt.

»Dann – also nach dem Entzünden des Feuers – fuhr er sofort zum Einsatztreffpunkt Feuerwache, weil ja garantiert inzwischen jemand die Wehr gerufen hatte. Seine vorherige Anwesenheit am Tatort konnte per Handyortung nicht bewiesen werden, weil das Gerät – wie bei den Bränden zuvor auch – bei ihm zu Hause lag und dort den Alarm auslöste, den er schon vorher kannte und den seine Mutter dank ihrer Schlaftabletten nicht hören konnte. Wenig später ist er dann bei den Löscharbeiten eines Feuers aktiv, das er kurz zuvor selbst gelegt hat«, führte Hinrichs den Gedanken zu Ende.

Alle atmeten tief durch, dann sagte der Hauptkommissar mit ernster Stimme: »So kann es sich abgespielt haben, sehr wahrscheinlich sogar, aber letzte Gewissheit werden wir niemals erlangen, das müssen wir akzeptieren. Solche Fälle gibt es eben!«